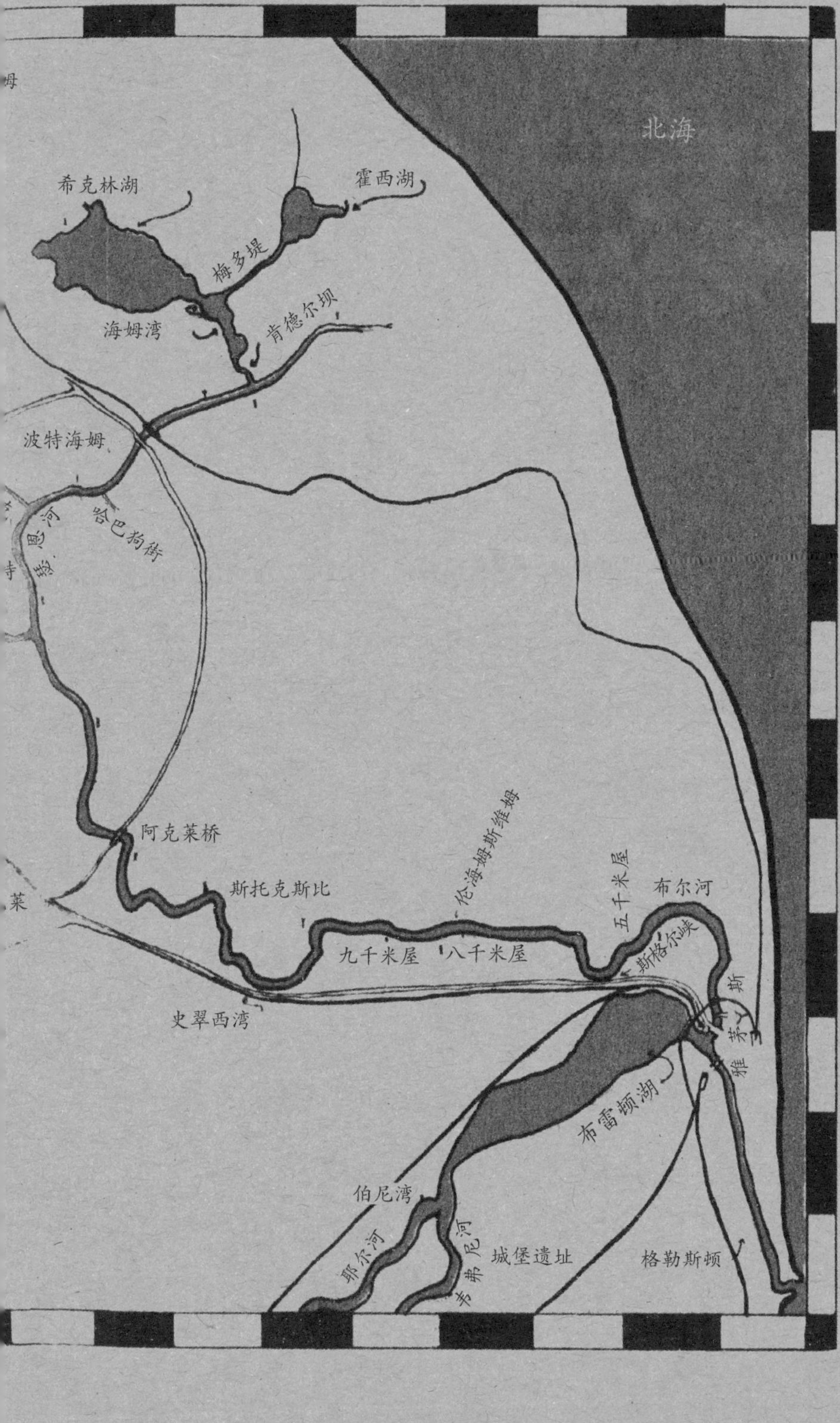
北海
霍西湖
希克林湖
梅多堤
海姆湾
肯德尔坝
波特海姆
瑟恩河
哈巴狗街
阿克莱桥
斯托克斯比
伦海姆斯维姆
五千米屋
布尔河
九千米屋
八千米屋
斯格尔峡
史翠西湾
雅茅斯
布雷顿湖
伯尼湾
耶尔河
韦弗尼河
城堡遗址
格勒斯顿

① 英里，英美制长度单位，1 英里等于 5280 英尺，合 1.6093 千米。

燕子号与亚马孙号探险系列

COOT CLUB

ARTHUR RANSOME

布尔河畔的黑鸭子

〔英〕亚瑟·兰塞姆——著 吕琴——译

人民文学出版社
PEOPLE'S LITERATURE PUBLISHING HOUSE

图书在版编目(CIP)数据

布尔河畔的黑鸭子/(英)亚瑟·兰塞姆著;吕琴译.—北京:人民文学出版社,2023
(燕子号与亚马孙号探险系列)
ISBN 978-7-02-018101-8

Ⅰ.①布… Ⅱ.①亚… ②吕… Ⅲ.①儿童小说-长篇小说-英国-现代 Ⅳ.①I561.84

中国国家版本馆 CIP 数据核字(2023)第 126002 号

责任编辑 **朱卫净 周 洁**
装帧设计 **汪佳诗**

出版发行 **人民文学出版社**
社　　址 **北京市朝内大街 166 号**
邮政编码 **100705**

印　　制 **上海盛通时代印刷有限公司**
经　　销 **全国新华书店等**

开　　本 **720 毫米×1000 毫米 1/16**
印　　张 **24.5**
字　　数 **268 千字**
版　　次 **2023 年 8 月北京第 1 版**
印　　次 **2023 年 8 月第 1 次印刷**

书　　号 **978-7-02-018101-8**
定　　价 **88.00 元**

目 录

第二部　南方水域

第一部
黑鸭子和外地人

第一章

正好赶上

诺里奇的索普火车站是一个终点站。从英格兰中部和南部来的火车开进这里，如果途经罗克瑟姆继续去往东边和北边，火车就要更换车头调转方向，沿着驶来的路线再开出去。迪克和桃乐茜·科勒姆以前从没来过诺福克郡，火车进站后他们坐在车厢里等了十分钟，因为担心火车很快又要开动了，就像停靠在伊普斯威奇和科尔切斯特，还有其他几个车站时那样。只要再走几千米，他们的旅程就结束了。虽然桃乐茜总是想着那些可能会写进她书里的场景，但现在她满脑子都是巴拉贝尔老太太——他们要和她一起生活一段日子，要是她在罗克瑟姆车站一直等着他们，结果火车到站却没有见到他们，那该有多可怕啊。到时老太太就会返回她的船上，因为她住在船上面，而船停泊在河下游的某个地方，就算迪克和桃乐茜乘晚一点的火车赶到罗克瑟姆，他们也不可能找到那艘船。所以当迪克提出要下车去站台看看更换车头的时候，桃乐茜坚决反对。如果迪克要去，她就必须跟着，免得他们一个落下，另一个独自坐火车去罗克瑟姆。而且要是她去了，他们俩就有可能都赶不上火车，到时他们的行李还不知道会被带去哪里。她看了看行李架上的两只小手提箱。（“不要让他们拿太多行李，船上放不下。”巴拉贝尔夫人在信中这样写道。）就这样，她和迪克在车厢里坐了整整十分钟，透过敞开的车窗盯着几乎空无一人的站台。

哨声响起，车站值班员开始挥动一面绿旗。

“迪克，不要把头伸出去，”桃乐茜说，“关上车窗。”

但就在迪克要拉上车窗的时候，他们看到一个男孩沿着站台急急忙忙地跑过来。他带了不少行李，胸前抱着一只纸包裹，还腾出一只手拎着一大罐油漆，另外一只胳膊上挂着一卷新绳子。他一边跑一边往车厢窗户里瞧，好像在寻找他认识的人。桃乐茜注意到，尽管这是一个晴朗干燥的春日，他却穿着一双高筒橡胶靴。

“要是他还不上车的话，就赶不上了。”迪克说。

“嘿，想走的话就快点跑。”一个搬运工朝他大喊，就在这时，那男孩刚好经过他们的车窗，突然被他拖在地上的绳头绊倒了。那罐油漆滚到了站台边，纸包裹也散开了，里面的一些木块和钩环飞了出去。

火车已经开动了。站台远处的一个搬运工朝男孩跑来，而男孩就像弹簧一样又从地上跳起来，一把抓起木块，塞进他的口袋，然后伸脚挡住马上就要滚到站台与火车的缝隙里的油漆罐。不一会儿，他就开始怀抱油漆罐追着火车跑。

“别跑了，赶不上了。”一个检票员对他喊道。

“等下一趟吧。”紧跟在男孩身后的那个搬运工也喊起来。

“当心你们的头！”男孩大叫一声。

刚说完，那只油漆罐就从迪克和桃乐茜之间敞开的车窗飞了进来，紧接着，那卷绳子也被甩了进来。车厢门还开着，男孩一头冲进来，四肢着地。

桃乐茜拉上了车门。迪克说：“他们一般会关上它。”然后伸手锁上了门把手。

那个搬运工停下了脚步，他已经被远远地甩在了后面。

“正好赶上，”男孩说，“我可不想错过这趟车。幸好你们的车窗开着，算我走运。”

“你没伤着自己吧？”桃乐茜说。

“没有。”男孩说着，掸了掸手上的灰尘，他的一双手看上去是那么灵巧能干，迪克看见后都想藏起自己的手。

桃乐茜看着这男孩忙东忙西，他先是捡起他的油漆罐——已经撞得变形了，但还没破裂，接着从口袋里掏出木块、钩环，还有一包铜铰链和一袋铜螺丝，检查一番后发现没有因摔跤弄丢任何东西，然后他就在座位上重新盘那卷崭新的绳子。桃乐茜想，这男孩很强壮，看他的双手、身上的蓝色毛线衫、脚上的靴子，还有绳子以及其他东西，都让她觉得他很可能是一个小水手，不过，他的外套跟迪克的很像，还有他的法兰绒短裤……不少男孩都穿法兰绒短裤。

火车驶出了诺里奇。迪克从车窗往外看，发现铁路旁有一小片废墟，里面还留着一道狭窄的拱门。

“相当古老了。”他对桃乐茜说。

桃乐茜不知怎的觉得有必要给这个陌生男孩解释一下，就说：“我们的爸爸是个考古学家。”

“我爸爸是医生。”男孩说。

接下去，火车一直沿着河边行驶，他们看到一艘轮船从诺里奇方向开来。接着，他们经过了一座桥，然后铁路两边就各有一条河了，左边是一条老河道，蜿蜒穿过索普村，河畔花园旁停泊着成群的游艇和摩托艇，右边是一条笔直而乏味的人工开凿的河道。转眼间，他们又一次穿过老河道，火车就缓缓进站了。越过附近的一片草地，他们看到那条河在这里拐了一个大弯，三四艘船屋泊在岸边，还有一艘小游艇正在慢慢靠岸。

“你们对船感兴趣吗？”其他人急匆匆在车厢里穿梭的时候，男孩说。

“嗯，非常感兴趣，”桃乐茜说，“上个假期，我们就是在一艘船屋上度过的，它可是冻在了冰天雪地里。”

“船屋啊，总是会冻住。”男孩说，“你们经常扬帆航行吗？”

“我们从来没有过，”迪克说，“一次也没有。”

“除了有一次是在冰上，坐着雪橇。”桃乐茜说。

“那不是真正的航行，”迪克说，“只是被风吹着走而已。”

“在罗克瑟姆你们会有很多出航的机会。”男孩一边说一边抬头看着那两只小手提箱上的黑白大标签。

“我们要住在一艘船上，”桃乐茜说，“它不在罗克瑟姆，而是在河下游的某个地方。”

“那艘船叫什么？”男孩说，“我认得那里大多数的船。”

“我们不知道。”桃乐茜说。

“我的船叫山雀号。当然了，那是一艘很小的船，但它也有天篷。昨晚我就住在那艘船上。它的航行本领可强呢，这是给它准备的绳子，木块也是，还有油漆，这些都是买给它的生日礼物。我是因为这个才去诺里奇的。”

迪克和桃乐茜看看那些木块，又用手指头摸摸那丝缎般光滑的新绳子。显然，如果想学习驾驶帆船，他们似乎来对了地方。

桃乐茜已经开始想象下次见到南希和佩吉·布莱克特还有沃克一家的情景，到那时，她和迪克就可以说他们差不多也是水手了，而南希他们肯定会大吃一惊。有一年寒假，他们一起在寒冷的湖滨度过了快乐的一个月。那个寒假之后，桃乐茜和迪克下定决心要学习驾驶帆船，但是又不能在复活节期间去北方，因为布莱克特姐妹和她们的舅舅已经走了，而沃克家的孩子们和他们的爸爸还在南方英格兰的家里休假。因此，他们放弃了在暑期之前驾船航行的念头。没想到复活节假期过了一半的时候，他们正好收到了巴拉贝尔夫人的信。很久以前，巴拉贝尔夫人是科勒姆太太的中学老师，不过她后来专攻画画，她弟弟就是一个小有名气的肖像画家。她在寄给科勒姆太太的信中说，她和她弟弟在诺福克湖区租了一艘小游艇，而她弟弟得去伦敦给几个印度权贵画肖像，这样一来，她就独自和那条哈巴狗威廉待在船上了。她说如果迪克和桃乐茜有时间的话，她愿意邀请他们来跟她做伴。没想到他们那时正好有空，因为他们的爸爸要去参加一场有关罗马城墙的考古会议，当然，他们的妈妈也要一起去。就这样，所有行程很快安排好了，他们现在已经到了这里，在到达罗克瑟姆之前，他们又遇上了这个男孩，而他似乎比约翰或者南希更像水手。一切都很顺利。

“嘿，”他们经过索尔豪斯火车站之后不久，迪克说，“那边有一只苍鹭。那片地上又没有水，它在那里干什么？”

“它在捕蛙。”那个陌生男孩说道，接着他突然问了一句，“你们对鸟类也感兴趣吗？”

“是的，”迪克说，“不过很多鸟我都没见过，因为我大部分时间都待在镇上。”

“你们不去掏鸟蛋吗？”男孩紧盯着迪克问。

“我从没干过那种事。”迪克说。

“那就永远别干。”男孩说，“如果你们没掏过鸟蛋，那就没什么事了……你们知道吧，我们这里有一个鸟类保护协会，不能掏鸟蛋，但是可以观察鸟。今年我们观察了三十七只鸟窝……”

“三十七只？”迪克说。

“就在我们那个河段……霍宁那边……”

“我们的船也在那附近。”桃乐茜说。

“对了，”男孩说，“你们在火车上有没有见到一对双胞胎女孩？她们早上还在诺里奇，不过我猜她们坐她们爸爸的车回去了，不然她们也会坐这趟火车，我们经常坐。如果坐汽车的话，你们就看不到沿河的风景了。”

“那边有只鹰。”迪克说。

“那是茶隼。”男孩看着在小树林上空盘旋的鸟儿说，“嘿！我们要到站了。”

火车开始减速。当它穿过另一条河的时候，他们瞥见了停泊在河上的船屋，人们在做午饭，船上的烟囱冒起了炊烟；他们还看见了一座老磨坊、一座桥，桥那边是许多桅杆。然后，火车驶进罗克瑟姆火车站，停了下来。

那个陌生的男孩警觉地望着窗外。

他看见站台上有一个老太太正仰着头朝车窗里张望。他还看到了站长。他找准时机，拎起他的油漆罐和那卷绳子从车厢溜了下去，急急忙忙跑去把车票交给门口的检票员。但是站长跑得比他还快。

“哼，”他说，“诺里奇那边一给我打电话，说有个男孩买了到罗克瑟姆的票，火车开动之后还跳上了车，我就猜到那人是你。他们要我跟你好好地谈一谈。嗯，以后不要再犯了啊。这一次你没摔断骨头吧？”

男孩咧着嘴笑了。他和站长是很好的朋友，他也知道诺里奇车站的人不会让他那么轻松就下车。

“我及时赶到了站台，”他说，“只不过我在找‘左舷’和‘右舷’两姐妹，然后我脚底一滑，这时火车开动了，我就是不想错过这趟车。”

“‘左舷’和‘右舷’？”站长说，“一个多小时之前我看到她们和法兰先生经过了那座公路桥。现在他们肯定吃完饭，回船上去了……您好，太太，我来帮您吧。”说着，他又和巴拉贝尔夫人交谈起来，老太太刚刚找到迪克和桃乐茜。站长迎上去，帮桃乐茜把她的手提箱提下火车。

“太好了，你们终于来了。”巴拉贝尔夫人说着，亲吻了一下桃乐茜，又和迪克握了握手。

“那个男孩是谁？”她问道。

“我们在火车上认识了他，”桃乐茜说，“他对船可了解了。”

“还有鸟儿。”迪克说。

巴拉贝尔夫人看着他急匆匆地穿过大门，沿着一条小道走向马路。“我以前没见过他吧？”她说，“他问到的‘左舷’和‘右舷’又是谁呢？”

“那个男孩叫汤姆·达钦，来自霍宁，是一位医生的儿子，”站长说，“您也许在河上见过他待在一艘小船上。假期里，他大部分时间就在船上。‘左舷’和‘右舷’，听起来很奇怪吧，那是一对双胞胎姐妹的名字……”站长没说完就离开了，因为列车长还等着发车呢。

“大忙人。”巴拉贝尔夫人说，“迪克，走吧。桃乐茜，你又写了几本书吧？你们带的行李不多不少，正好可以找到地方放下。我找了一个男孩，他有一辆手推车，可以把你们的行李运到河边。我们坐船去，虽然时间久一点，但更有趣。那边有一艘汽艇要去霍宁，那个年轻人说可以把我们捎过去。起绒草号停在离村子很远的地方。不过我们得先吃点东西，然后我还得给你们准备几双像那个男孩穿着的那种橡胶靴。你们以后每次上岸都会需要它们。”

第二章

大失所望

迪克和桃乐茜从来没有见过这么多船。巴拉贝尔夫人先带他们去一家店铺买东西，那里似乎能买到跟水手有关的任何东西。然后她带他们去了一家小馆子吃午饭，里面的人都在扯着嗓子谈论有关船的事。吃完饭，他们就去河边找那个霍宁的船夫和他的汽艇。到处都是船，一面面巨大的船旗在高高的旗杆上迎风飘扬。出租的小游艇照着样子在桅顶挂着的小旗帜也随风摆动。这里的船种类繁多，有黑色大型平底货船，桅杆涂得鲜艳，正停在罗克瑟姆桥头的老粮仓旁边装货——这类船除了运载货物，也没有别的用途了；还有在河面上来回穿梭的平底船、装满油料的摩托艇、数百艘大大小小的帆船，有的系在码头上，有的一排排地停泊在堤坝下或主河道旁的人工港内。

“为什么那么多船都盖着防尘罩啊？”桃乐茜问道。

“其实是雨衣，”巴拉贝尔夫人说，“也就是天篷。晚上大家就会把它们支起来，相当于给操舵台搭个顶棚，这样一来，空间就更大了。当然，船停着不用的话，天篷还能让船不被淋湿。现在还有很多船没租出去，幸好我们来得早，再晚些时候，人们就会从英格兰各地来到这里，一到夏天罗克瑟姆就变成了露天集市。”

“现在就很像露天集市了。”桃乐茜听着留声机播放的音乐，还有船棚里敲敲打打的声音，说道，“噢，快看。有人开船了。所有的大船后面都挂着小船吗，就像母鸡带着小鸡那样？”

“那是小划艇，”巴拉贝尔夫人说，“假设你住在一艘游艇上，要是想去拿牛奶或是去寄信什么的，你就可以划着小划艇去了。”

“我们倒是划过一次，”迪克说，“不过只划了几分钟。”

这时，巴拉贝尔夫人看到一个船夫在向他们挥手。一两分钟之后，他们就坐上了那艘小汽艇，咕隆咕隆地行驶在罗克瑟姆河段了。船头放着他们的两只小手提箱，还有他们光顾的那家店铺派人送到河边的包裹。桃乐茜开心地看了看其中一只圆鼓鼓的大包裹。巴拉贝尔夫人给他们买了价廉物美的油布雨衣、防雨帽，还有水手靴。在晴朗的春日里，灿烂的阳光倾泻而下，可找不到理由穿戴这些东西，不过只是看着那只鼓鼓的包裹，桃乐茜就觉得自己已经有点像一个真正的水手了。

从罗克瑟姆河段一拐出去，所有的忙碌喧嚣就被他们甩在了后面。河两边长着高大的树木，一些小小的屋子掩映在树林中。水边有绿色的草坪，几只水鸡在草坪上大摇大摆地走着，就像鸽子或孔雀那样。一个脚穿长筒靴、头戴帆船帽的男人正推着割草机修剪草坪。

“快看，”桃乐茜说，“那边有个水手在修草坪。”

“这里大多数人的水性都不错，”巴拉贝尔夫人说，“他们还说这里很多孩子一出生就长着蹼趾，像鸭子一样。”

“不是真的吧？”迪克说。

“我也不确定，”巴拉贝尔夫人说，“这里的每个小孩一学会走路，似乎就能驾驶帆船了。”

“您是在这里出生的吗？”桃乐茜问道，不由自主地看了一眼巴拉贝尔夫人脚上那双小巧秀气的胶底鞋。

“我是在贝克尔斯出生的，”巴拉贝尔夫人说，“那是在另一条河附近，离这里不远。”

桃乐茜心想，不是每个人都能出生在河边，不过她和迪克至少会尽力弥补遗憾。

屋子消失了。时不时地，迪克和桃乐茜透过树林看到了水面上的波光。穿过一段狭窄的水道，他们来到了开阔的湖面上，一些小船在微风中扬帆航行。在树荫的遮蔽下，虽然有几艘游艇升起了帆，但风太小，使不上舵，航速非常慢。往前一点，他们看到了另一片宽阔的水域，岸边又是茂密的树林。突然，一阵噪声从船尾传来，那是他们在罗克瑟姆见过的一艘大摩托艇，它呼啸着从他们旁边经过，掀起一阵巨浪，把他们的小汽艇震得上下颠簸。

“就像在大海上一样。”桃乐茜说着，紧紧抓住船舷，告诉自己要镇定。

“他们没有必要开这么快，”船夫说，“现在你们看，好像那人在舱底做的饭被他们弄翻了。”

船夫指了指前方的一艘白色小船，它系在一棵树的枝头上。那艘船比他们见过的任何一艘游艇都要小得多，其实就跟游艇后面拖着的小划艇差不多大。船上竖着一根桅杆，还支起了雨篷，正好遮住了做饭的地方。那艘大摩托艇疾驰而过时，尾波就把那艘小船顶了起来，都撞到伸在水面上的树枝了。这时船上突然冒出一股浓烟。

“是汤姆·达钦。”桃乐茜说。

“是山雀号，”迪克说，“那儿有船名。”

他们经过的时候，船夫把汽艇的速度放慢了一些。

汤姆·达钦正跪在船板上做饭，红着脸往外看他们。他们看见他手里拿着一口煎锅。

他朝船夫点头问好。“熏肉油溅得到处都是。”他说。“噢，你们好啊！”看见迪克和桃乐茜，他又说。

“真可惜。”船夫一边说一边又加快了速度，“汤姆·达钦是个真正的小水手。他那艘小山雀号就像一枚新的大头针。”

“呀，”巴拉贝尔夫人说，“现在您可以告诉我们‘左舷’和‘右舷’到底是何方神圣了吧，就是汤姆在罗克瑟姆火车站和站长说起的那对双胞胎……”

“站长还说女孩子叫这样的名字很奇怪。”桃乐茜补充道。

船夫大笑起来。“‘左舷’和‘右舷’，”他说，“我们都这样叫她们。也没人叫她们其他名字了。她们是法兰先生的双胞胎女儿，是小汤姆的妹妹，当年法兰太太去世的时候，她们还是小婴儿。达钦太太，也就是那个医生的妻子，抚养了她们，她们几乎是和小汤姆一起长大的。现在达钦太太又生了个小儿子，就没有工夫带这么多孩子了。达钦太太待那两个女孩就像亲妈一样……坐稳了！你们见过像那样开船的吗？”为避开一艘游艇，他猛地把汽艇转向一边，那艘游艇正在来来回回地抢风航行，他一改变航向，那艘游艇就突然跑到河中央去了。“很可能从没开过船吧，”船夫说，“不出一个礼拜，这样的新手就会遭人笑话了。要学开船的话，去北河①就很好。”

① 北河，布尔河的别称。

汽艇猛地转向一边

桃乐茜开心地看着迪克，迪克也看着桃乐茜。

他们驶过了那片树林。河面变得宽阔起来，河岸两边芦苇丛生，其中还有几棵柳树。迎面而来的是排成一队的五艘小帆船，它们也在来来回回地抢风航行，就像一团蝴蝶那样。

“是在比赛。”巴拉贝尔夫人说。

船夫转过头来说：“夫人，如果不赶时间的话，我想把船先往边上靠一靠，让他们过去。”

“好的。”

他关掉引擎，让汽艇紧贴着岸边滑行，直到他一把抓住一根柳树枝，稳住了船。迪克抓住了另一根树枝。

紧接着，第一艘赛艇朝他们疾驰而来，又转弯向对岸驶去，船夫回过头看着巴拉贝尔夫人。

“夫人，‘左舷’和‘右舷’来了，您要是想看看她们的话，就可以关注第四艘船。法兰先生的表现一般要好一些。”

第二艘船从他们旁边飞驰而过，接着是第三艘。第四艘也横扫过水面。“准备转向！”他们听到舵手大喊一声，船帆呼呼直响，几艘船紧贴着汽艇迎风驶了过去，桃乐茜伸出手就能跟双胞胎中那个拽着三角帆索的女孩握手了。

“法兰先生的船员都是好样的，”船夫说，“尽管她们姐妹俩加起来也抵不上一个男子汉。”

“我肯定她们比我们大不了多少。”桃乐茜欣喜地说。

“你们马上又会见到她们的。”说着，船夫发动了引擎，“她们会一直往下游开，开到你们的船附近之后还会返回，比赛终点是在霍宁的斯旺湾。”

“你们的船。”他是这样说的。还要多久她和迪克才可以在巴拉贝尔夫人掌舵的船上，像那两个女孩一样拉着帆，时刻听着号令？桃乐茜正在构思一个故事，要是她和迪克能像那样驾驶帆船的话，几乎什么事情都有可能发生。她看了看迪克，不过迪克正忙着在他的小笔记本上写着什么。寒假里，他的笔记本上写满了星星的名字，但随着白昼变长黑夜变短，笔记本上又写满了鸟儿的名字。苍鹭、茶隼、黑鸭子、水鸡，他已经把它们加进了他观察过的鸟类清单里，就在遇到这几艘赛艇之前，他还看到一只头顶长着两簇羽毛的鸟，只有一根细长的脖子露在水面上。他马上就认出来那是一只凤头水鸟。

他们继续往下游行驶。现在他们来到了另一个村子，汽艇慢了下来，他们经过了一些木屋，还有一排船屋，然后迎来了一个急转弯。在这个叫作斯旺的河湾边上，有一家老旅馆。那边还有一个转运码头①，码头边拴着几艘游艇。码头过去就是一座座大船坞，跟他们在罗克瑟姆看到的一样。

“这就是霍宁。”巴拉贝尔夫人说。

“我们的船不远了，是吗？”迪克说。

“汤姆就住在这里，”桃乐茜说，“还有那两个女孩。”

汽艇在一座船坞里停了一会儿，迪克和桃乐茜满脸期待地看着拴在

---

① 转运码头在诺福克郡指的是船停泊装卸货物的地方。

那里的游艇，不知道哪一艘是起绒草号。但是他们停下来只是为了捎上一艘小划艇，那是巴拉贝尔夫人早上划到这个村子里来的。然后他们又出发了，沿着河道前进，这个河段就像一条街道，一边是矮小的旧房子，另一边停泊着船只。

“那是医生家的房子，对吧？”巴拉贝尔夫人问船夫，“就是我们马上要经过的那一座，有茅草屋顶的。我记得我弟弟指给我看过。”

“是挂了一条鱼当风向标的那座吗？”迪克问。

“达钦医生也是一个渔夫，”船夫笑着说，“那是他亲自挂上的鳊鱼。我猜他做了医生之后就不怎么上船了，但一到捕鱼季，还是会经常看到他去他的花园那边钓鱼。法兰先生就住在下一座房子里，在堤岸的另一边。”

法兰先生的房子离河要远一些，迪克和桃乐茜越过树梢只能看见上面的几扇窗户。但他们看到了他的船库，还瞥见了两座房子之间的那段堤坝，芦苇丛和柳树林后面水波荡漾。然后是更多的房子，其中一些是新建好的，还有一架掉了翼板的风车，再过去是一个渡口，一艘渡船载着一辆马车正在渡河，紧临渡口的是一家老旅馆，渡口那里还停着一两艘船。桃乐茜指着其中一艘问是不是起绒草号，可是巴拉贝尔夫人摇了摇头。那已经是村子尽头了，汽艇又一次加大了马力往前开。他们经过一座小教堂和一座大房子，它们都建在山坡上，山坡下的河岸边有一群水鸡和黑绵羊，正在一起抢食。堤坝那边也拴着一艘小船，然而依然不是他们的船。

“不会还很远吧？”迪克说。

“妈妈说就在霍宁。”桃乐茜说。

“注意安全。”巴拉贝尔夫人说。

这时河流开始变得蜿蜒曲折，每拐过一个弯，他们都以为能看到他们的船。

终于，那艘船出现在他们眼前了，他们却没有认出来。那是一艘洁白的游艇，停靠在岸边，船上支起了天篷，盖住了船舱和座舱井，似乎已经准备好过夜了。

“噢，快看，快看！”桃乐茜大喊道，不过她看的不是那艘游艇。河面上缓缓驶来一艘老柚木船，船上竖着一根粗短的小桅杆，桅顶上还挂着一面黑旗。两个小男孩一人拿一支桨在划船，还有一个男孩站在舵柄旁，正通过一架老式的大望远镜观察岸上的什么东西。三个小男孩头上和腰间都绑着色彩艳丽的帕子，可能是他们的头巾和腰带。汽艇朝那艘船开过去，很快迪克和桃乐茜就把船头上刷得不太好的几个白色大字念了出来：“死神与荣耀号。”

“你们没想到布尔河上有海盗，是吧？”巴拉贝尔夫人说。

船夫笑了。当汽艇经过死神与荣耀号的时候，舵手挥了挥他手上的大望远镜，船夫也向他挥了挥手。“霍宁的孩子，”他转过头说，“他们三个都是船匠的儿子，也是‘左舷’、‘右舷’和小汤姆的朋友。”

不过出什么事了？引擎的声音突然变了。汽艇正在拐弯，朝着停靠在岸边的那艘游艇开了过去。游艇上松垂的白色天篷抖动了几下。一条胖墩墩的浅黄色哈巴狗爬了出来，一边大吠一边在狭窄的侧甲板上来回跑动。

“是威廉！”桃乐茜喊道。

“你好啊，威廉！”迪克说。

“我们到了，”巴拉贝尔夫人说，“可怜的老威廉独自看守起绒草号，一定不耐烦了。”

“它看起来一点也不老啊。”迪克说。

他们把包裹、手提箱都搬到了船上，然后把那艘小划艇也拴在了船尾，这之后，汽艇就开走了。刚才在游艇甲板上站都站不稳的迪克已经爬进了座舱井，他觉得自己就像在帐篷里，光线从天篷的白色帆布透进来，让他觉得很舒适。

“这是你的沙地鞋，”桃乐茜说，“妈妈说我们在船上要穿这种鞋。坐汽艇的时候我就应该把它们拿出来。”

他们脱下徒步鞋，换上了沙地鞋，换鞋就足以让他们感到航行马上就要开始了。

“当我们处理掉这些包裹之后，船上还会空出更多地方。”巴拉贝尔夫人说，“你们坐着的就是储物柜，杂物都可以放进去。现在进来吧，带上你们的手提箱。没事，如果你们一直在船中央就不用低头。这是主舱，穿过去就是你们的舱室。”

他们绕过餐桌，穿过一扇小折叠门，走进了他们的那间舱室。舱室的两边各放着一张床，上面铺着厚厚的红色毯子。

“我们可以躺下试试吗？”桃乐茜说。

“当然可以了。”

“这里还很宽敞。”迪克说。

“如果你轻轻摇晃一下，还能感觉到船也在摇呢。”桃乐茜说。

“还有电灯。”迪克一边说一边拧了拧开关，“他们在这么小的船上是怎么弄上电灯的?”

“用电池，”巴拉贝尔夫人说，“我们大约一个礼拜充一次电，它们很经用，除非有人躺在床上长时间看书。”

然后他们打开手提箱，把大部分东西都放进了床铺下的抽屉里。他们通过舷窗向外望去，外面全是芦苇和水，感觉还是有些不同。他们回到主舱，坐在餐桌两旁的床铺上又感受了一下。这之后，他们从天篷的帘布下爬了出去，晃晃悠悠地走在狭窄的侧甲板上，他们扶着天篷，感觉稳当了一点。他们抓住侧支索，抬头看了看桅顶，试图让自己相信，用不了多长时间，他们就知道这些绳索分别叫什么名字、有什么用途了。

这时，巴拉贝尔夫人在座舱井的烹饪台上点燃了便携煤油炉，放上水壶烧水。迪克和桃乐茜看着水壶，巴拉贝尔夫人去了船舱，把画笔浸泡在水里。突然，外面传来船只龙骨前端撞击水面的刺耳声音，他们往外望去，正好又看到那五艘小赛艇从水面驶过。这一次，“左舷”、“右舷”和她们的爸爸排在第三。

“他们还有机会赢。”巴拉贝尔夫人说。

二十分钟过后，他们又看到他们驾着赛艇返回了。他们把折叠桌搬进座舱井，倒好了茶水，迪克被派去了船舱，他要从小餐柜里拿威廉的巧克力盒子，这时桃乐茜瞟了瞟船尾，她看到芦苇丛中飘来几张白帆。转眼间，那几艘船就出现在眼前了。桃乐茜、巴拉贝尔夫人和迪克匆匆忙忙赶到甲板上。

“他们赢了。”桃乐茜大喊道。

“很接近了。”巴拉贝尔夫人说。

“他们的船叫闪电号。”迪克说。闪电号到了第二，领先的那艘船的舵手不停地回头看，面露焦虑。

“冲啊，冲啊！”桃乐茜喊起来，像做梦一样，“左舷”……或是“右舷”？反正不是这个就是那个……当闪电号从他们旁边飞驰过去的时候，她还朝桃乐茜微笑。不一会儿，五艘船绕过起绒草号上方的河湾，全都看不见了。

接着，就在迪克和桃乐茜坐下来正要品尝他们在船上的第一杯茶的时候，出乎意料地，突然起风了。

“我们什么时候开船啊？”迪克说，他终于问出了他们俩一直想问的问题，“我想已经太晚了，今天晚上什么也做不了了。”

“开船？”巴拉贝尔夫人十分困惑地说，“开什么船？”

“这艘帆船。”迪克说。

“可是，亲爱的，我们不去航行啊……我不是跟你们妈妈解释过了吗？我们不能开着起绒草号出去，把理查德弟弟丢在外面……我自己也不会开船……你们也不会吧……我们只把这里当成一艘船屋……”

接下去是一阵可怕的沉默。白日美梦破碎了。来这里根本就是一个错误。他们学不了开船。

桃乐茜慢慢恢复过来。

“这是一艘非常不错的船屋。”她说。

“还可以观察到许多鸟。”迪克说。

“我的好孩子们，”巴拉贝尔夫人说，“我真的很抱歉。”

第三章

计划落空

那天下午很晚了，汤姆·达钦才开船回家，比他原计划的时间要晚。他到罗克瑟姆，在加内特爵士号的船长吉姆·伍德尔那儿聊了会儿天，那是一艘渡船，正在罗克瑟姆桥头装货。汤姆去诺里奇买东西的时候，就是吉姆·伍德尔替他看着山雀号的。然后汤姆做午饭的时候，就遇到了那个麻烦。之后他去追踪一只翠鸟，一直跟到它筑巢的地方，那是石岸上的一个洞穴。他在那里还看到了很多其他的鸟巢。后来他到了霍宁的斯旺湾，正好又遇上帆船比赛，大家正在等着看比赛结果。下午早些时候，他已经见过那几位小赛手，知道"左舷"和"右舷"也要参加比赛。比赛即将结束，不过在结束之前他还有很多事情要做。

他驾驶着小船经过转运码头和船屋，来到一幢盖有茅草屋顶的矮小的老房子前，那条金色的鳊鱼还挂在高高的山墙上，迎风飘扬。一片狭长的草坪从柳树丛中一直延伸到河边。草坪尽头的下方是一处堤坝的出水口，不知道的人很少能注意到。汤姆驾着山雀号从芦苇和柳树之间绕了进去，柳枝把小船的帆顶刮得直响。这里就是山雀号的家。一旦进到里面，从河上就看不到它了。

河堤的南边也有一排柳树，再过去就是"左舷"和"右舷"这对双胞胎家的房子，她们和爸爸，还有一位老管家麦金蒂夫人住在一起，她是一个爱尔兰人的寡妇，不过她本人出生在格拉斯哥。河堤北边，紧邻医生家房子的是一座矮矮的木棚。医生把他的渔具、饵筒、系泊杆放在这里，那条老渔船停泊在靠近路边的河堤尽头的一个低矮的棚顶下。汤姆在这里干起了木工活，他要给山雀号的船头座板和尾板下面的储物柜装上柜门，现在就缺螺丝和铰链了——他已经从诺里奇买来了这些东西。这里还是黑鸭子俱乐部举办聚会的地方，不管俱乐部有没有事情要处理，汤姆和双胞胎姐妹几乎每天都在这里碰面。木棚旁的岸边系着一艘狭长的平底船，那是汤姆拥有的第一艘船，也是他亲手打造的，名叫无畏号，那些刻薄的人说这船取了一个好名字，无论发生什么，它都不会比现在更糟糕。它没有帆，不过汤姆发现他这个老朋友在夏天时很管用，傍晚没有风的时候，划着它沿芦苇丛去看水鸟学游泳是再好不过了。汤姆划这艘船的时候只用了一支桨，就像加拿大式划艇那样，他有些自豪，因为无畏号这艘小船划起来不仅快，还没有一点儿声响。无畏号后面的灌木丛上方有一排高高的木架子，那是去年暑假他们搭的一座吊桥。有了这座桥，“左舷”、“右舷”姐妹俩就可以直接从桥上来到木棚与汤姆会面，而不用从法兰家的船库划着小划艇经主河道过来，也不用像来找达钦医生看病的病人那样走到马路上从前门进去。

汤姆降下帆，系好了山雀号，然后绕过屋子走向河边。他在花园门口停了下来，竖起耳朵听。睡着了还是醒了？嗯，是醒了。他听到房间里传来咯咯的笑声，然后是妈妈的笑声，一到假期，那个房间就又变成了托儿所。

“您好啊，妈妈，”他大声说着，从门厅跑上了楼，“我们的宝贝还好吧？”

“我们的宝贝？”妈妈笑了，“我很想知道，他是谁的宝贝。吃午饭的

汤姆驾船回家

时候，那对双胞胎来过，她们好像把宝贝当成是她们的。而你爸爸把宝贝叫成他的宝贝，你又叫成是你的宝贝。他始终是他妈妈一个人的宝贝。对了，昨天晚上怎么样？冷不冷？不舒服吧？你看上去还好……”

“再好不过了，”汤姆说，“在睡袋里一点也不冷。除了有一块骨头不舒服，其他真的都还好。”他轻轻摸了一下右髋骨，还能感觉到碰伤了。“不管怎样，”他说，“谁也不能指望地板像弹簧床垫呀。天黑之后，还有一只沙锥鸟咩咩地叫个不停。那顶天篷很不错。见到爸爸了吗？我想跟他说说天篷都起了哪些作用。他起初还不想把它拉下来，幸好没有听他的。”

“他很忙，还有五六个人在等着。”

“我上楼的时候看见有几个病患在那里候着。”

“你真的不能再这么叫他们了。”他妈妈说，“他可能还得赶到诺里奇去，有个肚子疼的人很可能得了阑尾炎。你长大了难道不想当个医生吗？”

“我要当研究鸟类的专家。”汤姆说，“对了，妈妈，我们的宝贝要成为一名水手，您看看他，他就是喜欢柏油的气味。”

“不要让他吮你的脏手指。”妈妈说。

“只是让他闻一闻，不要紧吧？”说着，汤姆把手靠近小宝贝的脸，小家伙咧开嘴笑了，还想来咬沾了柏油的手指。

“不要让他放进嘴里。接着说吧，你还没跟我讲完，昨晚你在哪里过夜的？”

“罗克瑟姆的霍尔堤那里。”

“然后你今天早上去了诺里奇？”

“是的，我在那里买了绳子、油漆、铰链和木块，身上就剩半克朗了，他们就把螺丝白送给我了。”

“回来的时候河上有很多船吗？我想还没到时候吧，不过游客们似乎一年比一年来得早。”

“没有很多船。”汤姆说，“我做饭的时候，有一艘讨厌的摩托艇狂奔过来，害我把熏肉油溅得到处都是。”

“昨天也有一艘，”他的妈妈说，“深夜里开过来，米利特小姐的小船屋上有一半的瓷器都被震碎了。她说要找布尔河的委员们说说这件事。”

“可能是同一帮坏蛋干的，”汤姆说，“那帮人大部分都穿着很体面，但开起船来就把尾浪掀得老高，就差把河堤冲垮了。我得马上去弄点热水清洗船底板，那对双胞胎就要过来了。”

“黑鸭子俱乐部开会？”他的妈妈问道，“要不要在木棚里准备一壶茶？”

“太好了，”汤姆说，“那样就省得烧两次水了。把底板上的油清洗干净可要费一番工夫呢。快看！他们过来了！又挤成一堆了。那边是闪电号。”他瞥见那几艘赛艇的白帆正朝这边飘过来。

汤姆的妈妈抱起小婴儿，靠在窗户旁，看那几面小白帆经过。一直到船帆不见了踪影，她和汤姆还站在窗户边听动静。他们听到河上游传来两声刺耳的枪声，“砰！砰！”几乎是同时发出的。

“差不多同时到达终点。”汤姆说，“我现在要赶紧走了，您不要介意啊。她们一会儿就过来了，还有水要烧，而且我还想给其中一扇柜门装上铰链，先看看效果怎么样。”

“有重要的会议？”他的妈妈问道。

“非常重要，”汤姆说，“我们要计划一下假期最后两个礼拜做点什么。”

他抬腿一跳就跳过了第一段短楼梯，不过当他想起候诊室里还有几个病患的时候，他又收敛了许多，放慢脚步走到厨房交代煮一壶茶之后，就匆忙绕过花园，去为黑鸭子聚会做准备。

那对双胞胎从来没见过山雀号支起天篷，因为天篷是交给修帆工老乔纳斯做的，直到昨天才完工，接着汤姆把船开到了罗克瑟姆桥附近过夜——他平常总是笑话游客们抢着去租带有天篷的游艇，所以当他开始驾驶带有天篷的小船时，他连那对双胞胎都不想带。当然，现在他迫不及待地想展示给她们看，坚信她们一旦见识了这东西的用途，也会给她们自己的划艇装上类似天篷的东西。这样一来，他们假期最后两个星期就可以去经历一次真正的航行了。不过船底板还是油乎乎的，现在支起天篷可不是什么好主意，那对双胞胎坐上去的话，只会给麦金蒂夫人增添麻烦。如果她们见了那些柜子，肯定会喜欢，所以他应该想办法至少安上一扇柜门。

他先把山雀号上的东西卸了下来，把绳子、木块、油漆、螺丝、铰链都搬进了木棚。接着他把小煤油炉提了进来，那是他用两只兔子跟一个男同学交换得来的，因为船很小，再带上两只兔子去航行的话，很不方便。他去后面的厨房打开水龙头，装满了一壶水回来，放在煤油炉上烧。然后他把其中一扇柜门放在长条凳上，准备在上面凿出槽来，好安上一对铰链，还要打几个孔，拧进螺丝，做这些事的时候，他还竖起耳朵听着外面的动静，看那对双胞胎有没有从河上过来。

很快他就听到她们的声音了。好吧，他知道在她们来之前他的活儿是干不完了，连一扇柜门也还没有装好。

“到了。下船吧，你们两个，来帮忙推一把。我要把它开回家。”是弗兰克叔叔（法兰先生）的声音，他应该是把闪电号停到了草坪边上。

“好了吧？”

“好了。”

“那你们推一下船。晚饭别迟到了，不然麦金蒂夫人又会问我跟你们去做什么了。”

“什么？别跟我说您管不住那两个小孩。”这是“左舷”在模仿麦金蒂说话。

“跟她说我们不会迟到的。今天晚上吃奶酪通心粉吧，那是专门为您准备的。”这是“右舷”跟她爸爸说的话。

“告诉她，孩子们很快就会回家。”“左舷”又说。

“我叫她把你们两个关起来。”法兰先生笑着说。

汤姆听到双胞胎奔跑的脚步声，不一会儿，她们俩就来到了木棚的门口。

“你好啊，汤姆！”

“你们好！谁赢了？”

“我们第二，”“右舷”说，“但不能怪爸爸。我们并排的时候，不得不靠边给他们让出点位置。”

“七号怎么样了？蛋孵出来了吗？”

“还孵着呢。至少我是这么觉得的。我们去的时候它还孵着，我们回来的时候急急忙忙，只是经过了那里，也没看清楚。”

七号巢在所有鸟巢中最受黑鸭子俱乐部的关注，有两个原因。首先，这只巢是一对黑鸭子的，其中一只黑鸭子与众不同，它的翅膀上长了一根白色的羽毛，在河对岸都能看到它。在诺福克湖区，黑鸭子是再寻常不过的一种鸟，但是像这种在不该长的地方长了白色羽毛的黑鸭子确实十分罕见，自从第一次见过之后，俱乐部就把这只独特的黑鸭子奉为他们的圣鸟。其次，这对黑鸭子筑巢的时间异乎寻常地早。在黑鸭子俱乐部（不忙的时候）巡逻的河段，其他黑鸭子没有那么早就开始孵蛋的。现在没准哪天小黑鸭子就孵出来了，俱乐部的每位成员都盼望着那只神圣的黑鸭子能顺利孵出一窝小黑鸭子，所以就把它开始孵蛋的日期“七号”写在了他们管辖河段的地图上。

“死神与荣耀号会看到的，”“左舷”说，“他们已经去下游巡逻了。”

“他们知道要开会，是吧？”汤姆说，“俱乐部只有一半成员到场，是制定不了什么计划的。”

“我们告诉他们了，”“右舷”说，“现在他们应该到了才对。我们碰到他们的时候，他们已经过了兰沃思。”

“我们不等他们喝茶了，”汤姆说，“已经很晚了。妈妈说我们可以就在这里喝。你们只要去一下厨房……”

“黑鸭子俱乐部的茶杯呢？”

“我拿了一只到山雀号上，”汤姆说，“其他的都在这儿。”

“也很干净呢。”“左舷”说着，从一排挂钩上取下杯子看了看，“上一回洗餐具时急急忙忙就弄完了。”

“我们去厨房拿什么？就拿点吃的？”

“还有一壶茶。”汤姆说道，他正在使劲把一枚螺丝拧直。

“你不是在这里烧了水吗？”

“那不是泡茶的水。”

最后，汤姆总算把她们打发走了。“左舷”和“右舷”去了厨房，没过多久就抱着一大壶热茶（已经加好了糖和奶）、一条面包和一罐果酱回来了。她们并没有离开多长时间，不过她们一走出木棚，汤姆就急忙带着一扇柜门跑到山雀号上去了，等她们带着茶点回来的时候，他已经把柜门装好了，于是他就叫她们到堤岸边来瞧一瞧那只装了柜门的储物柜。他打开柜门，里面摆放着一把勺子、一把小刀、一只叉子，还有一只盘子。

“很棒。”“右舷”说。

“你们就等着我把它们都弄好吧，”汤姆说，“这里要放一块隔板，以防炉子弄脏天篷。然后这两边各装两只柜子，船头座板底下的桅杆两旁各装一只柜子，桨手座板底下就不能安了，因为要在那里睡觉。”

“我们现在把天篷支起来吧……底板上怎么脏兮兮的啊？”

“我烧水就是为了这个，”汤姆说，“我们一会儿用肥皂和苏打水把它弄干净。”他卸下底板，把它抛上了岸，“有一艘摩托艇在河里横冲直撞，震得船上的熏肉油泼得到处都是。就是玛格丽塔号，罗德利公司的一艘船。当然又是一拨新的客人，上一拨还算得体。”

“我们下午也见到了他们，”“左舷”说，“他们真的好吵，还闯进我们的比赛队伍中间，事不关己地拉响汽笛，叫我们给他们让路。”

“河那么窄，幸好没人从船上掉下去。”

“真是一群混蛋。”汤姆说，“瞧，如果不把底板上的油清洗干净，就没法支起天篷。趁着水还没烧开，我们先喝茶吧。”

不一会儿，黑鸭子俱乐部的三位前辈就在木棚里喝着茶，吃着面包，热火朝天地聊了起来。汤姆坐在一只空的旧油漆桶上，双胞胎坐在高高的木匠工作台的边上，聊着下午的比赛。

“计划怎么办？”最后“右舷”说。

“等到山雀号支起天篷，你们进去之后再说吧。”汤姆说。

“昨天晚上很冷吧？”“左舷”问。

“还好，”汤姆说，“跟在船舱里差不多。”

“噢，”“右舷”说，“要是现在是暑假就好了，老爸又会开着船带我们出去兜风，就跟那些幸运的游客一样。”

“你们还是省省吧，我们来把地板清理干净。”汤姆说着，一股脑喝完了茶，就忙着去清洗底板、支起天篷，让“左舷”和“右舷”感受一下。坐在漂浮的船上，有了天篷就像在船舱里一样，他肯定她们也会心动，并有所行动。毕竟假期还剩两个礼拜，两个礼拜可以做很多事情。

但“左舷”和“右舷”并不着急。因为黑鸭子俱乐部经常开会讨论计划。很可能汤姆都已经想好了。去年夏天，他们搭建了吊桥。整个过程非常有趣，而且吊桥到现在还能用。然后是鸟类保护计划，还要坚定地执行下去。做海盗嘛，曾经是个好计划，但现在已不怎么流行了，只有俱乐部年龄小的成员不想放弃这个游戏。不管计划是什么，汤姆迟早会透露出来。那对双胞胎参加完比赛，又累又饿，只顾喝着茶，吃着面包和果酱。汤姆终于忍不住了，就在这时，壶里的水开始翻滚，他很高兴可以提醒她们干点别的事了。

他们迅速行动起来，“右舷”用一块旧毛巾包住壶把手，提起它走到外面，壶盖下还在咕噜直响。他们三个人开始了在船底板上的工作，倒上开水，打好肥皂，使劲擦呀擦，很快就把油污清洗掉了，晾干之后干干净净的，完全可以坐在上面——如果坐的时间不长的话。

汤姆在山雀号上安装好了隔板，然后在两姐妹的注视下，小心翼翼地去弄天篷。首先装支柱，那是一根细铁杆，顶端是叉形的，可以勾住横梁上的两个环。然后装帆桁和帆布，帆布卷得整整齐齐的，帆桁一头架在支柱的叉子上，另一头吊在桅杆上面三十至六十厘米高的地方。叠好的天篷搭在帆桁紧靠桅杆的那一边，展开了一部分。先把船头那部分篷布盖上并绑好，然后从桅杆向船尾一层层地打开篷布，每打开一层，就绑住船外沿的一只小吊环。最后两层篷布不用绑，方便进出，最后双胞胎被叫到了船上。

“太棒了。”“右舷”说。

她们钻进了船中间的座板底下，那里的活动船板箱把船分成了两半。汤姆轻轻晃了晃山雀号，让她们感受一下在船上睡觉以及漂在水上的滋味。

“现在你们知道我的意思了吧？”他说，“既然山雀号能装上天篷，你们的划艇也能装，死神与荣耀号肯定也没问题。那我们马上都装上天篷，然后真的出去走走……这个计划怎么样？”

“我们……”“右舷”欲言又止。她们当然出不去。唉，就在当天下午……“我们不行啊。至少这个假期的最后一个星期不行。他们安排了一场非公开的冠军争夺赛，还是我们五艘船……一共有五场比赛，按积分排出一二三名。所以最后一个星期，老爸几乎每天都要驾着闪电号参加比赛。”

“噢，讨厌的比赛！”汤姆说。

“他后天就要去比赛，常规的热身赛，然后另外一天还有一场，我不记得是哪天了。”“左舷”说，“那是一个很棒的计划，只是现在行不通。我们得想出一个可执行的计划，不用出去……”

汤姆有些失望。自从他向老乔纳斯定制了天篷，那个计划就变得越来越清晰。但现在争取也没用了。因为那对双胞胎没有了妈妈，她们觉得必须照顾好她们的老爸。她们很小的时候就是这样。汤姆很多年前就放弃了说服她们。这次他也不抱任何希望，没有什么能拆散他们。如果她们的老爸安排闪电号小帆船参加比赛，那么谁也别想让他换掉他的两个宝贝，再去找另外的搭档。

“下个假期我们再出去吧，”“右舷”说，“到时我们会有大把的时间。这次只剩下两个礼拜了。我们的老爸走不开，这段时间律师是最忙的了。还是想想别的计划吧，快点，趁着死神与荣耀号还没来。”

可是汤姆没有别的计划。

“也许死神与荣耀号会有些想法。”他说。

“不管他们，”“左舷”说，“我们得尽快想出个计划。”

“那几个臭小子去哪儿了？”“右舷”说，“他们老早就应该到了啊。”

他们从山雀号上了岸，回到木棚里。

“死神与荣耀号再不快点来，就没有茶给他们喝了。”“左舷”说着，又往杯子里倒满了茶，茶壶已经快见底了。

“开会也没什么用，”汤姆说，“又提不出什么计划。”

“他们来了。”“左舷”说。

那艘黑色的老柚木船朝着河堤驶来，船桨激起了阵阵水花，芦苇沙沙作响。几位船员头上戴着花哨的头巾，但是一个个都忧心忡忡，比海盗们的脸色还要阴沉。

“你们来得可真晚。”“右舷”说。

“要我说的话，”汤姆说，“如果你们仨白天出去做海盗，直到快天黑才回来，安排开黑鸭子俱乐部的会还有什么用？”

“不是的，你们听我说，”掌舵的乔说，“我们不是去做海盗。”

“是鸟类保护协会的事，”其中那个叫比尔的桨手说，“七号……我们得处理一下。”

“什么？”

“七号？”

“发生了什么？”

那一刻，所有关于计划的想法，赞同也好，拒绝也好，都被他们抛到了脑后。七号鸟巢。俱乐部自己的黑鸭子。那只长着白色羽毛的黑鸭子。

“我们经过的时候一切都还好好的。”“左舷”说。

“就是那之后，”乔说，“一艘罗德利公司的大摩托艇开了过去，正好停靠在它的顶上。”

汤姆跑进木棚，去拿他们对河流做的规划图，那张图挂在墙上。其实也没必要，黑鸭子俱乐部的六位成员都很清楚七号鸟巢的具体位置。

“那你们怎么处理的？”“右舷”问。

“我们叫皮特去跟他们交涉，”乔说，“他知道怎么表现得有礼貌。比如说什么‘请您’、‘不介意吧’之类的。”

“然后呢？”

皮特，这个矮小的黑发男孩，那副巨型望远镜的主人，开口说话了。

“我告诉他们那边是一只黑鸭子的巢，里面有一窝蛋快要孵出来了，”他说，“我还跟他们说，如果他们把船停在那个地方，大黑鸭子就没法回家了。”

“我们看到那只母黑鸭子在河对岸慌忙地跑着。”比尔说，他忘了头上的帕子是头巾，一把扯下来去擦脸，“那艘摩托艇不转移地方的话，它就不会回去。”

“那他们没走吗？”“右舷”说。

“没有，还笑呢。”皮特说，“说什么河是对大家开放的，鸟可以去别的地方筑巢，然后一个女人从船舱里探出头来，其他人就都进去了。”

“这帮混蛋！”“左舷”说。

“我又去试了试。”乔说，“我敲了他们的船侧板，有人出来了，我就跟他们说那样做很无耻，破坏鸟儿孵蛋。”

“我还告诉他们河下游有个更好的地方可以停靠。”比尔说。

“他们叫我们滚开。”乔说。

“还说不关我们的事。”皮特插了一句。

“我告诉他们，那就是我们的事。”乔说，“然后开始跟他们讲鸟类保护协会。”

“他们甩头走进船舱，动静大得吓人，连死人都要被他们吵醒。”比尔说。

“我们一起下去看看吧。”“右舷”说。

“我来处理他们。”汤姆说，“我们人去得越少越好。一个人去就容易多了。”他看了看刚刚支好天篷的山雀号说：“我划平底船去。”

“我们也不能去吗？”乔说。

“我们可以很快回去一趟，告诉麦金蒂我们要晚点回家。”“左舷”说。

“那会议怎么办？”比尔说。

“算了，”汤姆说，“会议结束了。反正计划都落空了。我得马上划船下去。”

他已经解开了老无畏号的缆绳，拉出了船桨，正要把船从堤岸那边划走。

“听着，”他说，“如果他们真是你们说得那么坏，我可能得给他们点颜色瞧瞧。”

“我们确实尽力了。”比尔说。

“嗯，要是我跟他们争吵起来，你们最好不要掺和。你们几个都不要靠近河边，去帮村里的人除除草。双胞胎，你们跟他们一起去，确保有人看到他们在干活。”

无畏号从堤岸滑进了开阔的河道。最后一波潮水正在退去，汤姆握住船桨使劲划，让这艘自制的老平底船借着水流飞快地向下游驶去。

那对年龄稍长的双胞胎和三个小男孩急匆匆地向医生家的草坪边

走去。

“要是我们能一起去就好了。”乔说，这时平底船拐过下一个河湾，消失不见了。

“我们不能去，”“右舷”说，“那些混蛋已经见过你们，还和你们说过话，知道你们已经走了。汤姆知道分寸。他不想让你们再卷进这件事。”

“他会处理好他们的。”乔说。

“我知道他办得到。”比尔说。

“快来喝你们的茶。”“左舷”说，然后“海盗们”把壶里的凉茶都喝光了，双胞胎又塞给他们几份大块的果酱三明治。他们看着刚刚支好天篷的山雀号，大口嚼了起来。

“我们怎么没想到像这样装一顶天篷呢？”乔说。汤姆要是听到了，一定非常开心。

“快点。”“右舷”说。

他们五个人登上死神与荣耀号，向上游的霍宁码头驶去，尽可能让大家都看到，至少他们三个小“黑鸭子”没有掺和汤姆要做的事情，不管他要做什么，他是一个人去的，而且是迫不得已才做的。

第四章

唯一的办法

汤姆不停地划桨，往前划了一长段距离，然后瞄准时机一转动桨叶，这艘老无畏号就顺流而下了。今天什么事情都不顺利。先是双胞胎说假期最后一个星期出不去，现在那帮混蛋又把船停靠在七号鸟巢上面。他心想，如果停在其他的鸟巢上，也不至于这么糟糕。不管怎么说，任何一只鸟碰到这种情况——不能回到自己的窝里，都是很可怕的。他想起他刚才听说的事，一艘摩托艇遇到他们比赛的队伍也不按规矩让路，而是横冲直撞地闯了进去。他还想起米利特小姐船屋里的瓷器都从架子上摔到了地上。他也想起那艘摩托艇从山雀号旁呼啸而过，害得他把肉都烧焦了，油还泼得到处都是。皮特跟那伙人解释了那么多鸟巢的事，他们还是拒绝换地方。那好，等到天黑，就得让他们老实地走开。汤姆发现一想起七号的敌人，就更容易忘记自己先前的失望之情了。然而他还是心烦意乱。“不要惹上外地人。”他知道，这是父母的忠告，也是黑鸭子俱乐部的原则。现在只有一件事可以做，而他不得不做。幸好没有几个人会牵扯进来。就在这时，正当他迅速划过渡口的时候，他看见乔治·欧顿倚在刷了白漆的栏杆边，盯着他看。

但凡乔治是其他任何一种类型的大男孩，汤姆很可能就向他请教和求助了。然而他偏偏不是，汤姆很明白他是什么样的家伙。乔治可能和汤姆一样，也是诺福克人，不过他比摩托艇那伙人还要危险。他是敌人。他拥有的零花钱比黑鸭子俱乐部的任何一个成员都要多得多，可他还要

乔治·欧顿居高临下地看着他

去赚一些黑心钱，大家都知道他偷稀有鸟类的蛋去卖给一个诺里奇人。只要他觉得是汤姆和他的鸟类保护协会保护的鸟窝，他准会故意捣毁它们。所以汤姆继续往前划，不理会他。

“小汤姆，你很急的样子啊。”

汤姆下意识地放慢了速度。

“也没什么事。”他说。

“这次是什么秘密行动?”乔治·欧顿揶揄道。

汤姆没回答。不一会儿，他就转过了小旅馆下边的那个河湾，从渡口旁消失不见了。他也不知道接下去会发生什么，只是希望乔治·欧顿不在那里就好了。

他又加快了速度，很快就听到从远处的河下游传来一阵杂乱的噪声。起初还很微弱，能听出是两种声音混合在一起，当他越来越接近的时候，那噪声也越来越响，到最后，那两种声音都飙到了最高音量，就像在吵架一样。

那一刻，他听出所有噪声都是从一艘船上传来的，那是一艘大摩托艇——正是他在山雀号上做饭的时候搅得他心烦意乱的玛格丽塔号。原来敌人就是他们。这个不长眼的家伙（汤姆压根不想把它称作“船”）横亘在白羽黑鸭子筑巢的小河湾的入口。那个地方长满芦苇，刚好挡住了溪流，七号就住在芦苇丛中，黑鸭子俱乐部的成员们没有错过七号搭建鸟巢的任何一个阶段。那两只黑鸭子刚开始把苍白的枯芦苇叼来一层层筑巢的时候，就被死神与荣耀号的船员发现了。那已经是很久之前的事了，开了学，“左舷”和“右舷”远在学校，而汤姆也只能在周末到河上来看看，乔、比尔、皮特就轮番逃学来照看它。有些天下大雨，汤姆担心河水涨起来会淹没甚至冲走鸟巢。但黑鸭子们不会让洪水毁坏它们的家。它们只是把巢筑得更高了。水位下降之后，汤姆又来过一趟，跟这次一样，他也是划平底船来的，当时他就发现那只长了白色羽毛的黑鸭子蹲在一块芦苇编的又宽又高的圆垫子上孵蛋。

现在这一切都要被毁掉了吗？那艘大摩托艇的船头靠在入口上方的河岸边，船尾靠在下方的岸旁。“这帮懒家伙，他们从船的两头都可以上岸，用不着小划艇的。”汤姆自言自语，但噪声那么大，他几乎听不见自己在说什么。玛格丽塔号的甲板上见不到一个人。噪声是从下面的两个船舱里发出来的，其中一个船舱里有一台无线电设备和一个扬声器，船上的人正在另一个船舱里拾掇一台留声机。

汤姆的无畏号顺着水流，慢慢靠近了玛格丽塔号。他应不应该试着去劝说那帮混蛋，让他们换个地方？要是能从舷窗看见他们任何人，他可能早就试试了。他想了一会儿，在这么一个安宁的春夜，把自己关在船舱里，还弄出那么大的噪声，跟这种人讲道理恐怕是没用的。反正死神与荣耀号的几位船员都已经试过了，也跟他们讲了黑鸭子的事。

黑鸭子让他下定了决心。那两只黑鸭子在小河湾对面的岸边挣扎着游来游去，摩托艇堵死了它们回家的路。它们来来回回地游着，发出痛苦的尖叫，完全不同于平日里洪亮的鸣叫。它们似乎不知所措了，好几次扑腾翅膀逆着水流飞了一小会儿，溅起阵阵水花，但很快又落下，游了回来。汤姆知道它们为什么这么焦躁不安。它们的鸟巢就在摩托艇后面，虽然它们抵挡住了洪水的侵袭，却抵挡不了此刻震耳欲聋的噪声，那些蛋宝宝很快要孵出来了啊！必须马上行动起来。黑鸭子离开它们的蛋宝宝有多长时间了？没必要跟那帮混蛋讲道理了。假如他去找他们，只会让他们警觉起来，到时事情就更难办了。

汤姆悄悄地划到玛格丽塔号下游的岸边，上了岸，把无畏号拴在一束芦苇上，然后他沿着河堤潜到摩托艇船尾的系泊缆绳旁边。他停下来，竖起耳朵听。那两股声音还在对战，都想把对方压下去。他还听到了做作的大笑声。汤姆弯下身子，拔出摩托艇的圆锚[①]，小心翼翼地盘起缆绳，仿佛那是他自己的东西，然后把锚和缆绳轻轻地放在船尾甲板上。他瞟了一眼，发现鸟巢和蛋还在原地。但只要摩托艇停在那里，随时都会撞碎它们。

到目前为止，一切都还顺利。他又弯下腰，沿着河堤匆匆往回赶，很快就回到了无畏号上。没有迹象表明玛格丽塔号上的人觉察到了即将要发生的事情。他逆着水流往上游划，很快划过了摩托艇那边，然后又上了岸。他沿着河堤潜行到船头，拔起船头的锚，盘起绳索，把它们放在前甲板上。摩托艇的两个船舱里依然闹声喧天，所以他也不必那么谨慎了。接着他轻轻地推了推玛格丽塔号的船头。它是会漂走呢，还是在水流的作用下保持不动？船晃了一下，开始动了。河水从船与岸之间流过。没过多久，汤姆就回到了无畏号上，他猛地一推，拼命划了一两下，小船就顺着水流往下游驶去，他就离开了霍宁，离开了家，离开了他家房子下方堤岸旁的大本营——黑鸭子俱乐部。

---

① 圆锚，一种无杆锚，只有一只锚爪，用于将船泊在岸边。

他还没碰玛格丽塔号的船锚之前就已经下定了决心。假设那帮混蛋看到他往上游去了，肯定就会把他当成是死神与荣耀号的人，因为他们几个交涉无果后就是往那边走的。那样绝对不行。他必须引导他们去下游。运气好的话，在他拐过河湾去往下游之前，他们都发现不了他。他会把无畏号留在下游的某个地方，然后从陆地溜回霍宁。幸运的是，这次他开的不是山雀号。

他迅速且悄无声息地向下游划去。玛格丽塔号开始慢慢地漂移。他可以看见那个小河湾了。他匆匆看了一眼那两只不安的黑鸭子。再过一会儿，它们就能回到自己的窝里了，当然，除非它们离开太久，不想回去了。他从摩托艇旁边经过，然后就安心地使劲划桨。那帮家伙吵得太厉害，还不知道他们的船已经漂走了。就在汤姆划到他们下游的拐弯处时，他听到一声愤怒的喊叫，回头一看，玛格丽塔号横着船身往下游漂，已经漂到了河中央，两个船舱之间的露天甲板上站着一个人，正指着他大吼，糟糕的是，那人还举着双筒望远镜在看他。

现在事情办完了，追捕却开始了。汤姆真希望无畏号的桨上装了外伸支架，那样划起来比他用一支自制的桨要快得多。他用尽浑身力气，拼命地划。曾有人笑话他做了一支那么粗壮的桨，但现在他很高兴拥有这样的桨。他已经躲开了玛格丽塔号，但只要它一发动引擎，很快就能绕过河湾，到了下一河段，就没地方躲藏了。他一刻也不能放松，要让他们觉得拔出他们船锚的男孩不是从霍宁来的，而是来自下游的某个地方。如果有一束芦苇缠住他们的螺旋桨就好了，可现在还不到时候，几乎没有这种可能。是的，摩托艇开过来了。他听到引擎的咆哮声了。他

他们发现了他

们正在追他。突然，引擎停止了轰鸣，接着发出两三声不连贯的爆裂声。引擎出了问题。真好！噢，太棒了！这回他甚至能一直划到霍宁霍尔农场附近的堤岸那里了，他有朋友在那边，还可以把老无畏号毫发无损地藏在那里。

他不停地划桨，一秒也不敢耽误，仿佛在逃命。不管发生什么，一定不能让他们逮住。惹上外地人？唉，这次可真是惹上大麻烦了。对那些不理解七号鸟巢这件事的人来说，他错得很离谱。

他原本想在风标船停靠的船库那里上岸，吓唬一下那群黑绵羊，然后把无畏号留在教堂下方的堤岸处。但是如果那帮混蛋看见了船，只要随口一问，就能打听到那是谁的船。不，他必须走得再远一些。

他快到兰沃思湖入口的时候，又听到河上游传来玛格丽塔号引擎的咚咚声。已经来不及拐弯了。湖堤笔直笔直的，他们在他躲起来之前就能到达湖口。他拼命往前划，经过了两个小河堤，其实都可以藏起他的平底船，但他不敢停下来往回划。摩托艇紧追不舍，引擎声越来越响。要不要弃船，步行到沼泽地去？随着时间的推移，他的境况似乎更糟了。

后来他绕过一个河湾，看到了起绒草号。这艘游艇停在那个地方已经有一个多星期了。他代表鸟类保护协会开船出去检查鸟巢的时候，见到过它好几次。每次总有一条哈巴狗蹲在座舱井上看守着船或躺在前甲板上晒太阳。汤姆见过那条哈巴狗，却从没见过有人驾驶起绒草号，至少这些日子没有见过它出航。似乎它只是用来当作船屋。今天船上好像没人，小划艇还在，但那并不意味着什么。哈巴狗不在前甲板上，船舱和座舱井上支起了天篷，也许他们到岸上去了。就在那时，汤姆冒出了一个想法。他可以把船扔到一边，而不是丢掉它，然后躲进芦苇丛里看着，不让他的敌人俘获他的无畏号。那些游艇都是按照同样的方法造出来的，每艘船的船头和船尾各配有一只圆锚，以便停泊在岸边，而且每艘船上都有另外一种锚，很重，藏在船首舱里，到了开阔的水域可以用来抛进淤泥里……

汤姆回头看了看。那艘摩托艇还不见踪影，但它随时可能跟上来。事到如今，已经不可能更糟了。他决心已定。划了两下桨，他的无畏号一拐弯，靠近那艘游艇的船头底下。他攥着系船绳飞快地爬上了甲板。他来到前舱口，他要的那只重锚就在那里。汤姆趴下身去用手够它，然后把它拖到了甲板上。他用自己的系船绳系住那只笨重的锚，吊到自己的平底船里。他把桨塞到座位底下，用脚往下踩船舷，一直踩，一直踩，河水就涌了进来。无畏号浸满了水，再加上那只铁锚，小船沉入了河底。汤姆快速爬了起来，把舱口盖卡在锚索上，然后从起绒草号的前甲板上轻轻一跃，跳进了芦苇丛里。

圆锚

第五章

登上起绒草号

威廉不在起绒草号上。它度过了相当沮丧的一天，早上主人就留它自己在船上，下午它又要给新来的客人腾出地方。下午茶过后，它像往常那样，在前甲板上躺了一小会儿，享受着落日的最后一缕阳光，它心里明白，对航行在河上的每一个人来说，它就是一道不可多得的风景。然而春天里白昼很短，白天就要结束，人们都已安顿下来准备过夜了，没人来欣赏它。它回到座舱井，听到桃乐茜夸它是一条多么漂亮的哈巴狗，但这两位新来的客人似乎不怎么会洗餐具，把水弄得到处都是。它走进船舱，巴拉贝尔夫人正在写一封信，没有注意到它。它很心烦，因为它发现她把一些画笔泡在一只装了一半松节油的果酱罐里，而罐子就放在地上，它经过的时候总会不小心碰到。要不是它谨慎地嗅了嗅，那松节油恐怕会让它的鼻子失灵一个礼拜。这些人也太马虎了！威廉生着闷气穿过座舱井又出去了，被新来的客人泼了一身水。它爬上甲板，沿着它的专用跳板跳上了岸，来到不远处的芦苇丛后面一块坚实的地上，它扒出藏在那里的一两样美味，好好享受了一番。

巴拉贝尔夫人正在她的信纸边上和吸墨纸上画些小画，这是她的习惯，那信是写给迪克和桃乐茜的妈妈的，没什么要紧。如果不是写给熟人的，她经常要把信从头到尾抄一遍，因为她写信时不知怎么就画上了小插图。有一次，她不得不装作弄丢了肉店的账单，请求老板再给补一

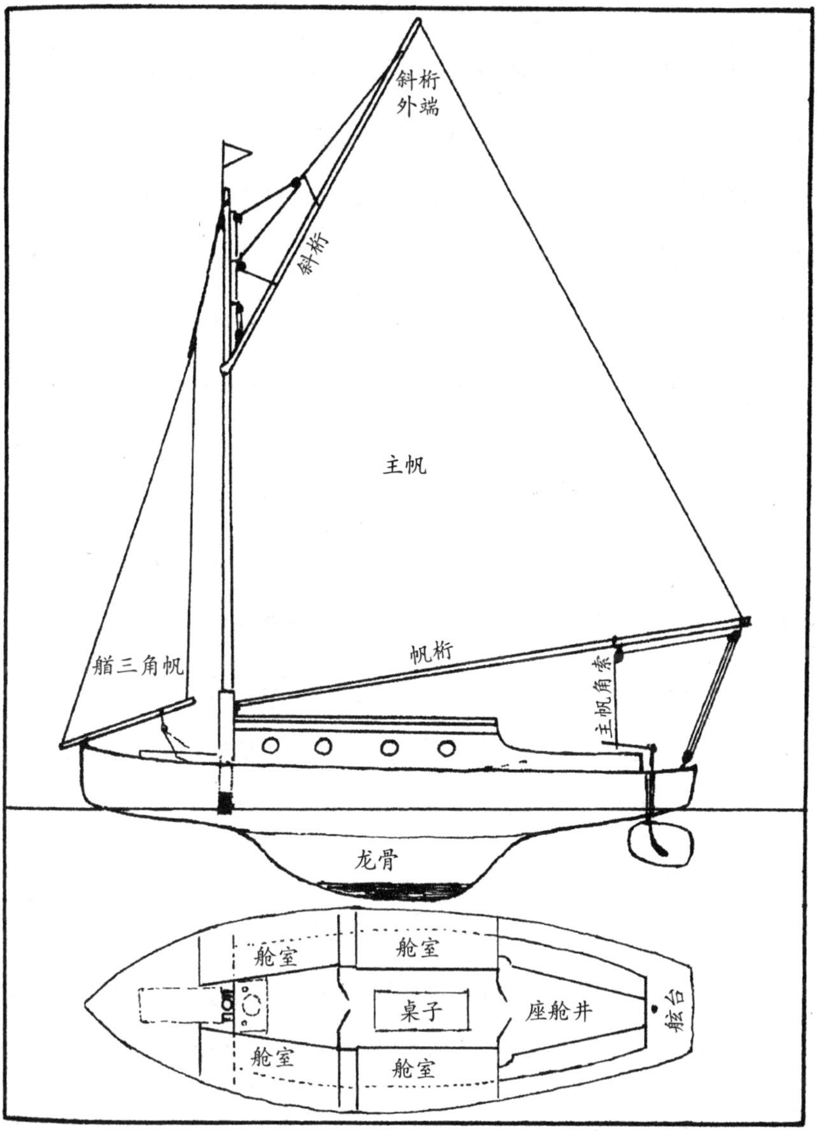

起绒草号（船帆及内部构造）

张，因为她不知不觉就在账单上画了排成一排的三只猫，猫儿们还戴着黑领结，望着一串香肠哇哇大哭。不过，给她多年前的学生科勒姆太太写信，她就可以保持原样寄过去，不管她在信纸的边边角角乱涂乱画了什么。今天的信纸边上画满了小帆船，因为巴拉贝尔夫人眼前还浮现着那几艘扬着白帆的小赛艇，同时她也担心迪克和桃乐茜对不能出海而感到失望。他们这会儿的表现很好。迪克正忙着记录他见过的鸟儿，桃乐茜在听巴拉贝尔夫人讲她和弟弟计划开船去南方水域——他们在那里度过了童年，最后却不得不取消了计划，桃乐茜顿时忘记了自己沮丧的心情，眼前浮现出一幅幅场景，那是一个悲惨的故事，背井离乡的人就要回到日思夜想的故土时，船却失事了，他多希望在死前看一眼故土……

“亲爱的，两个孩子很懂事，”巴拉贝尔夫人写道，“桃乐茜很像你小时候，不过，你明白的，要是我早知道他们那么渴望航行，我恐怕就不会叫他们来这里了……他们刚才还跟我讲起在北方遇到的那些孩子，那些患有腮腺炎的孩子（在这里画了一个患有腮腺炎的孩子）似乎让他们对扬帆航行很着迷……亲爱的，实际上我比谁都清楚。当然了，他们想学开船，而我也担心他们会觉得很无聊，整天关在这样一艘停泊在岸边、比船屋好不到哪里去的游艇上，还只有我这样一个老太婆陪伴他们。（在这里她信手涂鸦，画了一对小羊羔和一个戴阔檐帽的老太太在一起玩耍。）现在，要是我弟弟在这里，而不是去给那些王妃贵族画像，我们应该就会驾着船四处航行了，当然，迪克和桃乐茜就没地方住了。我真的没想到，他们一看到来往的船只，眼睛就放光。今天他们就看到两个小女孩驾驶的一艘船……可怜的桃乐茜！我应该早想到，风车、芦苇、缓缓流淌的小河、倒映在水中的风景，对我来说，画下它们就足够了，可对意气风发的年轻人来说，这些远远不够啊。不过，没人跟我们一起开这艘起绒草号，也没人来告诉他们船上的那些缆绳都叫什么、是做什么用的……我自己懂一点，可是亲爱的，它是租来的船，要是我真开着船出海，遇到棘手的事也没有什么能手来帮我，到时还不知道理查德弟弟会怎么说我。没办法，亲爱的，很遗憾，但迪克和桃乐茜会很满意……”

巴拉贝尔夫人用笔杆头敲了敲自己的牙齿，通过舱门瞧了瞧盖着帆布篷的座舱井，看到迪克在认真地擦拭盘子，桃乐茜一只手伸进一只小茶叶罐里取茶叶，幸亏她的手小得可以伸进去。要是能带他们去自己童年时常去的地方转转，那该多有意思，先去雅茅斯，然后穿过布雷顿湖，再沿着韦弗尼河到贝克尔斯……这时，她的目光穿过孩子们的舱室投向对面的舷窗外。正前方有扇舷窗，就在桅杆边上，通过舷窗可以看到一幅迷人的图景，那是上游的河湾。她想，画下这样一幅画一定很有趣……她的思绪从科勒姆太太和在座舱井里忙着的两位小客人那里转移到了画布和颜料上，她还揣测她弟弟对这个题材会有什么想法……就在这时，一个男孩划着一艘涂了柏油的平底船闯进了那幅通过舷窗看到的画面里，他飞快绕过河湾，就像在比赛一样，拼命划着桨。巴拉贝尔夫人一下子忘记了周围的一切。

行色匆匆的人总是能吸引她。她乐于给跑着追火车的人加油，而且听说她一看到有人像赛跑冲刺那样去赶公共汽车，就会拍手叫好。“好小子。”她喃喃自语，然后等着他的再次出现，按理说，他应该从对面的舷窗划过来。

然而他根本没有从那些舷窗外经过。他抓住起绒草号的时候，只发出了极微弱的响声。船随之突然晃动了一下，非常轻微的一晃，因为汤姆不重，不过迪克和桃乐茜在座舱井里还是感觉到了，他们奇怪巴拉贝尔夫人在做什么。巴拉贝尔夫人的身子又往前倾了一下，通过桅杆旁的那扇圆形舷窗，她瞥见前甲板上有一只穿着橡胶长筒靴的腿。接着就是一阵很微弱的响声，绝不会搞错，有人正在打开前舱口，摸索着缆绳，移动一个重物，前甲板上传来急促的脚步声，咕咚一声，什么东西慢慢沉入水里，砰的一声，前舱口关上了，又砰的一声，跳上了岸，随之是干芦苇发出的噼啪声，不一会儿，那条看门狗威廉发出了歇斯底里的狂吠，从容不迫地回到了自己的岗位。

巴拉贝尔夫人推开折叠桌，匆匆走出船舱。那两个小客人惊讶地看着她。他们俩正跪在那边收拾东西。

“出什么事了？”桃乐茜问。

“威廉怎么了？”迪克说。

“我不太清楚，”巴拉贝尔夫人说，“一个男孩划着平底船……”她从天篷下走了出去，想看看停在起绒草号旁的那艘平底船或其他什么船。但是根本没看见什么船。它已经消失了，就像那个男孩一样。哈巴狗在芦苇丛后面疯狂地大吠。

“威廉！”巴拉贝尔夫人喊道，“威廉！过来！”

她沿着侧甲板往前走，一只手扶着天篷。前甲板湿了，这说明了什么？还有一根绳子从前舱口引出来搭在一旁。巴拉贝尔夫人打开舱盖，看了看船首舱里面。这是怎么回事，起绒草号好好地停在岸边，为什么有人要给它再加上一只泥锚呢?

“威廉!”她又喊了一声，接着威廉从芦苇丛中钻出来，跑到跳板上停了下来，回头又吠了几声，想让大家知道它谁也不怕，也没有比它更好的看门狗了。

“安静，威廉!”

迪克和桃乐茜满脸疑惑地望向外面。他们也从座舱井爬了出来。

“安静，威廉!”巴拉贝尔夫人说，“他一定是在躲避什么。闭嘴，威廉!听!”

没错。他们都听到有一艘船开过来了。引擎轰鸣，那艘船在全速前进。又是一艘摩托艇。高音扬声器里唱着什么“请不要离开他、永远爱他”，伴随着叮叮叮、砰砰砰的背景声。除了扬声器之外，还有其他的声音，音量很高，情绪愤怒，不是在唱情歌，而是在互骂。那艘大摩托艇绕过河湾，朝这边驶来了。

现在威廉走到了前甲板上，不过还在往它身后看，对着岸边的芦苇丛大吠。巴拉贝尔夫人眼睛一亮，下定了决心，指着朝他们呼啸而来的摩托艇，让威廉冲它吠。威廉纳闷了。如果芦苇丛中的那个男孩听到河上传来的噪声就想出来的话，那他很快就要出来了。威廉认为它的女主人也知道这一点，反正它也很厌恶这种噪声。巴拉贝尔夫人悄悄对着它的耳朵说:“猫!威廉，坏蛋猫!”它就冲着开过来的那艘摩托艇狂叫起来，心里想着曾经欺负它的那些男孩子——他们躲在芦苇丛里，等老实巴交的哈巴狗一走近，就冲出来吓它们一跳。顿时喧闹冲天，威廉在吠，扬声器在响，摩托艇上的人还在争吵，谁都想让自己的声音盖过引擎的轰鸣声。巴拉贝尔老太太收敛起她的兴奋，揪住威廉肥厚的脖子，似乎生怕它激动得跳到他们的船上，把扬声器什么的咬成碎片。迪克和桃乐茜从餐柜那边沿着侧甲板往前走。发生了什么？桃乐茜想着种种可能，但似乎都不对。

突然，那艘大摩托艇上的争吵好像结束了。只听到那个掌舵的男人愤怒地大叫起来，然后他们一伙人都笔直指向迪克。他们突然调头，朝起绒草号开了过来，船偏离了航线，在河面上卷起一个巨大的旋涡。

“你们没弄错吧？”摩托艇上的舵手大声嚷道。

不过马上就有一个混蛋指了指起绒草号船尾的小划艇。

“不是这个男孩，”他提高嗓门，好让他们听见，“你们没看到那艘小船吗，笨蛋？这不是那艘。那艘要更大！更长！而且这艘是白色的，那艘是黑色的——是平底船。”

“不是你解开了我们的船吧？”那个舵手又问。

“我，”迪克说，“我……”

巴拉贝尔夫人马上说：“他跟你们一点关系都没有。他整个下午都陪着我，我们的船就停在这里。”

“哦。那你看到一个男孩经过这里吗？”

“划着一艘长长的黑色平底船。”

“比赛的船过去之后就没人经过这里了。”巴拉贝尔夫人说。

“呃？”其中一个混蛋喊起来。

“把那个东西关掉。”另一个喊道。

摩托艇上的每个人好像立马又嚷嚷起来，那个扬声器依然在唱着什么“请不要离开、不要欺骗他”，砰砰砰，叮叮叮。

“一定是今天下午那三个小混混中的一个干的。”“为了一只该死的鸟巢来烦我们。”“收起我们的锚，让我们漂走。”“很好，很好，我要拧断那个小畜生的脖子。”

一个身穿华丽至极的沙滩睡衣的女孩对那个舵手说话，她原以为小声跟他说就行，但实在太吵，她不得不扯着嗓子喊，就连起绒草号上的人都把她的话听得一清二楚。

“跟这个老太婆说那么多有什么用？他保准经过了这里。”

巴拉贝尔夫人的眼神变得略微严厉了。

“如果你们想看看我的画，就尽管来。”她说，那一刻，摩托艇正逼近她的船，非常危险。

“什么画！”那个女孩粗鲁地说，然后冲着舵手的耳朵大叫，“不要浪费时间了。我们赶紧走吧。只要你一直往前开，我们肯定能逮住他，他不可能跑很远。”

摩托艇的引擎又开始咆哮起来。水面又泛起了泡沫。船尾转过去的时候，砰的一声巨响，差点撞上起绒草号。就这样，那艘玛格丽塔号继续叫着唱着吵着，驶入河道，消失不见了。威廉刚才表现得像一头饥饿的狮子，好不容易才忍住没有扑上去，这下它立马又转身对着芦苇丛狂叫起来。

巴拉贝尔夫人也望向芦苇丛。

“他们已经走了，”她说，声音很清晰，却压得很低，“你是不是最好出来给我们解释一下？”

芦苇丛中传来沙沙的响声，迪克和桃乐茜看到一个男孩钻了出来，正是他们在火车上遇见的那个男孩。此刻，他站在哈巴狗所在的那块跳板旁边，看上去相当害羞和不安。

“你一直藏着啊？”桃乐茜说。

“是你？”巴拉贝尔夫人说，“今天早些时候我们见过你一次。”

“是两次，”迪克说，“一次在火车上，一次是他在船上做饭的时候。”

“你们真的很正派，”汤姆说，“把他们给打发走了。”

“嗯，”巴拉贝尔夫人说，“是五对一，对吧？不过究竟是怎么回事？你又是怎么处理你的那艘船的？还有你为什么把我的泥锚搬到了外面？”

“在我看来，只有那个东西足够重，”汤姆说，“您看，我得把船弄沉。”

“把船弄沉？”巴拉贝尔夫人惊叫道。他们全都往浑浊的河水里看，“你是说，刚才那伙人在这里交谈的时候，你的船就在我们脚下？”

“我看好了往下一踩，”汤姆说，“它就沉下去了。”

“不过你又怎么把它弄上来呢？”

“把那只泥锚提起来，它就出来了。反正我把系船绳拴在了你们的绳子上。直接就能把船拉上来。不过真不好意思，我以为你们船上没人，也没看见平常趴在甲板上的哈巴狗。我知道不能损坏船锚。直到那帮混蛋离开，前后不过半个小时。我根本没有时间做其他事情。我听到他们说的了……”

“混蛋？”巴拉贝尔夫人说，“这个名字很适合他们。不过你对他们做了什么？你不担心他们随时回来找你？他们发现你在这里可就不太妙了。进来吧，等到我们确定他们不会调头回来，你再出来。威廉，不要叫了，不要叫了！是朋友！朋友！不过你究竟对他们做了什么？不管你做了什么，我觉得都是他们活该……”

现在玛格丽塔号听上去已经走得很远了，不过还是能听到它发出的噪声，如果那帮混蛋回来发现那个男孩就在这里，那肯定会很尴尬。

“我可以躲到芦苇丛里等着。”汤姆说。

“不过我们想听一下事情经过，”巴拉贝尔夫人说，“我可不想躲到芦苇丛里去听。最好还是进来吧。”

汤姆焦急地看了看脚下沉入水中的锚绳，和他离开前一样。无畏号还沉在河底，没什么问题。于是他跟着巴拉贝尔夫人爬进了座舱井。

“现在，”巴拉贝尔夫人说，当时他们全都钻进了座舱井并合上了盖子，包括威廉——它渐渐对汤姆改变了看法，“你可以告诉我们事情经过了吧。当然，你不愿意说的话，也不必勉强。”

“都是因为鸟的事。”汤姆说。

“是苍鹭吗？”迪克插话道，他下午用了很多时间观察对岸的一只苍鹭。

“是黑鸭子。”汤姆说，“你们看，现在鸟儿都在筑巢，要是他们那样的人都把船直接开到鸟巢上，后果不堪设想啊。何况那是我们与众不同的一只黑鸭子，它的一只翅膀上长了根白色羽毛。我们从它开始筑巢就一直守护着它。它筑巢筑得很早，它的蛋宝宝很快就要孵出来了。然后那帮混蛋把船横在鸟巢所在的那片水域的入口，把黑鸭子吓得不敢回巢了。我必须做点什么。”

“我很理解，”巴拉贝尔夫人说，“不过你是怎么做的呢？”

“嗯，我们请他们离开，但是他们不走。”汤姆说。

“谁请他们离开的？”

“我们鸟类保护协会的人。”汤姆说。

“不过他们是怎么知道有船停在那边的？”

“他们沿着那条水道去巡查，因为我住上游，‘左舷’和‘右舷’又在比赛。我想你们肯定见过他们。他们三个人开着一艘黑色的老柚木船。”

“我们见过他们。”桃乐茜兴奋地大叫道。

“哦，”巴拉贝尔夫人说，“是那几个‘海盗’……戴着头巾，腰带里别着刀……我们都见过他们。”

“嗯，”汤姆说，“你们根本想不到他们竟然是鸟类保护者吧。”

“当然想不到。”巴拉贝尔夫人说。

“他们请那帮家伙离开，那帮家伙就是不听，然后他们觉得跟那帮家伙讲道理是行不通的，他们就回到了霍宁，把事情报告给黑鸭子俱乐部，也就是我们其他几个成员。幸好我的旧平底船在河边停着，于是我就划过来了。他们船上的噪声实在太大，根本听不见我收起了他们的锚、把船推开。这会儿那两只黑鸭子应该回去了，如果它们没被吓跑的话。”

“嗯，”巴拉贝尔夫人说，“我很高兴我没把船停在哪只鸟巢上。我可一点都不想让船顺流漂走。”

“这种事绝不会发生在您身上，”汤姆说，“如果有人来跟您解释说鸟巢里的蛋就要孵出来了，您肯定不会像他们那样粗鲁吧。”

“我认为这件事做得很漂亮，”桃乐茜说，“南希也会做这样的事。南希是我们认识的一个女孩。”

“听上去，他们是非常不受欢迎的人。”巴拉贝尔夫人说。

然而汤姆看上去有些沮丧。把那帮混蛋的船解开这件事多少有点吓人，何况巴拉贝尔夫人也说她不喜欢自己的船随波漂流。桃乐茜说“南希也会做这样的事”。但是，不管南希是什么人，对汤姆来说都没有什么区别，他只知道他做了一件不应该做的事，而且惹上了外地人。唉，就算现在坐在这艘船上……不过那一刻至少巴拉贝尔夫人让事情看起来好多了，似乎她知道他心里在想什么。

“你完全不像外地人，”她说，“你不是达钦医生的儿子吧？”

“我就是，”汤姆迫不及待地说，“您认识他？”

“算是认识吧，”巴拉贝尔夫人说，“但是我从没见过他。去年夏天，我弟弟准备自己驾驶帆船，出舱门的时候，慌里慌张，把脑袋撞破了，他好心地救治了我弟弟。”

嗯，汤姆心想，这样也比什么关系都没有强。就算不是朋友，至少还是一位病人的姐姐，不是完全不认识的陌生人。不过他还是急着要走。他回答了迪克好多关于黑鸭子以及它们的鸟巢的问题。他还跟桃乐茜解释了河底的那艘船不是山雀号，只是一艘旧平底船。后来他告诉巴拉贝尔夫人他该走了，他们就没留他。

“他们已经去下游了，”巴拉贝尔夫人说，“不然我们就能听到他们引擎运转的声音。”

汤姆匆匆走到起绒草号的前甲板上，迪克和桃乐茜紧跟着他。他已经在拉起绒草号上的泥锚了。泥锚拉上来了，系船绳还套在锚索上，之后水里搅起一大团泥巴，无畏号就像一条巨鲨慢慢浮出水面。它灌满了水，一会儿露出这头，一会儿露出那头，离水面都只有两三厘米。

“我可以用一下你们的顶桁吊索吗？”汤姆问。

“别客气，”巴拉贝尔夫人说，“不过尽量别把泥巴沾到天篷上。”

汤姆解开桅杆边的天篷，卸下顶桁吊索，用系船绳把吊索拴在无畏号的划手座上，迪克在一旁紧张地看着。当汤姆请迪克和桃乐茜帮忙一起把船拉上来的时候，他们都非常兴奋。于是汤姆和巴拉贝尔夫人就离开了甲板，巴拉贝尔夫人起初还犹豫了片刻，似乎也不在乎双手沾上泥巴了。

“慢点，”汤姆说，“不要把它拉出水面。它非常老了，座板受不了。”

平底船倾斜着身子出来了。船里的水和泥都倒了出去。

“放下绳子。”汤姆喊了一声，无畏号就浮了出来，不再像潜水艇那样在水下了，干舷[①]都有好几厘米高。

原本心思都在手头活儿上的迪克还没等别人告诉他，就发现缺了什么东西，于是匆匆跑到船尾，拽了拽起绒草号的那艘小划艇，很快就拿了只水瓢回来。

“很好。”汤姆说，他已经上了平底船，他一移动，船里浑浊的污水就来回晃动。他接过水瓢，弯下身快速地把污水舀出去。

“如果没有水瓢，你会怎么办？”巴拉贝尔夫人问。

“用长筒靴，”汤姆说着，一刻不停地舀水，“我把船往水里踩的时候，一只靴子已经进水了。”

“好孩子，”巴拉贝尔夫人说，然后若无其事地问了一个似乎不重要的问题，“你大部分时间都在船上，对吧？”

① 干舷，船的甲板与载重水线之间的距离。

“是全部时间，”汤姆说，“除了我不得不去上学的时候。”

“你能开我们这么大的船吗？”

汤姆抬头看了看起绒草号的桅杆。

“它并不比弗兰克叔叔去度假时我们三个驾驶的那艘船大多少。当然，我一个人没法开。”

“你们三个？”

“还有‘左舷’和‘右舷’。”

桃乐茜的眼睛里神采飞扬，好像那两个女孩来到了他们跟前。

“马上就好了。”汤姆边说边把水瓢递了回去，然后用力抽出船桨——沉船之前他把它塞进了座板底下，“非常感谢你们。我知道我不应该登上你们的船借走那只泥锚的。真的很感谢你们没有放在心上。有些人会对这种事大为光火的。”

“你不能坐在湿乎乎的座板上啊。”巴拉贝尔夫人说。

“我会站着。”汤姆说。

“这船不会晃得很厉害吧？”

“要是你熟悉它，就不会，”汤姆说，“它比有些船要稳得多。”或许是因为观众们在起绒草号上看着他，他站在那艘旧平底船的船尾，逆着水流就划了起来。他像威尼斯小划艇上的船夫那样划桨，或者说像传闻中的沼泽地居民那样在一块漂浮的木板上保持身体平衡。

巴拉贝尔夫人、迪克、桃乐茜、威廉看着他驶出了他们的视野。

“真是个好孩子。”最后巴拉贝尔夫人说了一句。

“要是那帮家伙抓住了他，那真是太可怕了。”桃乐茜说。

“他本来就不应该被抓。”巴拉贝尔夫人说。

那一晚剩下的时间里，他们一直在聊汤姆、“海盗”、那帮混蛋，还有下午他们见过的那几艘小赛艇。迪克和桃乐茜很晚才被要求回前客舱的床铺上去睡觉，而迪克也玩腻了头顶的那盏电灯，开了又关，关了又开。巴拉贝尔夫人拿出那封写给他们妈妈的信，坐在折叠桌旁把它写完。

“您认为我们还会见到他吗？”从黑漆漆的前客舱里传来迪克的问话。

“为什么不呢？”巴拉贝尔夫人说。

“也会见到‘左舷’和‘右舷’？”桃乐茜说。

“他们好像总是在一起。”巴拉贝尔夫人说，“好了，你们俩快睡觉吧。”说着她划去信上的一两个句子，然后又加上几句。听着船尾小划艇下面的河水在轻柔地拍打，她又像往常那样开始画画了。等她意识到自己做了什么的时候，她已经给起绒草号画了一张小草图，只是天篷不见了，船帆扬了起来，而船上的船员也不止他们三个人，舵柄旁站着一个小老太太，船帆旁站着迪克和桃乐茜，两个女孩站在前甲板上，一个男孩在桅顶，三个小“海盗”排成一排，都戴着头巾、别着腰刀，坐在船舱顶上。

第六章

设身处地

汤姆划着无畏号驶向河的上游。这艘手工打造的平底船划起来真的很稳当，不过，他觉得还是不要调头和大家道再见比较安全。从河底捞上来之后，船变得又湿又黏，汤姆很满意自己还能稳稳地站在上面，和往常一样划着它前行。刚才差点被那帮混蛋抓住，真是万分惊险。结果事情发展得比原先预料的顺利得多。起绒草号停在那边，真是太好了。也幸亏那个小老太太对他登上她的游艇没什么意见。她还装着一起对付那帮混蛋，就好像她也参与了把他们的船从黑鸭了的鸟巢那里放走一样。当然，从某个方面来看，老太太和那两个孩子也是外地人，不过跟那帮混蛋又完全不一样。她弟弟的头还是汤姆的爸爸治好的。无论如何，幸好那条哈巴狗不在甲板上，否则真没有时间解释。不过反过来想，要不是他以为游艇上没人，他也绝不敢上船，他还会一直往河的下游划，但可以肯定的是，到了下一个河湾，他就会被抓住。

太阳已经落山。潮水正在退去，河上游的天空被一片闪闪发亮的绿光渲染，倒映在静止不动的水面上。一只苍鹭向下游飞来，缓缓地拍着一对长长的大翅膀。它飞过那片只有二十米长的芦苇丛，停在沼泽地边的一片小树林的一棵树上，树枝随之发出沙沙声。苍鹭站在摇摆不定的细树枝上，有点难以保持平衡。汤姆看着它的影子映衬在天光之下，几乎忘了自己也站在不稳当的地方。像这样站着划船也挺累的，不管怎样，汤姆不想到七号鸟巢附近还站着。他放下船桨，让无畏号随波漂流。他脱下夹克叠好，垫在湿座板上，然后坐在上面，郑重其事地向前划去。有那么一刻，他以为自己听到那帮混蛋从河上游老远的地方过来了，不过他知道这是不可能的，没必要像刚才那样飞也似的拼命划船了，那会儿可事关他能否逃掉啊。

七号鸟巢越来越近，他放慢了速度。划平底船有一个明显的优势，就是你能面对着你要去往的地方。汤姆一边划船一边寻找小河口对面黑鸭子筑巢的地方。他一直在芦苇丛下边的金色水面上寻找圆圆的黑影。他只看到一只河鼠窜过去时激起的涟漪。不是它们的鸟巢，上次见黑鸭子的时候，它们至少不再惊慌失措地乱跑了。他静悄悄地把旧平底船往另一侧河岸划去，这样一来，他经过的时候就能看清河口了。这里是一个旋涡，或者说是一潭死水，汤姆一直不让船桨露出水面。船就像鬼影一样悄悄滑了过去。他很清楚要朝哪个地方看。那边有一簇芦苇，底下搭了一个支起鸟巢的平台。黑鸭子离开这里了吗？还是没有？汤姆透过暮色仔细一看，黑鸭子没有离开。鸟巢中央好像罩着一顶黑帽子，他看见黑帽子上方正好就是一只黑鸭子前额的白斑。沿着岸边游过来的那个黑影是什么？算了。汤姆不想又吓着它们。他继续悄悄地往前划。反正有一点是肯定的，七号的黑鸭子又回到家了。

天越来越黑了。河上没有别人，只有汤姆，唯一能听到的就是从两岸和沼泽边传来的鸟儿的欢叫声，有吟唱的山鸟、沙哑的画眉，八哥模仿完前者，又学后者，还有一只沙锥鸟击鼓似的咚咚掠过头顶。天地一片祥和。然后一只白色的仓鸮像一只大飞蛾掠过河面，它身后还紧跟着一群小鸟，叽叽喳喳地叫个不停，它们都把仓鸮当成敌人。突然，汤姆的脑海里闪现出一幅画面，玛格丽塔号好像一只恶意满满的仓鸮，一群小鸟包围了它，而他和死神与荣耀号上的几个小家伙就是那群小鸟。

真的是这样吗？如果你要这么想的话，似乎就是这样。那帮混蛋尽管可恶，但他们只是希望不被人打扰。他的爸爸会怎么想？对在河边长大的幸运儿来说，几乎没有任何束缚，某种程度上，他们想干什么就干什么，只要不惹上外地人就行。这是至关重要的一项原则。举例来说吧，跟乔治·欧顿吵个架，根本算不上什么，因为大家都对他知根知底。大人们会说什么“本性难移”，然后就不会把他放在心上了。但如果是跟外地人吵了架，比如湖区的观光客，情况就完全不同了。“不要惹上外地人”自始至终就是一个铁律。“要是他们请求帮他们张起船帆，那就去帮他们。要是他们没有开口，不要管他们。要是他们问路就给他们指路，他们搁浅了就帮他们把船拖走。不管他们问的问题听上去有多么愚蠢，都要回答。但千千万万不要惹上他们。”

汤姆想起他躲在起绒草号旁的芦苇丛中时看到和听到的一切，知道玛格丽塔号上的那帮混蛋确实非常愤怒。说他惹了他们，都有点太客气了。他已经跟他们成了仇敌。那帮家伙听上去根本不是那种不计前嫌的人。如果他们找到了他，然后跟他大吵一番，那如何是好？医生家的儿子把素不相识的陌生人的船给放走了……一想到这里，他的脸就发烫。不过还好，一路上也没碰见一个熟人……突然，汤姆想起了乔治·欧顿，他划着无畏号去营救七号鸟巢的途中，那个家伙正在渡口那边闲逛。乔治会说出去吗？几乎不可能。乔治虽然不是什么好人，但毕竟也是诺福克的“黑鸭子”，就像他们其他人一样，尽管不是汤姆和双胞胎那样的黑鸭子俱乐部成员，但即便是乔治·欧顿也不会干那种事。

然而，当汤姆继续往上游划的时候，他对发生的事情却越来越担忧。这并不是会不会被发现的问题。唉，连巴拉贝尔夫人，就是坚定地站在他这一边的起绒草号上的那个老太太，也是一个观光客啊。还有在火车上碰到的那两个孩子，刚才又见面了……和外地人混在一起？他似乎真和他们混在一起了，而且一切还那么突然。他原本应该怎么做呢？让七号鸟巢在最后时刻被毁掉吗？小心翼翼守护了这么久，黑鸭子们为了抵御洪水还把鸟巢加高了。他仿佛又看见那两只黑鸭子在河的另一边不知所措地窜动。他决不允许蛋宝宝还没有孵出来，它们就离开。他原本还可以做些别的什么呢？汤姆想听听建议。过了渡口，前面就是霍宁村了，他很高兴看到草坪边有人点着烟，原来是他的爸爸，他终于结束了一天的看诊，正在岸边观察着，看有没有大鳊鱼在夜晚出动，只要它们翻腾到水面上，不管是听到还是看到，渔夫们都会心动的。

“哈啰，老伙计，”他的爸爸说，“你去哪里了？你和双胞胎都干什么去了？我以为你们还在开会。上岸的时候一定轻一点。你妈妈吩咐我们要小心，千万别吵醒那个小怪兽。”

汤姆把船桨一横，然后一收，老无畏号就顺顺当当地拐进了堤坝里。平时他爸爸把小婴儿叫成“小怪兽”的时候，他都会抗议几句，但今晚他几乎没注意到。

达钦医生溜达着穿过灌木丛，趁着暮色来到堤坝旁，准备帮汤姆停好平底船。

“我还以为你昨晚在山雀号上住过之后，”他说，“就把老无畏号抛到一边了呢。”

“我有一项特殊的任务要完成，”汤姆说，“而且，不管怎么说，今天也没什么风……我说，爸爸……”

“你一切都还顺利吧？”

“顺利。”

“你妈妈说我们还得再等上五分钟，才能悄悄地进去吃晚饭。”

“爸爸，您看这种情况您会怎么做，假设我们的小宝宝在堤岸这边，妈妈、您和我都在河对岸，要见小宝宝只有经过堤坝这一条路，但是一艘大摩托艇刚好停在堤坝入口，这样我们都过不去，我们的小宝宝就自己一个人待着，我们都知道我们不过去的话，小宝宝就会发生意外。”

“怎么做？”医生说，“呃，我们要把摩托艇弄沉，把它扔到天上去，我们要……老伙计，你为什么问起这种问题？你不会是给我设陷阱吧，让我诊断之前就开处方。我们还是先看看病症。你都说给我听吧……”

汤姆跟爸爸在昏暗的花园里来回走着，他把事情经过一股脑说了出来，感觉好多了。

大概一个小时之后，他们吃完了晚饭，汤姆和爸爸得到允许，可以悄悄地走进房间去看他们的小宝宝了，小宝宝已经睡着了，嘴里还含着他发紫的小拳头。然后汤姆回到山雀号上，准备在上面过夜。山雀号的天篷里闪着光亮，就像一盏纸灯笼。摇曳的影子映照在天篷上，汤姆在里面收拾东西，钻进了睡袋。

他听到岸上传来爸爸的声音。

“汤姆。”

“嗯。”

“仔细想想，我和你妈妈也商量了一下，就把她当作黑鸭子吧，为了我们的小怪兽，我得出了一个结论。当然，事情已经发生了，你要是想方设法不让那些野蛮人抓住你，我会感到很欣慰的。设身处地地想一想，你妈妈在摩托艇这边，而我们的宝宝在另一边，我还真看不出来能有别的办法。”

“我不会让他们抓住我的。”汤姆说。

“但愿他们不会。”爸爸说，“晚安，老伙计。”

“晚安，爸爸。”汤姆说，然后吹灭了烛灯。

“再等半分钟，汤姆，你妈妈出来了。”

达钦太太摸了摸紧绷的天篷布。

“还在担心吗，汤姆？我觉得没必要担心了。所有的‘黑鸭子’以及所有的妈妈都会站在你这一边的。好了，去睡觉吧。我们不锁花园的门，这样只要你愿意，就可以早点进来。晚安。”

“晚安。”汤姆说。

他听到他们往岸上走了，不过没等他们绕过房子的拐角，他就睡着了。昨晚是他在山雀号上度过的第一个晚上。这一天过得太充实了。现在，至少这一刻，他对那些外地人的担忧已经解除了。这会儿什么都叫不醒他了，他一下子就沉睡过去，没有做梦，仿佛穿过一扇天窗掉进和煦温暖的黑夜里。

第七章

邀　请

第二天一早，大家醒来后都在想前一天在河上发生的事。

迪克和桃乐茜在起绒草号上度过了第一夜，一个农场男孩来送鲜牛奶的时候把他们吵醒了。巴拉贝尔夫人早已起床，他们听到她跟那个男孩说，她拿不准明天要不要牛奶，不过如果他们还在这里的话，会去农场告诉他的。

“但我听她说过起绒草号不会挪动的啊。”迪克小声地说。

“我知道。”桃乐茜说。

吃完早饭，巴拉贝尔夫人卸下小划艇，带着威廉往上游划去。

“我们可以一起去吗？”迪克问，他迫切地想再试一试划桨。

“这次不行，”巴拉贝尔夫人说，“你和桃乐茜可以收拾一下船，你会在沼泽地和黄华柳上看到很多鸟。如果你们要上岸的话，就穿上长筒靴。我会尽快回来的。”

“左舷”和“右舷”让麦金蒂颇为意外的是，她们破天荒没等她叫就醒了，而且在她敲早饭铃之前至少一分半钟的时候，她们就已经下楼了。前一天晚上，她们一直在等消息，直到跟爸爸一起吃饭。吃完饭，天已经黑了。“左舷”大声朗读课本，“右舷”拿着一件毛衣织了一两排，前前年的假期她就开始织了。法兰先生在餐桌上摊开一张报纸，把一些通用滑轮拆开，彻底抹了一遍油。双胞胎时刻盼望着能听到有人来敲窗户……她们在等汤姆带来七号鸟巢的消息，可一直没有等到。现在她们醒了，不知道发生了什么，所以一大早就催着爸爸快出门。看着爸爸穿戴好帽子和手套，像个律师样，才让他出门去上班，这是她们的日常工作。然而今天很不同，他似乎特别磨蹭。

“老爸，拿着这个。”“右舷”一边说一边把他的公文包递进车里——包里装满了法律文件，那是爸爸昨天从诺里奇带回来的，跟往常一样，他要原封不动地带去办公室。

“假期的一半已经过去了。”他坐进车里说，在发动车子以前，他用脚轻踩踏板，预热一下发动机。

“还有两个礼拜。”“右舷”说。

“还有两次练习赛，”他说，“如果我们把闪电号调整到最佳状态，我们就会让他们好看。”

“左舷”用棕色手套最后擦了一遍那顶硬毛帽子，把它们一起伸进车窗里。法兰先生把帽子戴到头上，又取下来向女儿们告别，然后按响喇叭走了。

“快点，”“右舷”说，“我们马上就会知道了。我们从吊桥过去。”

但是麦金蒂夫人正站在门口。“你们俩要去村子里吗？”她问。宝贵的时间在流逝，她嘱咐她们到村里的杂货铺买些东西。“右舷”把要买的东西草草地记在了一张纸上。

“我要做花椰菜给你们吃。”麦金蒂夫人说。

“没问题，麦金蒂夫人。”“右舷”说。然后，她们两人穿过花园，消失在柳树林中。

汤姆睡在山雀号上，很早就被一艘船从堤口的芦苇丛中擦过的声音吵醒了。他猛地蹦起来想听个仔细，却一头撞到了座板上。是敌人来找他了？当然不是，是死神与荣耀号的船员们来问汤姆怎么处理七号鸟巢的事。他告诉了他们，然后发现这几个造船工的孩子都惊掉了下巴。

“让他们漂走了？”乔说，“不应该那样做吧？”

“没有别的办法了。”汤姆说。

“不过他们怎么没逮住你啊？”

汤姆简略讲了一下他是怎么把无畏号沉到水底的事，他们几个都很佩服。

“哎呀，太聪明了！”乔说。

“这一招真的很绝。”比尔说。

“漂亮。”皮特说。

他们原本想沿着河顺流而下，再去看看七号鸟巢，但是汤姆觉得最好别去，于是他们决定去上游看看其他的鸟巢。

“听我说，”汤姆说，这时死神与荣耀号已经驶出了堤岸，“如果可以的话，帮我查一查那帮家伙租了多长时间玛格丽塔号。我要提防着他们，直到他们离开。”

他往家里走去吃早饭。要是不能安全地让山雀号下水，在上面做饭又有什么用？他去看了看小宝宝。昨天从诺里奇回来之后，似乎过去了一百年那么久，他的手上还留着柏油绳的味道，脑子里还在计划各种航行路线。爸爸似乎以为他跟那帮混蛋的事情已经结束了。“今早他们自己就会忘记，”他说，“除非他们大动肝火。”然而汤姆并不这么认为。爸爸没听见他们跟起绒草号的老太太说话时怒气冲冲的语调。唯一的希望就是那帮家伙快点离开玛格丽塔号。人们租赁船只的时长一般是一个礼拜。他得在他们走之前躲起来。虽然可以住在山雀号上，他可待不住好几天啊，不过至少他可以抽空装好那些柜子。汤姆一吃完早饭就回到了他的船上忙活，就在这时，他听到堤坝那边的灌木丛中传来两短两长的哨声。

是双胞胎来了。她们也是来听他讲怎么拼命拯救七号鸟巢、怎么和外地人有了瓜葛的。他爬上岸，从棚屋里拿出一只旧的铁把手，沿着堤坝往吊桥走去。铁把手来自一只绞盘，是他去年夏天从一艘破损的渡船上找来的。绞盘是吊桥上最重要的部分。汤姆安装上铁把手，抽出锁住吊桥的铁栓，把板条慢慢地放下来，板条一直搭到了堤坝的另一头，上面还装了两个扶手。板条很结实，能承受得住达钦医生或法兰先生的重量，而小家伙们知道这两个人也走吊桥，而没有走大路。

“你们好！”汤姆心事重重地说。

“怎么了？”“左舷”说。

“你没能劝走他们吧？”“右舷”说，“七号还是被毁了吗？”

“这就是你昨晚不来告诉我们消息的原因吗？”

“七号没事，”汤姆说，“至少我回家的时候还没事。在我回家之前，天就很黑了。但事情有点不对劲，我已经跟外地人纠缠不清了。停在七号鸟巢上面的是玛格丽塔号，我让它漂走了……”

“很好。”“右舷”说。

“我想不出别的办法了。”汤姆说，“最可怕的是他们看到我了。一个伙计拿着双筒望远镜。然后，尽管我往下游划，他们仍以为我是死神与荣耀号上的一员。所以我搞砸了整个黑鸭子俱乐部。”

“死神与荣耀号不会有事的。”“右舷”说。

“无论如何，这不是你的错。”“左舷”说，“我们中不管是谁，都会这么做的。”

“不过你是怎么逃掉的？”“右舷”说。

“我牵连上了另一拨外地人。”汤姆说，“忘了告诉你们我在火车上遇见的两个小孩。嗯，他们就住在起绒草号上，你们看，就是经常有一条哈巴狗在上面晃悠的那艘船，还有个老太太跟他们在一起……”接着他就讲起他是怎么登上起绒草号、怎么弄沉无畏号、怎么藏在草丛里，然后那帮混蛋被打发走之后，他又是怎么受邀登上起绒草号，而他忘了他们也是外地人，他甚至连七号鸟巢的事都告诉了他们，还说了一些黑鸭子俱乐部的事。“你们知道吗？她真的豁出去了。”汤姆说，他既想向双胞胎也想替他自己说清楚他为什么没有遵守诺福克黑鸭子的第一要务。“她的弟弟得过病，”他补充说，“不过我是后来才知道的……”

就在这时，他吃了一惊，侧耳细听。屋子后面传来一阵尖锐又急切的小狗叫。听上去好像是从河上传来的。汤姆不久之前在芦苇丛中和威廉碰过面，不可能听不出来那是它。

没有多说一个字，他就蹑手蹑脚绕过屋子的一侧，透过柳条缝向外看去。另外两个人也踮起脚尖跟在他身后。没错，一艘小划艇系在草坪边一根白色的泊船柱上，小艇上只有一条哈巴狗。

“她肯定在这里。”汤姆压低声音说，接着他们悄悄地溜回了棚屋。

“来找人告状吗?”“右舷”说。

“昨天她可是相当友好啊。”汤姆说。

紧接着，屋子临河一侧的碎石小路上传来一阵脚步声，还有交谈声，那条狗又不耐烦地吠了起来。

“别叫了，威廉！老老实实地待着。这对那两个孩子来说真的很重要……”

“我想不出为什么不支持他们，汤姆也会乐意，我相信他们三个驾驶一艘船，会和这条河上的其他人一样厉害。”

然后巴拉贝尔夫人和达钦太太一起从屋子的拐角处走了过来。

“嘿，汤姆，”他的妈妈说，“昨晚你好像结了几个仇人，也交了几个朋友。巴拉贝尔夫人有个建议。”

“您好!”汤姆说着，掸掉锯屑和她握了握手。

“这两位，”达钦太太说，“是内尔和贝丝。”

“‘左舷’和‘右舷’，”巴拉贝尔夫人说，“我们昨天看到你们比赛了，我们都希望你们赢。”

“我们没赢，不怪爸爸，”“右舷”说，“要是河道再宽一点，他们就输定了。”

就在这时，楼上的某个地方突然传来理直气壮的尖叫，那是“我们的宝宝”发火了。

“他没事吧?”汤姆说。

“也许你愿意跟他们多谈一谈。”达钦太太说。

“亲爱的，你快去吧。”巴拉贝尔夫人说，好像达钦太太还是一个小女孩。

汤姆的妈妈笑了，她似乎并没有放在心上。她和巴拉贝尔夫人握握手就走了。

“那是山雀号吗？”巴拉贝尔夫人边问边向堤坝看过去，“你把它保养得很不错。”

“其实需要给它上一层漆了。”汤姆说，“我已经买了油漆，但我想在假期快结束的时候再刷上去。这样我去上学的话，就不用担心油漆不干了。”

“上面能睡两个人吗？”

“是有两个人的位置，”汤姆说，“在中央隔板两边。不过我也只在船上睡了两天，它还没改造完。”他折起天篷让巴拉贝尔夫人看看里面，“那些柜子全部要装上门。”

接着，巴拉贝尔夫人突然转而说起她拜访医生家的真正事由。她告诉他们，她的弟弟来湖区有好几年了，今年他租了起绒草号，本想带姐姐穿过雅茅斯去上游的贝克尔斯，那是他们一起度过童年的地方，然后拐到奥尔顿，进入诺里奇河。她又告诉他们，在布尔河上和希克林待了一星期之后，她弟弟为什么突然要离开一段时间，然后她又怎么邀请了迪克和桃乐茜来起绒草号上陪伴她。“但是我没想到的是，”她说，“他们两人自从寒假里和一些航过海的孩子交上朋友，就下定决心要学习驾驶帆船了。当然，现在他们极度失望……不，不是的，他们没这么说过。要是他们真说出口，我倒还不至于感觉这么糟糕。我也相当失望，我一直期待着再去看看布雷顿湖，然后航行到韦弗尼河和耶尔河……好了，你们三个人来给我们驾驶起绒草号怎么样？我可知道汤姆懂得怎么弄沉一艘船。”

“驾驶起绒草号？”汤姆说。

“把它开到南方水域然后再开回来，”巴拉贝尔夫人说，“就是想让那两个孩子感觉到他们见识了湖区的一些东西。你们得先教教他们，这样他们也不会觉得他们只是乘客了。”

汤姆看着下面的山雀号和新做的天篷以及柜子。为了起绒草号而丢下它，是背叛吧。

“我已经考虑过了，”巴拉贝尔夫人说，“你得带上山雀号，不然我们晚上没有足够的地方休息。要是你能和迪克睡在山雀号上，我们四个刚好就可以住进起绒草号……两间舱室，一间给双胞胎，另一间给我和桃乐茜。我想可以先在这片平静的水域试航两三天，然后把船开出去，这样能及时赶回来，趁着假期结束前送他们回家。”

“起绒草号是一艘不错的船。”汤姆说。

那一刻，双胞胎和汤姆想到这样的一次航行——真正由他们自己掌控的航行，眼睛都亮了。突然双胞胎想起了什么事。

“我们很想去，”“右舷”说，“但我们不能去……真的不能。您看，明天有一场比赛，接着还有一场，爸爸在假期的最后一个礼拜还要驾着闪电号参加五场比赛，这些天他都是想方设法特意早点回家。”

“汤姆，你去劝劝她们。”巴拉贝尔夫人说。

不过汤姆太了解双胞胎了。“没用，”他说，“她们没法儿去……经过昨晚之后，我也没法儿去了，至少那帮家伙还在的话，我就去不了。”

但是巴拉贝尔夫人并没有放弃，她从汤姆和双胞胎的眼睛里看到了亮光，她知道他们三个都想去。

“他们不会认出你的，除非你在你的平底船上。”她说，“我们可以一直掩护你，还有，现在他们应该已经忘了那件事……不管怎样，今天下午你们三个人过来吧，看看能把我的客人培训成什么样的船员。吃完午饭，我就等着你们。”

“迪克真的很喜欢鸟，”汤姆说，“而且他不拾鸟蛋。如果我们听到那帮家伙来了，我就跳到岸上去。”

用这样的方式来接受下午的邀请，确实很奇怪，意思却很清楚。

“我们也乐意去。”双胞胎说，然后巴拉贝尔夫人说她还有一些事要办，就回到了她的小划艇上，威廉叫唤着欢迎她回来，她划着小划艇向村子驶去。

三个“黑鸭子”站在草坪边上，看着那个满脸皱纹的老太太坐着她的棕色小艇往上游划去。

“我可不想跟外地人纠缠不清。”“左舷”说。

“她真的很会划船。”“右舷”说。

“她是贝克尔斯人。”“左舷”说。

“其实也是‘诺福克黑鸭子’。”“右舷”说，“不过，当然了，那两个小孩听起来根本不像‘黑鸭子’。”

“这又不能怪他们，”汤姆说，“可怜的小家伙。他们从没有机会碰船。”

“不管怎样，去看看他们又没什么害处。”

巴拉贝尔夫人稳稳地划着，威廉坐在小艇的尾部，他们快要消失在造船厂那边的时候，三位“黑鸭子”都转身聆听。

“玛格丽塔号。”汤姆悄声说。

转眼间，医生家门前的绿草地上就没了人。这三个“黑鸭子”蹲在柳树林里，透过高高的芦苇丛向外张望。

一艘大摩托艇绕过渡口上方的弯道，轰隆隆地朝上游驶来，前舱顶上一台大留声机正播放着音乐。两个穿着花里胡哨的女人躺在它旁边，三个男人站在船舱间的座舱井里。他们三人都戴着游艇帽，一个在掌舵，另外两个正举着双筒望远镜，似乎对着岸边在搜寻什么。游艇以惊人的速度逆流向上跑。

“他们是在寻找无畏号。”汤姆压低嗓子说。

大摩托艇从他们身边呼啸而过，从他们躲藏的地方都能看到摩托艇卷起的旋涡扑向远处的岸边，冲下了好些土块。

“禽兽，就是禽兽，他们就是这种人。”汤姆说。

“如果他们不减速的话，一定会弄翻巴拉贝尔夫人的船。”“左舷”说。

“他们很可能会遇上死神与荣耀号的人。”汤姆说，“以防万一，我还是去一趟的好。”

“你还是躲起来，”“右舷”说，“要是他们看见你，事情就麻烦了。”

“你帮不上什么忙，”“左舷”说，“先看看再说。”

“好吧，不过这会儿是怎么回事？”汤姆说，“他们的引擎熄火了。”

“去瞧瞧，姐妹。”“右舷”说，“他们从没见过我们。我们俩去看看是什么情况。麦金蒂的购物清单呢？她要买一些洗涤碱和方糖……”

“还有两颗好点的花椰菜。”“左舷”说，“走吧，我们去杂货铺买东西，谁也不能把我们怎样。”

她们俩跑着绕过屋子，出了花园门，上了马路，那条马路通往霍宁村和转运码头。

第八章

无辜的人

巴拉贝尔夫人已经看到那艘大摩托艇向这边驶来，也做好了准备，只是当摩托艇从她身边飞驰而过时，她差点翻了船，摩托艇上的人还转过身来讥笑这艘小划艇像只软木塞在旋涡里颠簸。她抚慰了威廉——它害怕被抛来抛去的，然后往转运码头划去。玛格丽塔号已经把船拴在了那边，巴拉贝尔夫人回头看见了死神与荣耀号，三个小男孩正开着那艘黑色的老柚木船，从斯旺旅馆旁边的河湾绕过来。已经没有机会去提醒他们了。她看见两个桨手回头盯着玛格丽塔号，他们迟疑了一会儿，然后装作什么也不怕的样子继续往前划，最后把船停靠在比摩托艇远一点的上游。摩托艇上的三个男人跳上了岸，没等那几个小“黑鸭子”改变主意逃跑，就被他们逮住了。

“就是他，最大的那个。我们要好好教训你，看你还敢解开别人的绳子和船锚。”一个红头发的大个子说道，他突然伸出胳膊，一把揪住了乔的衣领。

“就是他。”

巴拉贝尔夫人系好小划艇，悄悄地走近他们。不过乔似乎能照顾好自己。他猛地举起双臂，身子轻巧地一闪，只让那个敌人抓住了他的外套。

“你们上，抓住他！”红发男子大喊道，“不要让他跑了。抓住他，詹姆斯！”

“你自己抓呀，罗纳德！”他们中的另一个家伙说。

“小心我的外套，”乔向后跳出几米远后，急促地说，“我的老鼠在里面。”

红发男子赶紧丢下那件外套，又去抓乔，乔躲开了。

“老鼠！”一身橘色睡衣的女人尖叫起来——她上岸来看他们把乔怎么样了。

这一切突然被人打断了。

“究竟出什么事了？”一个低沉的声音问道。是警察泰德先生，他刚才正在码头边自家的小菜地里锄地，听到一阵嘈杂声，就把铁锹插进地里，赶紧出来了，来的路上才穿上外套。

“就是这个孩子，”红发男子说着，洋洋自得地扯扯他的游艇帽，想让泰德先生留意到他，泰德先生见过太多游艇帽了，并没有把他放在眼里，“这三个人里最大的。他昨天傍晚趁我们都在船舱里，松开了我们的船锚，让我们漂走了。就是为所欲为的恶作剧，没有别的。”

“让你们漂走了？”泰德先生一板一眼地说，“不可能做这样的事啊。”

“不过我没有啊，”乔说，“我不可能啊，昨天晚上……”

泰德先生看了看他。“不可能是你。”最后他说，然后转过身去，“那么你说的是几点发生的事？”

“五点过十分。”那个女人急忙说，“我知道，因为我在煮鸡蛋，罗纳德大叫说我们漂走了的时候，我看了一下钟……”

“五点过十分，”泰德先生慢条斯理地说，“为什么五点钟之后这些孩子都在我的菜地里帮忙除草呢？他们要抓些虫子做鱼饵……钓鳗鱼……

不可能是这个男孩放走你们的船，让你们漂在河上。再说他们带着虫子回家的时候，天都黑透了……”

“但是我跟你说吧，早些时候我们碰到了他们，他们跟我们讲了一只该死的鸟的事。”

“五点过十分他们确实就在我的菜园里。”泰德先生固执地说。

“那肯定是别的什么男孩。”那个被叫作詹姆斯的瘦男人说。

“不是这几个小孩。”泰德先生说，“你们三个人走吧。没必要在码头上瞎逛了。”

“我的外套呢？”乔说。

他小心翼翼地走上前，捡起外套，仔细地穿上，然后从内口袋里拉出一只大白鼠，白鼠站在他的胳膊上，不以为然地朝空中嗅了嗅，用它那双圆圆的粉红色眼睛环顾四周。

“把那个玩意儿拿开。”那个女人尖叫起来。

“好了，莉维，你才不在乎那个呢，不穿裙子还……”他们中的一个胖男人说着突然停下了，那个穿橙色裤子的女人给了他一记响亮的耳光。

“还有你，罗纳德，”她气呼呼地对红发男子说，“走吧。从昨天晚上到今天上午，你把我们都当成傻子啊。往下游逃走的那个孩子比这个男孩个头大。反正昨天晚上你让他溜走了，你就永远抓不住他了。”

“永远抓不住他？”那个叫罗纳德的男人咆哮道，“抓不住他？”

“就算你见到他，你怎么能认出是他？”那个瘦男人说。

“一赔五跟你打赌我能认出他。我一眼就能认出他。”

“我赌你认不出来。你没认出来就要赔我。”

“一言为定！我会认出他的。他天生长着一副罪犯的嘴脸，要我说的话，就是险恶的人。我一见到他就能认出来，解开我们缆绳的家伙。慢着，那个警察在干什么？警官！”

泰德先生掏出了一个笔记本。

“如果你们想投诉的话……”话音刚落，身边就有一个声音轻轻地叫他：“警官！”

“夫人。”泰德先生说道，他挺直腰板，猛地转身，看见一个牵哈巴狗的小老太太。巴拉贝尔夫人心想是时候干预了。

“是我记错了吗？”她问，“还是有速度限制？穿过霍宁村的时候不得超过每小时八千米的速度？我好像见过告示。”

“从渡口那边的公告牌一直到霍宁段尽头的那块公告牌之间，”泰德先生说，“任何船只都不得超过每小时八千米的速度。”

“这艘摩托艇，”巴拉贝尔夫人说，“好像完全无视限速令，也不把河道上其他船只的安全放在眼里。之前我就注意到了，今天没被它撞翻，算我走运。我是向您反映，还是得去布尔河委员会？”

泰德先生又转过身，然而只剩下他和这个老太太，还有那条哈巴狗。摩托艇上的那帮人，戴着他们的游艇帽、贝雷帽，穿着艳丽的睡衣，气呼呼地赶回他们的船上去了。那三个小男孩站在死神与荣耀号上，目瞪口呆，想不明白敌人怎么突然溃败了。

“夫人，这事交给我了。”泰德先生慢悠悠地说，“他们听见您说的话了。”

“谢谢您，警官。”巴拉贝尔夫人说，“我认为您说得很对。威廉，别

在霍宁转运码头

叫了！”

威廉感觉到了一触即发的紧张气氛，然后当玛格丽塔号发动引擎、耀武扬威地驶离码头向上游开去时，它放开嗓子吠了一声。

“话还是少说为妙。”泰德先生说的当然不是威廉，“真是什么人都有，不过对我来说，要是没有他们就好了。那帮家伙在罗克瑟姆就惹过麻烦，在桥边吵吵闹闹，搞得宾馆里的人都睡不了觉，不过又有什么办法？他们今天在这里，明天就走了。解开他们的缆绳？如今谁会去干这种事？更像是他们忘了系吧。”

巴拉贝尔夫人觉得是时候聊聊别的了。她就问泰德先生今年春天怎么打理的菜园、撒了什么种子、新品种的豌豆哪种最好。泰德警官私下里跟她说，要想豌豆好吃又好剥，还不会疯长，肯定首选梅尔克舍姆奇迹号这个品种。他们一起慢慢地离开了转运码头。

接着，他们分开了。有两个人之前离得远远的，神情焦虑地看着码头上发生的一切，这会儿她们溜进了杂货铺，巴拉贝尔夫人觉得她们很面熟，于是她走进去一看，原来是“左舷”和“右舷”，两人还气喘吁吁的，正在买麦金蒂夫人吩咐要买的东西。

“噢，我们又见面了。”她高兴地说，“谢谢。请给我称一磅①薄荷太妃糖，备用的。真不知道什么时候就会急着用。噢，不用，谢谢，我这就带走。再给威廉称半磅黑巧克力，我也带走。我给你留下这份清单，等我从邮局回来的时候再来取。我还得去那儿寄几封信。”

① 磅，英制质量单位。1 磅合 0.4536 千克。

“威廉吃巧克力吗？”“左舷”问。

“它为什么不吃呢？”巴拉贝尔夫人说。

她们一起走出铺子，双胞胎刚才费了九牛二虎之力藏起来，这会儿迫不及待地问她到底发生了什么。

“我们没看到开头，”“左舷”说，“不过我们看到乔捡起他的外套，然后，很突然地，他们就离开了。”

“您说了什么让他们就那样走了呢？”

“我亲爱的孩子啊，”巴拉贝尔夫人说，“我只是想到什么就说什么。”

“不管说的什么，反正奏效了。”

“死神与荣耀号的几个人都还好吧？”

“你们去问问他们吧。”巴拉贝尔夫人说。

“您觉得他们会被牵扯进去吗？汤姆非常担心。”

“告诉他，他们有不在场的确凿证据。”

“幸好我让他们去帮那个警察除草，”“右舷”说，“昨天晚上我还在犹豫，这是不是个好点子。”

“太漂亮了。”巴拉贝尔夫人说。

“那帮混蛋现在就怀疑汤姆一个人了吧？”“左舷”问。

“如果他们还有一点清醒的话，会怀疑到的，”巴拉贝尔夫人说，“不过他们不知道从哪儿着手，当他们开始打赌，就表明他们的愚蠢无可救药了。不对，我恐怕今天早上的经历让他们变得更愚蠢了。”

三个小“黑鸭子”在死神与荣耀号上商量了一番，达成了一致意见。

“他们说了对不起，确实说了，”比尔说，“还拉拢我们。我们什么也没干，是不是？泰德先生很清楚这一点。”

“除一个星期的草都值得。”一向寡言少语的皮特说。

“他们也不喜欢老鼠。”比尔说。

“他们肯定怀疑上了汤姆·达钦。”乔说。

第九章

成为“亡命之徒”

那天下午，河面上的风小得连蜡烛的火焰都吹不灭，汤姆和双胞胎划着山雀号往下游驶去。“我们最好都上一艘船，”汤姆之前说，“如果听到玛格丽塔号过来了，我就跳到芦苇丛里去，然后你们可以到处逛逛，等他们走了再回来捎我。”那天早上在霍宁转运码头发生的事情已经向“黑鸭子”们表明，不能心怀侥幸地把那帮混蛋看作是不计前嫌的人。所以他们三个一起慢慢地向下游划去，经过鸟巢时看了看，很开心见到那只长着白色羽毛的黑鸭子稳稳当当地蹲在七号鸟巢上，好像没发生过什么烦心事。

“嘿，”汤姆说，这时他们终于看到了起绒草号，“他们把天篷拆下来了。”

“绝对不能让他们以为我们什么也干不了。”巴拉贝尔夫人购物回来之后说，于是她跟迪克和桃乐茜把天篷折起来，收拾进船首舱，还把舱室顶部调低了，用拖把拖了甲板，尽他们所能让起绒草号准备好起航。

“这艘船真不错，”“右舷”说，“很遗憾那两个孩子不会驾驶帆船。”

“他们来了。”汤姆说。

迪克和桃乐茜从船舱出来了，站在座舱井里。桃乐茜挥挥手，迪克紧张地打量起绒草号。虽然他们尽了全力，但他总觉得有东西没有收拾到位。嗯，现在也来不及做调整了。桃乐茜突然发现当那对双胞胎航海高手真的来到眼前，她又不知道该对她们说什么了。她发觉编故事还是很容易的，在故事里大家都不停地说啊说。事实上，从昨天开始，她就构思了五六个关于她和迪克与“左舷”、“右舷”相遇并成为朋友的场景。现在，她们就在这里，她却连一个字也说不出口，好在威廉替她解了围，使劲地叫唤。

山雀号慢慢靠过来了。

“您好！”汤姆对着走出船舱的巴拉贝尔夫人说。威廉不再叫唤了，它认出了汤姆是朋友，就上前来舔他的手，而汤姆正把控着山雀号，不让它撞上起绒草号。

“我很高兴你们能来。”巴拉贝尔夫人说，“这是迪克和桃乐茜。你们俩一个叫内尔，一个叫贝丝，外号一个叫‘左舷’，一个叫‘右舷’，你们俩是双胞胎，我还分不清谁是谁。”

“其实很好分。”“右舷”说。

“有一次您就认出来了。”“左舷”说。

“噢，是的，”巴拉贝尔夫人说，“这会儿我记起来了。内尔是长着一头鬈发的姑娘。”

“也是习惯用右手的那个，”汤姆说，“所以她叫‘右舷’，而贝丝是个左撇子，所以她叫‘左舷’。这样她们在驾驶帆船的时候就能很好地配合。”

“今天可不适合起帆。”巴拉贝尔夫人望着明镜般的河面说。

然后，还没等他们握手就发生了一件事，这是桃乐茜怎么也没想到的，而这让他们很快成了一起工作的老朋友。

“快瞧，”巴拉贝尔夫人说，“那几个不是护鸟的‘海盗’吗？”

起绒草号停泊的地方往上有一个河湾，昨天傍晚，巴拉贝尔夫人看到汤姆正是从这个河湾划着他的老无畏号过来，当时还有玛格丽塔号咆哮着在他后面追赶，这会儿，那艘黑色的老柚木船开过来了，乔站在船尾掌舵，皮特和比尔卖力地划着船，所以船头下方出现了一道白色的水波。

“他们急什么呀。”“右舷”说。

“出事了。”汤姆说。

“又是那帮混蛋。”“左舷”说。

“停！”乔大喊道，死神与荣耀号疾驰而来。那两个划桨的人汗流浃背，气喘吁吁地向前伏在他们举起的船桨上。

“是那艘摩托艇，”乔一边大声说一边驾驶着船拐过弯道，“罗德利公司有个人来拜访我爸爸，我们就问了他。他不知道那帮家伙什么时候去还玛格丽塔号。不过，他们就要过来了。他们已经更换了电池。”

“他们肯定要用好多电，”迪克说道，更像是自言自语，“像那样一直开着无线电。”

“医生告诉我们你来了这里，”乔说，“他们可能随时会过来。”

汤姆看了看芦苇丛。

“我只能又躲起来了。”他说，“你们三个最好走开，不然我们会把起绒草号也牵扯进去的。”

“汤姆绝不会让自己被抓着的，”“左舷”解释说，“因为对他的医生老爸来说，那样就太可怕了，所以汤姆不会让他担心。”

“不管怎样，这是黑鸭子俱乐部的事，”“右舷”说，“我们不能让他被抓。”

“如果他要做我们起绒草号的船长，那也有我们的分。”巴拉贝尔夫人说，看到迪克和桃乐茜都注视着她，她笑了。“我们可以安排一次航行，”她说，“要是黑鸭子俱乐部能把你们俩培养成水手的话……这个地方不适合上航海第一课，要去开阔的水域。如果那帮混蛋再来，他们就找不到我们任何人了。我们都会消失不见，包括‘海盗’们。”

“但是要怎么做呢？”汤姆说。

“去兰沃思湖。”巴拉贝尔夫人说。

“现在没风。”“右舷”看了看河面，上面只有一只水鸡划过的水波。

“我们可以用篙子撑着船前进，”汤姆说，“但是你们不觉得我还是躲起来的好吗？”

“他们不可能追踪起绒草号。”巴拉贝尔夫人说，“你到船上来，随时可以躲到船舱里去。不要浪费时间了。你们三个小‘海盗’带了绳子吗？”

“我们有不少呢。”

“我来照看山雀号。”“左舷”说，“你撑船的时候还要‘右舷’掌舵吧。”

汤姆看上去有点迟疑。

“她说得没错，”巴拉贝尔夫人说，“他们不会注意她的。他们要找的不是一个女孩，而是一个长得像个罪犯似的邪恶男孩。不管你还是迪克，待在那上面都不好。”

“我不会划船，”迪克说，“还没划过。”

汤姆和“右舷”爬上了起绒草号。比尔和皮特把死神与荣耀号靠过去，靠得足够近，好让乔把那段长绳扔给汤姆，以防救援时派上用场。很多时候，他们发现有些初学者租了船也不会开，经常困在河上动不了，那根绳子就能用上了。绳子被抛了出去，一头横穿过前甲板。汤姆一把抓住它，把绳子系在了桅杆上。

“你快点，”“右舷”对迪克喊着，跳上岸去起锚，“这跳板怎么办？”

“我们带上它，”巴拉贝尔夫人说，“到了下个地方，威廉会用上它的。”

“下个地方……”简单几个词，意义却非凡。毕竟起绒草号不只是船屋了，它可以今天停在这里，明天去别处。巴拉贝尔夫人去船舱看她装满画笔的果酱瓶子有没有翻倒。迪克和“右舷”都上了岸，汤姆准备好了篙子，桃乐茜独自待在座舱井，鼓起勇气把手放在了舵柄上。这才是生活啊。

“很好，”“右舷”对迪克说，“把它卷起来，再带上船放好。坚持住，半分钟就行。嗨，你叫什么名字来着？桃乐茜吧？告诉‘司令’我们准备好了……”

“‘司令’？”

“嗯，看看这是不是一支舰队。”

桃乐茜开心地笑了。确实是一支舰队，有死神与荣耀号、起绒草号、起绒草号的小划艇，还有双胞胎划桨的山雀号。

“‘司令’，”她朝那扇低矮的舱门里叫道，“‘左舷’……我是指‘右舷’……说她们准备好了。”

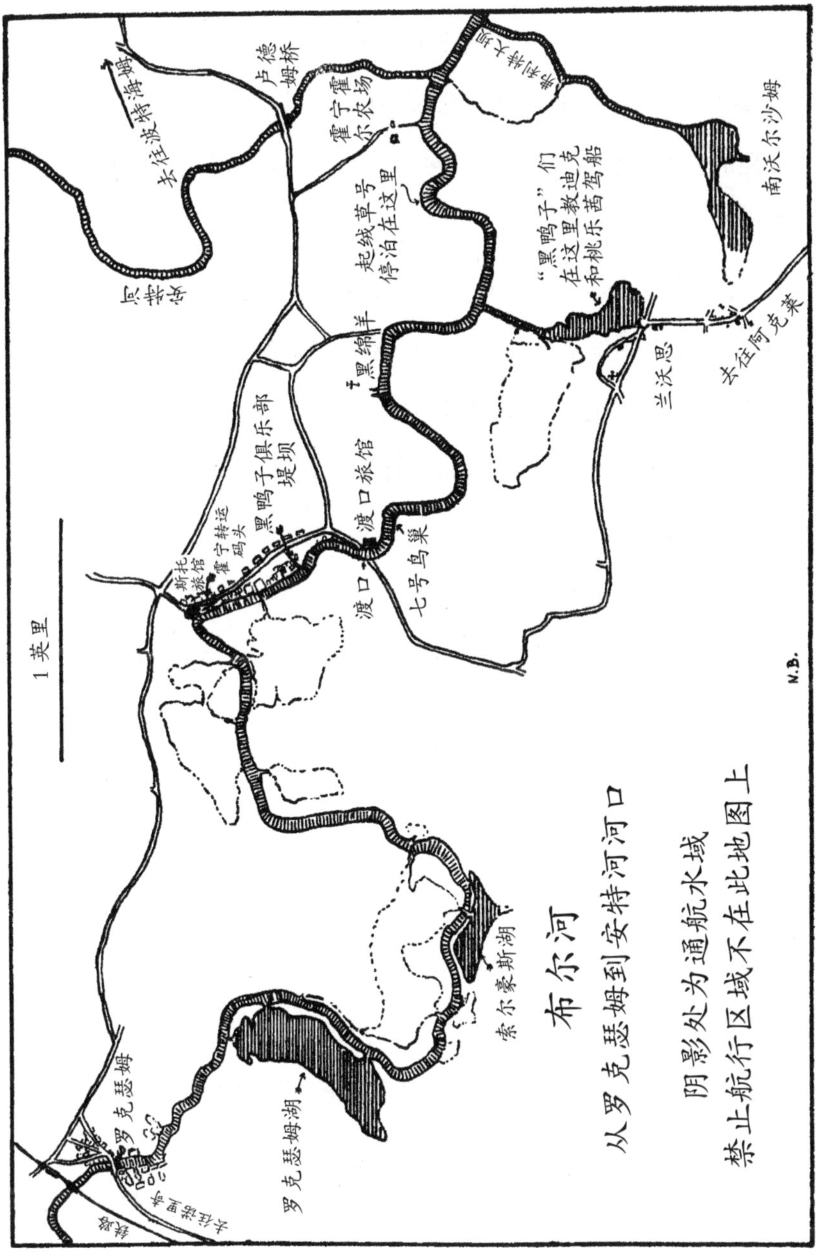
布尔河
从罗克瑟姆到安特河河口
阴影处为通航水域
禁止航行区域不在此地图上
1英里
去往波特海姆
卢德姆桥
霍宁霍尔农场
起绒草号停泊在这里
“黑鸭子”们在这里教迪克和桃乐茜驾船
南沃尔沙姆
去往阿克莱
兰沃思
黑绵羊
黑鸭子俱乐部堤坝
渡口旅馆
七号鸟巢
渡口
斯托旅馆
霍宁转运码头
罗克瑟姆
罗克瑟姆湖
索尔豪斯湖
N.B.

“好的，”“司令”走出来说，“那我们就等着拖船了。”

“解开缆绳，前进！”汤姆船长在前甲板上发号施令了。

“你快点。推一把船。现在看你的了。跳上来吧。”“右舷”说，她抓着船尾的缆绳沿着岸边走，缆绳在芦苇丛里沙沙作响。迪克跳起来，抓住横桅索，登上了甲板。

“把缆绳扔上来。”汤姆喊着，然后瞥了瞥船尾，看见“右舷”跳进了座舱井，桃乐茜迫不及待地把舵柄的位置让给她，汤姆朝前挥了挥手。

“半速前进！”拖船，也就是死神与荣耀号的船长喊道。

拖船的缆绳猛地一拉紧，起绒草号动起来了，它正在移动。

“全速前进！”

迪克和桃乐茜看着小划艇在芦苇丛里被拖着往前走，一分钟前他们还可以从那里上岸。起绒草号离岸边越来越远了。拖船的绳索一开始被拉紧，又松开了，然后再拉紧又松开。拉紧的时候，绳子上还滴着水，现在绳子就不再松开了。比尔和皮特快速地划桨，他俩就像两台引擎，一直稳稳地拖着后面的船。汤姆举起那根长篙，伸进水里去探河底，然后沿着侧甲板疾步往后走，边走边把全身的重量往长篙的圆顶上压。他走到船尾猛地一撑，又一路小跑往回走，双手交替着把篙子往上提，然后再次去探河底，把身子往上压，让起绒草号往前进。他使出了浑身力气，以至于拖船上那两个“引擎”稍一放松，拖船的缆绳就起不到什么作用了。

“现在船走得很顺利，”“右舷”说，“只要我们能及时绕过那个弯道就好了。”

“那个弯道在哪里？”桃乐茜问。

“你很快就能看到。”“右舷”说。

“是他们！”桃乐茜说，“我们来不及了。”

“那不是玛格丽塔号，”“右舷”说，“那只是一艘小摩托艇。”

一艘小摩托艇正朝着他们驶来，它发出的噪声很大，跟它的体积并不相称，不过比起玛格丽塔号来还是差远了。接着，它慢了下来，观摩这支舰队，死神与荣耀号拖着起绒草号和小山雀号，“左舷”划着山雀号，既像为它加油，又像给它护航。

“他们还不错，”汤姆说，“注意拖船。”他又加了句，这时他把篙子从泥地里猛地拔出来，又往前跑去。

死神与荣耀号上传来一声响亮的口哨，小摩托艇立马响起一声电动喇叭回应它。

“乔，干得好。”汤姆说。

“这是什么意思？”迪克问。

“他在告诉大家，他要向右转舵改变航线了，”汤姆说，“而他们也准备这么做。”

小摩托艇从他们旁边经过的时候，船上的人向他们招了招手，然后确认小摩托艇的尾波不会干扰到他们的小划船之后，小摩托艇才再次全速前进。

“他们完全不像那帮混蛋。”“右舷”说。

“如果他们就是那帮混蛋，那不太可怕了？”桃乐茜说。

“麦金蒂要的羽毛！”“右舷”突然大叫起来，“姐妹，快捞起来！”她正指着漂在水面上的白天鹅的羽毛——有的漂在河中央，有的快漂到芦苇丛里了。“麦金蒂夫人负责照顾我们，”看到桃乐茜满脸不解，她就说道，“她一直想要天鹅羽毛，想用来做靠垫还是什么的。她收集了好些年了。”“左舷”划着山雀号去捡天鹅羽毛，落在了队伍后面。

就在船队拐进一道笔直的长堤、进入兰沃思湖的时候，桃乐茜又听到了摩托艇的噪声，而这时“左舷”已经落在船队后面很远的地方了。这回她什么也没说，只是看了看“右舷”。“右舷”也听到了，巴拉贝尔夫人转过身来。

“右舷”点点头。

死神与荣耀号的船长回头看了看。他也听到了。

他们拐过这个弯道的时候，汤姆停了一会儿，不撑船了。

“他们离这里还很远。”“右舷”说。

“他们来得太快了，”汤姆说着，拿起篙子往前跑，“他们肯定会看见我们的，”他又气喘吁吁地跑到船尾，“我们不可能赶到那个湖口了。”

桃乐茜看着前方，那段又窄又长的河堤消失在树林里很远的地方，兰沃思教堂灰色的方塔依稀可见。要是湖区就在树林那边，湖口一定就在那片树林里。

“啊嗨，山雀号！”汤姆突然大喊道，然而没有人回应，现在他们除了河堤，再也看不见那条河了。

“她不会有事的，”巴拉贝尔夫人说，“他们是在找你和你的平底船，不是找一个女孩，也不是找山雀号。”

“如果我们能赶到湖口的话，我们也会没事的。”“右舷”说，“让我来撑一撑船吧。”但是汤姆不同意。要是手里不拿着篙子撑船、感觉自己正撑着起绒草号前进，他会很不好受。至于死神与荣耀号上的两个“引擎”，他们的喘气声大家都听得到。

“要是有两根篙子就好了。”“右舷”说。

“他们肯定会沿着河堤看看的，”汤姆说，“这样他们就会看到死神与荣耀号拖着船。只要他们稍动脑筋，就会过来看一看。”

玛格丽塔号的噪声从那片芦苇地后面传过来了，越来越近。除了“右舷”——连她也时不时地回头看看——大家都在往后方的河面上看，想确定玛格丽塔号到没到河堤口。谁会先到达，是“左舷”还是那帮混蛋？噢，那片树林看起来好远啊。

“她来了。”“司令”说。

“但她划得真的很慢，”桃乐茜说，“她不可能没听到他们过来了。她没拐进来。她在河的另一边，在捡天鹅羽毛呢……不过那里没有羽毛啊……或者有？”

“你们的‘左舷’真是好样的，”“司令”惊呼道。“我绝对想不到那样做。迪克，望远镜在哪儿？好样的，‘左舷’，”巴拉贝尔夫人又说了一遍，“好样的！好样的！”

玛格丽塔号那个大块头正从河堤口穿过。起绒草号和死神与荣耀号就在他们眼皮底下，不过那帮混蛋中没有一个朝他们看的。巴拉贝尔夫人高兴得暗自鼓掌。“他们不知道那个女孩究竟在干什么，他们不能既看那边又看这边。”

玛格丽塔号穿过了河堤口，咆哮着往河下游开去。起绒草号和死神与荣耀号上的船员们看见“左舷”在山雀号上懒洋洋地划着桨，消失在芦苇丛后面，仿佛她是要向上游划去。

“这次平安无事地躲过了他们，”汤姆说，“多亏了‘左舷’。”

不一会儿，起绒草号开进了湖口，狭窄的河堤两岸都是树。堤坝向左弯曲延伸，然后分成两道坝，一道用柱子和铁链锁住，另一道渐渐变宽，向前伸进一片开阔的水域，水面犹如明镜，几只鸟从中游过，芦苇的倒影随之颤动。

“您打算停在哪里？”汤姆问，“转运码头吗？”

“这里更安静。”巴拉贝尔夫人说。

“那边有个停船的好地方。”“右舷”指着一处小湖湾说道。

“停桨！”汤姆喊道，“解开拖船绳！”

扑通！拖船绳的一头掉进了水里，乔在死神与荣耀号上双手交替着把绳子往上拽。起绒草号在平静的水中慢慢地滑行。汤姆似乎忙得不可开交，既要准备抛锚，也要准备拉缆绳。

“能行吗？”“右舷”大声说道，这时起绒草号正沿着一处浅草岸滑向前。

汤姆从前甲板跳了下来。“右舷”也跳下了舵台。有那么一会儿，迪克、桃乐茜和“司令”完全变成了乘客。起绒草号不再移动。片刻之后，它停在了它的新泊位上。

“大家都很棒。”“司令”说。

“包括威廉，”桃乐茜说，“至少它没有乱叫，以往它很容易就大叫一通。”

“真是死里逃生。”乔说。比尔和皮特上气不接下气，连话也说不出来。他们咧嘴一笑，擦了擦额头，眨了眨眼，把眼里的汗水挤出来。

接着树林里传来了桨声，“左舷”划着山雀号过来了。

“好样的，‘左舷’！”大家立马欢呼道。

“左舷”开心地回头看了看，收了桨，让山雀号停了下来。

“我知道要是我拐进来的话，他们肯定会往堤坝这边看。”她说，“所以我把麦金蒂的一些天鹅羽毛扔向对岸的水域，然后又一片一片地捡起来。那帮混蛋险些撞翻了我，他们靠得那么近，就想看看我捡的是什么东西。我猜他们以为我在采摘四月的睡莲呢。”

“如果他们不盯着你的话，他们肯定就看到我们了。”汤姆说。

“今天你们还不能开航。”所有东西都收拾好之后，“右舷”说，“不过去划船怎么样？你们经常划吗？”

“还没划过。”迪克说。

“好吧，跳到那艘小划艇上，看看你都会些什么，怎么样？”

“对了，”“司令”说，“我猜他会游泳吧？”

“我们俩都会，”桃乐茜说，“迪克在学校还得过十二岁以下男子组的第一名呢。”

“男孩组的。”迪克说，不过大家都明白。

迪克面带诚挚，下到了起绒草号的小划艇上。“右舷”解开系船绳，帮他扔进船头。他发现每个座位旁都挂着桨架。他把它们恢复原位，放上桨，然后轻轻一划，船动了起来。他又用力划了一下，那艘又小又轻的划艇就转了个弯，一头扎进芦苇丛里。接着他又转了出来。拖船上的船员们都看着这一幕，桃乐茜也看着，唯恐他又跟上次一样，那是在北方的一个湖上，别人让他划了几米远，他就不知所措了。

“迪克，”她紧张地说，“佩吉说过，‘桨要往深处划’。别又成了龙虾。”

死神与荣耀号上传来一阵哄堂大笑。

“亲爱的，你说的是螃蟹吧，”“司令”说，“不过它们差不多就是一回事，在岸上难以消化，在船上又很笨拙。”

“他做得非常不错。”“右舷”说。

“大湖更宽阔。”比尔说，这时迪克撞向了另一丛芦苇。

“我们也会过来的，”乔说，“伸直胳膊，明天你就能跟我们比一比了。”

接着，迪克把船划进了开阔的湖面，尽他所能走直线，只不过船桨在他手里忽进忽出，似乎长短不一。

“可怜的迪克，”“司令”说，“一下有了三个师父。”

“你也想学吗？”“右舷”说。

“很想。”桃乐茜说。

“带她来山雀号上吧。”汤姆说。

“交给你了，姐妹。”“左舷”说，然后她爬上了起绒草号，而“右舷”和桃乐茜就接管了汤姆的山雀号。

他们的学习真正开始了，虽然没有扬帆航行，但至少划了船。

当他们上完第一堂课、浑身又热又痛地回来的时候，他们发现起绒草号又和第一次见到时一样。“左舷”和汤姆支起了天篷，威廉急切地想喝茶、吃巧克力，它已经期待很久了，所以它热烈地欢迎他们上船。壶里的水正在翻滚，要是客人比巴拉贝尔夫人请来的还多出一倍，她也会开心的，因为有足够的食物。

“这是最美丽的湖，”桃乐茜说，“我们绕着它划了一圈，到处都是藏身的好地方。”

“还有好多鸟。”迪克说。

“那边有个被链条拦住的地方。”桃乐茜说，“如果他们来这里，他就可以躲到那下边去。还有他们割芦苇的地方。任何人都可以在这里逍遥法外好几个礼拜，躲避搜寻他们的人。”

“你看，你可以躲在这里。”“右舷”说，“那帮混蛋不可能一直待下去，我们可以给你送来补给。”

“这是个好主意，”“左舷”说，“如果你就在霍宁晃荡，他们肯定会抓到你的。”

“你会和起绒草号一样，不知去向。”桃乐茜说。

汤姆看看这个又看看另一个。这样的冒险让他相当困惑。他惹上了租借玛格丽塔号的那帮令人讨厌的家伙，必须躲开他们，因为要是他们逮住了他，肯定就会把他的医生老爸牵扯进来。真是太不走运了，山雀号刚准备好要远航。然而，桃乐茜和“左舷”、“右舷”讲起他的不幸遭遇来却津津有味，似乎那是振奋人心的历险，亏了“左舷”和“右舷”还是“诺福克黑鸭子”，她们和汤姆一样，平常都不是浮夸的人。

“要是他们来这里找他，”桃乐茜说，“他可以像头水牛那样躲进芦苇丛里，只把鼻子露出水面。”

“那会很冷啊。”汤姆说。

“告诉你们吧，”乔说，“他们来这里必须经过卢德姆，或是阿克莱，或是波特海姆，这所有地方我们都有朋友。我们让他们打电话到老爸的船厂，如果那伙人过来的话，就给我们提个醒。到时我们就会知道那伙人到什么地方了。”

“但我们不知道他们现在在哪儿，”汤姆说，“他们可能就在附近。可能就在拐角的地方停下了。”

“呃，”“右舷”说，“可不能跟他们撞个正着啊。”

“不管怎样，我得回趟家，告诉妈妈我计划要做的事。”汤姆说。

“听着，”“右舷”说，“我们会早点回去，和死神与荣耀号的小伙子们一道帮你捎个口信，跟阿姨说你晚点回去。然后天开始变黑的时候你就偷偷地回家。”

“这样安排最妥当。”巴拉贝尔夫人说。

很快，“左舷”和“右舷”登上了死神与荣耀号，一人划一支桨，三个小“黑鸭子”轮流掌舵，他们消失在了树林后面。汤姆在山雀号上——山雀号拴在了起绒草号上，一边等待一边给柜门装铰链，迪克和桃乐茜在一旁看着，需要的时候就给他递上螺丝。

沼泽地那边传来猫头鹰的第一声鸣叫，汤姆和新朋友道了晚安。黄昏时分，布尔河上所有的游艇和摩托艇都停航或是在急匆匆地寻找过夜的泊位。不过法规没有规定小船要怎么样，尽管没有起风，他还是希望不要太晚回家吃饭。

“你觉得他还会回来吗?”迪克问道。

“他不可能找到更好的藏身之地了。”桃乐茜说。

“他家附近就有一处堤坝很适合藏身。”巴拉贝尔夫人说，“今晚我们不会再见到他。我希望他明天早上趁着那帮混蛋还没睡醒的时候能赶过来。”

最后，他们吃完晚饭，刷好盘子，巴拉贝尔夫人给他们讲四十年前湖区的荒凉往日，讲得筋疲力尽。天黑已久，迪克和桃乐茜爬上舷台，站在那里看星星、听芦苇丛里的窸窸窣窣声，就在这时，他们发现堤坝分叉处的树林下有一束微弱的光亮。

“他回来了。”迪克说。

“还很远，在沼泽地边上。”桃乐茜说，更像是自言自语，“守望者们看见了小逃犯的那盏孤灯。”

巴拉贝尔夫人从座舱井里探出身子，她也看见了山雀号天篷里的灯光倒映在树林下的水面上。

“嗯，”她说，“我就知道他的妈妈应该很好，没想到有这么好。”

灯熄了，湖上除了起绒草号，看不到任何别的船了。

“那个男孩真的很懂事，”她又补充说，“你们最好去休息，小逃犯可是给你们树立了一个好榜样。”

第十章

潜藏的日子

第一天

巴拉贝尔夫人拧开座舱井里的炉子，准备煮早餐的咖啡，炉子突然发出一声轰响，吵醒了睡在起绒草号狭小前舱里的迪克和桃乐茜。他们立马起床去侧甲板，光着脚丫感受又潮又凉的地板，不过他们第一眼便向湖口对岸望去，发现山雀号上的汤姆早就开始了他的一天。那艘小船的天篷已经折起并卷到了船尾，他们还看见小逃犯本人正探着身子在洗一只盘子。

“他不来吃早餐吗？”桃乐茜问。

“他肯定老早就吃过了，”巴拉贝尔夫人说，“我最先看到他的时候，他就在洗脸了。你们快去洗脸吧，然后尽快吃点东西，你们可以划船过去问问他，我们从哪里能弄到鲜牛奶。我已经打开一只罐子了。”

半小时过后，当他们收好了起绒草号的天篷，巴拉贝尔夫人就在座舱井里支起画架描绘湖上的风景，迪克和桃乐茜开始了他们驾驶帆船的第一课。没有比今天更合适的日子了。阳光，清新的空气，风也正好，没有危险，却足以把山雀号送到水上，这样一来，只要在掌舵过程中有什么差错，就会立刻发现。他们很快就开到了转运码头，把牛奶罐运到农场，装满后再拿回来，他们还去了那家小杂货铺和邮局，给科勒姆夫妇分别寄出了明信片。两张明信片上写着同样一句话：“我们开始学习驾驶帆船了。”后来，他们乘着顺风穿过湖面，回到起绒草号那里，把牛奶罐交给了巴拉贝尔夫人，他们听到威廉在灌木丛里穿梭，发出很大的动静，当它飞跑过来想加入他们时，他们躲开了它，然后再次出发，继续学习驾驶帆船。

他们在阳光下来来回回地扬帆航行，两个人轮流掌舵，汤姆一直抓着主帆索，这样就不会出什么事。很快，当他们再遇到一阵稍强的风、把山雀号吹得偏向一边时，他们也不会累得上气不接下气了。汤姆说，一旦他们领悟到在掌舵的时候必须心无旁骛，他们就没问题了。他说这番话的时候，迪克已经掌了很长时间的舵。四周没有什么可看的时候，迪克还挺谨慎。尽管他对开船很感兴趣，但是只要有一只鸟出现，他的心思就不在船上了，而兰沃思到处都是各种各样的鸟，在迪克的带领下，山雀号曲曲折折地向前航行。

不过桃乐茜的表现也没有好多少。她也一直心不在焉。她是在驾驶帆船，没错，而且唯恐做错了什么，但又忍不住去想小逃犯和玛格丽塔号，想“司令”在起绒草号的座舱井里安静地画画，同时还警惕着那帮混蛋，时刻准备着提醒大家。在湖口附近的一棵稍高的树上设个哨岗怎么样？如果这一刻，就是现在，玛格丽塔号满载着敌人，突然轰隆隆地开进了湖里，那可如何是好？“小男孩逃犯跳到水里，游向芦苇丛，子弹砰砰砰地射向他四周的水面……”

“当心，桃乐茜，我们要搁浅啦。”

那个小男孩逃犯凑到她身边，抓住了舵柄。山雀号及时调头，他们感觉稳向板碰到了淤泥，前进的阻力比较大，不过船一会儿就开了出去。

上午过去了一半，“左舷”和“右舷”划着船穿过湖口，带来两个紧急消息，一个是七号鸟巢孵出了第一只小鸟，另外一个是汤姆忙着教迪克和桃乐茜怎么开船的时候，其他人都在努力为汤姆作掩护。他们似乎在很大一片范围内安排了眼线，小逃犯的朋友们在整个湖区也时刻警惕着。

“都安排好了，”“右舷”说，“乔借了比尔的自行车去了阿克莱，在那里找了一个男孩作眼线。比尔坐公共汽车（当然是黑鸭子俱乐部基金出的钱）去了波特海姆、皮特搭车去了沃斯汉姆，看在罗德利公司能不能打听到那帮家伙租玛格丽塔号租了多久。”

他们交谈的时候，迪克在汤姆的帮助下，驾驶着山雀号在小划艇附近来回穿梭。起初，双胞胎都不敢相信是小观光客在掌舵。

“现在转帆吧。”汤姆说。

“转帆？”迪克疑惑不解地问。

“往船帆的这边整个转过来……我来拽帆布……继续……整个转过来……让帆桁横过来……好了……当心你的头……再固定好它。”

“我说啊，”“左舷”说，“你上手了。”

双胞胎这就要往回赶，因为她们得把闪电号准备好，下午有场比赛。

“继续加油。”她们划着船离开的时候，“右舷”说道。

一小时之后，山雀号正沿着湖区远处的一角航行，这时从兰沃思的转运码头传来一声叫喊，汤姆和他的徒弟都回了头。

“啊嗨，‘黑鸭子’！”

一个小男孩推着自行车正站在码头边朝他们挥手……原来是死神与荣耀号的船长从阿克莱回来了。汤姆把山雀号调了个头，向他驶去。

“去了一趟阿克莱，”当他们到达码头的时候，乔说道，“罗宾认为他昨晚看到玛格丽塔号去雅茅斯了，但他又不是很肯定。他说他会帮我们看着那座桥，我告诉他，要是他不那样做的话，我就捶扁他的脑袋，然后我还给了他四便士，让他一看见那艘船就给我爸爸打电话。”

“告诉‘右舷’从俱乐部经费里给你支四便士。”汤姆说。

“不急，”乔说，“好了，我现在要走了。我要去见见其他人，以防那艘船去了卢德姆或波特海姆。”他跳上自行车，离开了码头，很快就消失在马尔斯特湾旁的树林后面。

下午，他们又见到了“左舷”和“右舷”。闪电号绕过一只浮标的时候，靠得太近，撞上了，就退出了比赛，然后法兰先生开着它到兰沃思来看他女儿的新朋友，还告诉汤姆，如果那帮混蛋真抓住了他，谈到法律什么的，就马上让他们来找他。“最好让对方知道我们这一方跟他们一样擅长玩法律……不过你不占理，所以最好还是不要让他们抓住你……顺便提一下啊，”他对巴拉贝尔夫人说，“您可别把我的女儿们惯坏了。”

“到目前为止，她们帮了不少忙啊。”“司令”说，“我弟弟不在的这段日子，我们既没有船长，也没有船员。迪克和桃乐茜连水手也算不上。”

“她们很快就会和汤姆一道去教他们，”法兰先生说，“内尔和贝丝对船了如指掌。你们谁想来闪电号上兜一圈？”

汤姆、迪克和桃乐茜连忙系好了山雀号，挤到那艘小赛艇上去。桃乐茜简直不敢相信仅仅三天前她才第一次看到闪电号，那时她还很嫉妒两个水手女孩。

山雀号上的这几位乘客上了闪电号，然后闪电号开进树木繁茂的湖口，不见了踪影，这时有人喊了逃犯和他两位朋友的名字。这次是达钦医生，他抽出了一两个小时的空档。他在他的旧渔船船尾铺了几只靠垫，让达钦太太和“我们的宝宝”坐得舒服一点，然后划着船到兰沃思看望巴拉贝尔夫人。“真不好意思，昨天您来的时候，我出门给人测体温去了。”他说，“您的弟弟是我遇到过的最有趣的病人。我的病人大部分都跟板油布丁一样乏味……这么说我也不担心，因为您不会告诉他们的……不过您的弟弟完全不同，能给他头上敷药膏，我很荣幸。但这次来，我是要说，真的很感激您救了这个天不怕地不怕的小子，那天晚上的事情我都听说了。”

“那帮家伙太可怕了。”巴拉贝尔夫人说。

“实不相瞒，我真不想惹上他们，”医生说，“不过，要是汤姆跟着您一起开船，他应该就很安全了。他们只见过他在那艘旧平底船上。”

天已经很晚了，当天的航行结束了，他们支起了天篷，在起绒草号上吃了晚饭，汤姆正准备带迪克去山雀号，想让迪克划着起绒草号的小划艇回来，巴拉贝尔夫人问了汤姆一个问题。“嘿，”她说，“你觉得迪克和桃乐茜能成为船上的一分子吗？”

“他们表现得很好。”汤姆说。

第二天

迪克在他的笔记本上写道：“在兰沃思码头附近的芦苇地里发现了两只黑鸭子的鸟巢。观察了凤头鸊鷉捕鱼。昨天和前天晚上我以为是雾角的东西原来是一只麻鸦。没有起雾，汤姆也听到了，他告诉我了。”

“左舷”和“右舷”划着她们自己的船在这里度过了一整天。迪克和桃乐茜轮流去山雀号和小划艇，他们自己驾船，老资历的“黑鸭子”就当乘客，告诉他们哪里做错了。威廉到岸上去找吃的了。巴拉贝尔夫人又画了另一幅画。“左舷”、“右舷”和桃乐茜负责做饭。

下午，死神与荣耀号划过湖口，给他们捎来了消息——有人看见玛格丽塔号前一天穿过雅茅斯去了南方。大家顿时感到松了一口气。六个“黑鸭子”都到起绒草号上喝茶。乔带着他的白鼠，桃乐茜壮起胆子摸了摸它。喝茶的时候，威廉和白鼠都离对方远远的，威廉在船舱的最前头，乔和白鼠在座舱井的最后头。死神与荣耀号升起了它打满补丁的旧船帆，迪克和桃乐茜驾驶着它去航行，与此同时，“司令”和三个老资历的“黑鸭子”开了一次会。他们决定接下来的一天、双胞胎来这里帮忙的时候，他们要把起绒草号开到湖里试一试，为河上航行做准备。

第三天

这个计划落空了，因为一早就下雨了，雨点不停地打在张开的帆布上，把他们都吵醒了。这天不是试航的好日子。不管是汤姆，还是“司令”，都不想一开始就把船帆弄湿。所以天篷整天都没有放下。迪克和桃乐茜穿着他们的油布雨衣和长筒靴，在雨中练习了划船。桃乐茜构思了一个故事，“湖区的逃犯”。迪克在山雀号上帮着汤姆一起装好了柜门。大家担心威廉着凉，就给它喂了一勺鱼肝油。

下午，雨下得最大的时候，“左舷”和“右舷”穿着油布雨衣，戴着防水帽，划着船来到了湖上，从霍宁的邮局捎来了几封信。迪克和桃乐茜各有一封信，都是在罗马古城墙上写的，还盖了卡莱尔的邮戳。巴拉贝尔夫人也有一封信，那是她弟弟从伦敦寄给她的，她大声朗读了其中一些片段，听上去令人担忧。

“太荒谬可笑了……你不能那样做……开着像起绒草号这么大的船往下穿过雅茅斯，没有帮手，还带着一对从没坐过船的孩子……过桥的时候，你打算怎么办？……你了解潮汐吗？在雅茅斯，潮汐可不是小孩子的游戏……那个医生是个好人，但他应该坚决劝你老实待在原地……”

迪克和桃乐茜仔细听着，什么也没说。

“人们总喜欢贸然下结论，”巴拉贝尔夫人说，“我告诉他，汤姆也一起来了。”

“其实他说得很对。”汤姆说。

“你们是怎么想的？”巴拉贝尔夫人问双胞胎。

“雅茅斯是一个可怕的地方，”“右舷”说，“我们的船员应该提前演练一下怎么过桥。”

“明天你们要做什么？”巴拉贝尔夫人说。

“我们明天就在家里待着。老爸请了人来喝茶，我们得在家里招待他们。”

“那后天呢？”巴拉贝尔夫人说，“来和我们一起待上一天，帮帮汤姆教我们怎么驾驶起绒草号，怎么样？”

“锦标赛开始前一晚，我们必须赶回去。”“右舷”说。

“三天时间，我们可以做很多事情呢。”汤姆说。

“我想好了，去波特海姆。”“司令”说。

“那要过桥。就过两座桥。”汤姆说。

“然后经过肯德尔坝，往上游开到霍西湖。那里以前是个观鸟的好地方。”

“现在也是。”汤姆说。

“好啊。”迪克说。

“我们要问问老爸。”“左舷”说。

“只要我们能及时赶回去，他就不会介意的。”“右舷”说，“不管怎样，要是我们来不了，明天我们就会给您捎个信。现在我们要回去了。”

雨水顺着双胞胎的防水帽倾泻而下，随后她们又划起了桨，消失在湖口。

那天晚上，“司令”、汤姆、迪克和桃乐茜在起绒草号的船舱里一起仔细查看了地图。“司令”倒拿着一支画笔，沿地图上标注为布尔河的那条弯曲的蓝线一直比画过去，经过安特河口，到了与瑟恩河的交汇处，然后那条蓝线慢慢变粗，沿着阿克莱和雅茅斯蜿蜒而去。汤姆的眼睛跟着它往下看，想起了雅茅斯和布雷顿的潮汐和其他的危险，这些会让霍宁或罗克瑟姆的孩子们在南方河流巡航时像在进行一场冒险，就像那些住在奥尔顿和贝克尔斯的孩子在北方河流上航行一样。

然而，巴拉贝尔夫人的画笔移到了另一条河上，瑟恩河……波特海姆……“以前它是一个小而美的地方”……两座桥，马路，铁路……她指着指着，突然穿过标记着肯德尔坝的那段细线转向了西北，指到一个较大块的蓝色斑点，那里是海姆湾，接着她又顺着一条弯弯曲曲的细线指到另一块蓝色斑点，也就是霍西湖。这个斑点的一边有标记堤坝的一条短线，短线的末端有个风车的符号。“到时候我们就在那里过夜，”“司令”说，“就在风车附近的小河道里……”

其他人都倚在船舱里的桌子上。渐渐地，他们都把头凑到了地图上。突然，什么东西都很难看清了。光线越来越暗。

“这盏灯怎么了？”“司令”说。

他们抬头看了看那两只小玻璃灯泡，通常能照亮整个船舱的，现在都不亮了。每只灯泡里都有一根卷曲的红色金属丝在慢慢熄灭。

“应该是电池快用完了。”迪克立马说。他拧灭了一盏灯，有那么一会儿，另一盏灯变亮了许多。

“好了，”“司令”说，“我们一直看的是地图的这一边，应该看看别处。没有光，我们就不能出航。座舱井里是可以点蜡烛，但我不喜欢在船舱里点。我们得把船开到罗克瑟姆充电。”

“电池用完可就不好了。”迪克说。

“当然，我们租这艘船以来还没充过电。我弟弟理查德走了之后，我就忘了这件事。快把烛台拿出来。等后天双胞胎来了，我们还是去罗克瑟姆吧，不要去霍西了。

桃乐茜去座舱井拿烛台的时候，心里颇感失望。第一天他们就是经罗克瑟姆过来的，那一段河道他们已经见识过了。航行去霍西才是一次未知之旅。烛台在哪儿？她找到了烛台，也快摸到火柴盒了。

“桃乐茜，快点。”“司令”说。

船舱里，那根红灯丝越变越暗。“最好关掉。”迪克说，于是他们就坐在黑暗中，听着桃乐茜划一根怎么也点不燃的湿火柴，同时还听着那条哈巴狗均匀的呼噜声，它觉得黑夜更舒适。迪克也很失望。他一直期待着去霍西，那样就可以把芦苇野鸡和麻鸦加进他的观鸟清单了。不过，电池必须充电了，这是理所当然的。

出乎意料的是，汤姆帮了大家的忙。

桃乐茜终于点燃了蜡烛，她把它放置在船舱的桌子上，蜡烛摇曳的光线映照在他们的脸庞上，他们还围在一起看地图。她立马就发觉汤姆有话要说。

“罗克瑟姆并不适合航行。特别是现在，叶子正开始凋零，有些河段就像被铺上了一层毯子。去那个地方试航也没什么用。明天就搞定电池的事吧。玛格丽塔号应该在雅茅斯了，应该很安全了。明天一早，我要做的第一件事就是带着电池去罗克瑟姆。下午茶的时候我会回来。”

“司令”看着烛光映照下的汤姆，笑了。

“待腻了吧？”她问。

“我想让山雀号出去跑跑。”汤姆说，“有人在阿克莱盯着，绝对安全。”

“有‘左舷’和‘右舷’相伴，不来几场真正的航行，真是对不住她们啊，”“司令”说，“去罗克瑟姆的路上没有一座桥。”

“雨停了。”汤姆说着，把手伸出舷窗感受了一下。

几分钟过后，他解开了起绒草号的小划艇，这是他这一天中第三次这么做了。迪克把他送到了山雀号上。汤姆点起灯笼，看了看四周。“非常干爽，”他说，“哪怕下了那么大的雨。这是天篷第一次接受大雨的洗礼呢。”

他看着迪克消失在黑夜里，听到他安全登上了起绒草号，才转身去睡觉，感觉非常幸福。双胞胎要来起绒草号，这真是太好了，至少可以去一趟霍西。虽然一切都算顺利，不过他真的不太情愿第一次驾驶像起绒草号这么大的船，身边只有迪克和桃乐茜当帮手。然而一想到明天，他就很开心，不管会不会遇到那帮混蛋，小山雀号都将再次独自起航。

第十一章

汤姆遇险

这是一个晴朗的清晨，微微吹着一丝西北风。汤姆起得很早，起绒草号上的早餐还没准备好，他就已经过来了。他和迪克用起绒草号主帆索的一头做了根双吊索，仔细地把那块沉重的电池吊到了山雀号上。

“你真的认为安全吗？”桃乐茜说，“他们可能正等着来个突袭。”

“他们不会的，”汤姆说，“如果他们有埋伏，我们会知道的。乔有个朋友在阿克莱盯着。总之，我很快就回来。我不会抢风航行。帆不动了我就一米一米地划过去。”

“这段路很远啊。”桃乐茜说。

“你确定不用我从霍宁或者兰沃思找人把电池捎过去，然后再送回来吗？”巴拉贝尔夫人说，“绝不能让起绒草号的船长在船真正开始航行的头一天出任何事情啊。”

但汤姆认为一切都顺利。微风习习，确定没有什么危险之后，他急着要走。巴拉贝尔人交给他一张便条，让他给罗克瑟姆的一家租船公司——起绒草号就是她弟弟从那里租来的。“这是告诉他们关于电池的事，”她说，“还有这些东西要买。”她给了他一张手写的清单，那些东西差不多都快用完了。汤姆把清单和买东西的钱放进口袋，然后从树林中间迅速划了出去，只要有合适的风，他随时都可以升起船帆。

没有他的早晨有点无聊。他们清洗了一番，又打扫了甲板，然后带上威廉这个乘客去了兰沃思码头，他们去那里弄了一些淡水回来。回来的时候，他们顺路看了看两只黑鸭子的鸟巢，还碰见了一对凤头䴙䴘在捕鱼，不过有威廉在船上，他们要近距离观察鸟儿比他们单独在船上的时候更难。威廉蹲在座板上，爪子扒着船舷上缘，也像迪克一样热切地观察着鸟，但它一看到水上有鸟，就忍不住吠几声。最后他们回到起绒草号的时候，发现“司令”正忙着准备一块帆布。迪克进到船舱坐下来，把他潦草记录下来的诺福克观鸟清单又好好抄写了一遍。桃乐茜尝试着继续写她的新书，她已经拟好了章节标题，这么一来，这本书似乎也完成了一半……标题有《秘密湖区》、《芦苇地逃犯》、《黑鸭子的羽毛》、《麻鸦的警告》，等等。这会是怎样的一本书啊，不管怎样，第一章还有一两段就结束了，第二章肯定就是围绕漂亮的第一句话展开：“这个逃犯悄无声息地扒开芦苇丛，望着渐浓的暮色，然后又把目光投向深暗的河水……”那么，他究竟在看什么呢？桃乐茜发现自己转而在想汤姆的事了，他在去罗克瑟姆给起绒草号换电池的路上看到了什么？他会不会在经过霍宁的时候，想方设法和“左舷”、“右舷”见上一面？早晨很快过去了，书中的“逃犯”还在芦苇丛中望着对岸。桃乐茜只好先把他搁在一旁，因为再写下去就没时间做别的了。“司令”想赶紧吃完午饭，好留出一个长长的下午来画画。煤油炉已经点燃，他们挑了一罐牛肉腰子布丁，用船上的计时器来计时，煮熟了就吃，他们还吃了些炖梨、几块蛋糕和一些巧克力。（“没必要留了，汤姆会买新鲜的回来。”）太阳一直在移动，巴拉贝尔“司令”赶紧洗完了餐具，因为对她要画的湖口掠影来说，现在每过一秒，光影就越佳，湖口还有一艘小船，阳光穿过树林正映照在船帆上。

“只有一次机会可以画下它。”她说，桃乐茜也明白，对画家和作家来说都是一样的，于是她催着迪克上小划艇，让他划到主河道去，好给“司令”提供一个不错的布景。

“千万别掉下去。”“司令”说，“最好让威廉跟着我。我把松节油放哪里去了？”

他们肩并肩坐着，一人一支桨，从起绒草号那边划了出去。“司令”心不在焉地朝他们挥了挥画笔，他们也像她挥挥手。两旁的树靠得越来越近了。他们到了湖口，起绒草号和开阔的湖面掩藏进一帘嫩绿的树叶后面。他们继续划，穿过幽僻的树林，进入那条通向河道的笔直的长堤附近。

“那边有一艘帆船！”桃乐茜回头看着说，一张白色的三角帆在阳光下闪着光，正沿着远处的一排柳树移动。

“一，二，”迪克说，“一，二……你要跟上节奏啊。当心！差点撞进芦苇丛。不要太用力。一，二。一，二。那艘帆船是去下游的。我觉得他们肯定会遇到汤姆。”

“不知道他走多远了，”桃乐茜说，“也许开始往回走了。嘿，迪克，这回是你忘了划……那些不过是水鸡……”

迪克什么也没说。他知道自己让桨停在了半空，他看到两只水鸡钻进芦苇丛中的一个暗洞里消失不见了。

“去上游还是下游？”桃乐茜问，这时他们终于划到了河堤口，“你发现没有？我们是自己划着船出来的。我们往上游走吧。没准我们能碰到‘左舷’和‘右舷’。”

“上游，”迪克说，“我们去找找七号鸟巢吧。”

“就这么定了，”桃乐茜说，“‘右舷’说小家伙们已经孵出来了。”

“我们要仔细找找那只长着白色羽毛的黑鸭子。”

不过在他们来到那条长满芦苇的小水沟——长着白色羽毛的黑鸭子正在那里照顾鸭宝宝——之前，他们还有别的事情要考虑。

他们沿岸边慢慢划着，经过自来水厂，一路来到教堂的河段，他们在那里看到了两只黑鸭子，不过没有白色羽毛，几十只水鸡在岸这边的灌木丛和岸那边的绿草地之间来回穿梭，岸那边的草地上，一群黑羊正在吃草。迪克和桃乐茜划过岸边的时候，迪克好好看了看躲在灌木丛下的水鸡，看它们那艳丽的尾巴和鲜红的嘴。一艘游艇往这个河段开过来了，船头下方直冒水泡。桃乐茜心想，明天他们也要像那样起航了。当初他们登上起绒草号的时候，巴拉贝尔夫人跟他们说，他们根本不会出航，结果事情比想象的要好得多。“多亏了七号，”桃乐茜说，“当然，还有黑鸭子俱乐部。”

“什么?”迪克说。

桃乐茜是情不自禁说出口的，所以迪克没有得到回答。她从水中提起桨来，听到河下游的什么地方传来震天响。

“又是一帮混蛋啊，”迪克说，“我可不想让它像那帮混蛋一样把我浑身泼湿。我们是不是应该靠岸，让它先过去?”

“真是一样地吵。”桃乐茜说，下一刻，他们就看到了一艘摩托艇，它正绕过自来水厂旁的那道湾开过来。“迪克，”她喊道，“是他们，玛格丽塔号。他们回来了。不要，不要看他们。你继续盯着那群黑羊看……”

那艘大摩托艇从他们身边经过的时候，引擎轰鸣，前甲板上的留声机也大声播放着乐队的音乐。它掀起的巨浪突然把他们的小划艇卷了起来，桃乐茜赶紧去抓船舷上缘，害得她弄丢了桨。等她找回桨的时候，玛格丽塔号早就不见了，然而它留下的尾波仍在发狂地拍打着河岸。

“他们会抓到他的。他还不知道他们来这里了。他不可能逃脱了。迪克，迪克！我们应该怎么办啊？”

只要是迪克感兴趣的东西，他的脑子就转得飞快，怕就怕他想别的事情，心不在焉。玛格丽塔号已经出现了，当小划艇还在汹涌的波涛中摇摆不定的时候，迪克就做出了一个决定。

“桃乐茜，快点，”他说，“我们得去找其他人。他们知道该怎么做。”说着，他用力地划了一下，小划艇转了过来，“快点，桃乐茜，拼尽全力去划。”

“那巴拉贝尔夫人呢？”

“没时间回去了。快点，桃乐茜。使劲划！一，二。一，二。”

然而没什么用。没有急事的时候，他们一起慢悠悠地划还好，不管怎样，小划艇可以沿着航线往前走。可是，当他们俩都拼命划的时候，这个用力划一下，接着那个也用力划一下，小划艇似乎突然不知道往哪头走了。

“把你的桨也给我吧。”

桃乐茜把桨给了他，坐到了船尾。

“我才不管顺桨不顺桨呢。”迪克说。他咬紧牙关使劲划，桨提得比死神与荣耀号上的人都高，接着往后一甩，再插入水里用力一划。河上溅起了一大片水花。不过在兰沃思湖上的日子可没有白练，小划艇快速地往前驶去。他用力地左一下、右一下划着，想方设法保持直线前行，但并不总是很顺利。

“小心！”桃乐茜说，“你又要撞进芦苇丛了。”

“照着他们教我们的去做吧！”他缓过气来说，“只管往前进。举起一只手，当作指南针。这样我看看你的手，不用回头就知道方向了。”

桃乐茜坐着一动不动，右手就搁在膝盖上直指河前方，这样一来，当迪克把船划歪了的时候，只要看一眼她的手指，就马上知道该怎么做了。他就这样一直往前划。

“那只长着白色羽毛的黑鸭子！”桃乐茜说。

迪克回头去看，却什么也没看到。他不停地划，累得上气不接下气。他再也无法咬紧牙关了。别说看黑鸭子了，就连面前一两尺远的桃乐茜的手，他都很难看清了。

“换个位置吧，”桃乐茜说，“让我来划一会儿。”

迪克还是竭尽全力地划着。

“要用科学的方法，”桃乐茜说，“来接力吧。你先划，然后我再划，那样我们就能保持全速前进了。”

“科学”这个词说服了他。他的膝盖已经发抖了，他跟桃乐茜换了位置。不管他怎么努力，他把手伸出来作指南针指着前方的时候，手就是不停地颤抖。桃乐茜刚接手，所以划得更快，不过水花也更多。

“幸好死神与荣耀号的人看不见我们。”划出一个更大的水花之后，她说道。

“不要说了，”迪克说，“一说话就更划不好了。”

桃乐茜没再说什么。他是对的。有好几分钟她都没说话。她觉得自己的手臂好像散了架，背也断了，胸口似乎有什么东西鼓着，越鼓越大，都没法呼吸了。归根到底，这么做又有什么用呢？现在什么都晚了。没什么能拯救那个“逃犯”的命运了。就在这时，她突然发现迪克的脸色变了。出什么事了？他在说什么？“慢点！桃乐茜，慢下来！不要划那么快。不能让他们认为我们在赶路。让我来划吧。”

她回头瞥了一眼。他们已经过了那架小风车。霍宁渡口和渡口旅馆就在眼前。玛格丽塔号拴在旅馆前的码头墩上。三个男人和两个女人在跟一个男孩说着什么，那个男孩正指着河里。他们穿过草坪，往旅馆走去。摩托艇停了下来。还有机会，假如他们可以溜过去，到霍宁去通知“左舷”、“右舷”或死神与荣耀号的人，“黑鸭子”们肯定可以想办法去给汤姆提个醒。

他们俩又换了位置。桃乐茜坐到船尾，努力克制着不喘粗气，还装出不是太热的样子。迪克按照“左舷”教给他的方法，小心翼翼地划着船，专心致志地只管他的招式，有规律地往前划，划过了玛格丽塔号，划过了渡口，划过了布尔河委员会那座整洁的小屋，还有草坪和座椅——委员们就坐在那里看管他们负责的河道。

“你看到那个男孩了吗？”桃乐茜问，“跟那帮混蛋说着话的。”

“没有。”迪克简短地说。

“抱歉！抱歉！”桃乐茜说。有那么一会儿，她忘了自己是人工指南针，胡乱瞎指一通，迪克还看着她的手，拼命地划着，差点撞到岸上。

他使劲一划，又划了回来，但他连说话的力气都没了。

现在的问题是去哪里找“黑鸭子”们。桃乐茜有点不知所措了。他们曾经有一次路过霍宁，那是出了火车站坐上汽艇时经过的。她知道汤姆家挂了一条金色的鳊鱼作风向标。双胞胎的家就在隔壁，至于在哪一边，她也不记得了。她也明白要是能躲过这件事，大人们就不会被牵扯进来了。然而现在她也管不了什么大人不大人的了。蓝天下，金色的鳊鱼在盖着茅草的三角屋顶上方迎风飘扬。那就是医生的家了。那一丛高高的芦苇肯定就是汤姆家附近堤坝的入口。达钦太太正坐在自家草坪的椅子上织毛衣，身旁是婴儿车。

达钦太太立刻认出了他们，那天达钦医生划着船带她去兰沃思的时候，在起绒草号上见过他们。她向他们挥了挥手。“就像到夏天了一样，”她说，“看上去你们学得很不错。我还以为你们才开始学呢。天哪，你们似乎有很急的事。”

迪克上气不接下气，想说点什么，却没有力气吐出一个字来。

“我们来找‘左舷’和‘右舷’，”桃乐茜说，“其他‘黑鸭子’也行。是那艘摩托艇，玛格丽塔号，他们正往这边来，现在就在渡口。汤姆已经去罗克瑟姆了。他还不知道他们来到了附近。”

达钦太太好像根本不急。“他去的时候回来了一趟，”她说，“又吃了点早饭。我认为你们不用担心那伙人。都过去好几天了，他们应该都忘了他了。”

“巴拉贝尔夫人那天还说，他们铁了心要找到他……您知道的，就是那次他们告诉警察是乔干的，而实际并不是乔。”

然而，桃乐茜动摇了。也许，汤姆根本没必要当一个“逃犯”。但她想起了“黑鸭子”。她知道他们会怎么说，他们肯定会不惜一切代价去给汤姆提个醒。

“我想你们去村里就能找到内尔和贝丝，”达钦太太说，“几分钟之前她们还在这里，然后有人过来学黑鸭子叫，她们就走了。我听见她们跑到了马路上。嘘，嘘！”她伸手去扶了扶婴儿车。

“我认为我们最好找到她们。”桃乐茜说。

“她们不会走太远的。”达钦太太说。

迪克划着船继续朝村子驶去，经过了柳树成荫的港口和大型船棚。

“那是死神与荣耀号。”桃乐茜喊道。那艘涂了柏油的老船就横在转运码头旁边。过了一会儿，他们看到了乔和双胞胎，三个人都在看公告栏，那地方不允许船一次停太长时间。

“嗨！”桃乐茜喊道。

“哈喽！”乔也大声回应道。他跑到码头边上，等船划过来，帮忙拉住船头。他把一只手放在嘴巴上，不像是说悄悄话，而像是想喊得更大声，他兴奋地问：“你们看到了吗？”

“什么？”

“他们在通缉他，”乔说，“悬赏通缉。”

“玛格丽塔号过来了。”桃乐茜说。

“来看看这个。”“右舷”大叫道。

“但是时间很紧了。”桃乐茜说。

迪克累得说不出话，其他人又好像没听到她说话。

“读读上面说了什么。”乔说。

“但是汤姆还一个人在河上啊。”桃乐茜说。

“就看一眼。”“左舷”说。

“快点，快点！”桃乐茜说。

“读一读说了什么。”乔说，“昨天还没贴出来。我刚才一系好船就看到了。”

迪克爬上码头，快速走到公告栏前。桃乐茜在“左舷”和“右舷”的帮助下上了岸，然后她们一起跑上了石子路。

以下就是他们看到的公告：

悬赏

四月二十二日晚，玛格丽塔号摩托艇停泊在霍宁渡口下游北岸，被一男孩解开缆绳，希望有知情者提供线索，我们将提供赏金。

联系人……

（后面是出租这艘摩托艇的罗德利租船公司的联系人和地址。）

“好吧，”“右舷”说，“不会有人给他们提供线索的。”

“乔治·欧顿可能会。”“左舷”说。

“如果他去通风报信的话，”“右舷”说，“他也不会让别人知道是他做的。”

“不管怎样，汤姆得提高警惕。幸好那帮混蛋去了雅茅斯那边……”

“但他们没去啊，”桃乐茜差点发出尖叫，“我们过来就是要告诉你们，他们来这里了。”

“就在河上，”迪克说，“停在了渡口。”

“汤姆去了罗克瑟姆，”桃乐茜说，“要是他们继续往前开的话，肯定会抓到他的。刚才有个男孩在跟他们说着什么。”

乔朝死神与荣耀号走出了半步。

“皮特和比尔去了卢德姆。”他说。不管怎么努力，他一个人开着这艘老柚木船，速度就是不行。

“我们出发吧。”“右舷”说。

“比尔的自行车呢？”“左舷”问。

“我知道在哪儿。”乔说。

“汤姆返回之前，你能在罗克瑟姆截住他。”

乔走了。

“你们俩最好在这里等着。那艘小划艇确实划不快。我们有两对桨。还有，我们要有人在这里盯着，看看他们有什么动作。快点，‘左舷’！”

“如果可以的话，你们想想办法拦住他们。”“左舷”回头说道。

迪克和桃乐茜留在了码头。

伴随着一阵急促的自行车铃声，乔及时赶了过来，他低着头，两腿像活塞杆一样使劲地蹬，飞快地穿过邮局旁边的空地，消失在旅馆后面。

几分钟之后，他们看到法兰家那艘又长又窄的划艇嗖地飞过船棚。

“加油！加油！”桃乐茜喊道。

双胞胎划过去的时候几乎没看他们一眼。她们划着右桨绕过斯旺旅馆旁的河湾，然后又往前划去，很快就消失在拐角处的船屋后面。

“达钦太太真是大错特错啊。”迪克说。

他们又读了一遍告示。无论如何，他们已经尽力了。他们焦躁不安地望着那条河。玛格丽塔号还没出现。汤姆还有机会。

第十二章

瞒天过海

乘着小船，不管是划桨，还是扬帆，从霍宁去罗克瑟姆都是一段很长的路，但是走陆路不过三五千米。从他们离开大约过了半个小时，迪克和桃乐茜听到一阵刺耳的车铃声——乔骑着自行车绕过斯旺旅馆的拐角飞奔过来，他猛踩刹车，车轮在石子路上打滑了，他在他们身旁跳了下来。

“没找到他。”他上气不接下气地说，“汤姆早就走了，这会儿应该走到半路了。摩托艇过来了吗？”

“还没，”桃乐茜说，“只看到两三艘其他小点的船。”

“四艘。”迪克说。

“还有一些帆船……”

“过来了三艘，过去了四艘。”

“还有一艘载满芦苇的船。”

“还有一艘轮渡船。”

“它来了。”乔看着河面说。

随着一阵巨浪翻腾，玛格丽塔号从渡口呼啸而来，它把沿岸停靠的游艇和船屋掀了起来，还把扩音器开到最大声，播着震耳欲聋的管弦乐。

“‘左舷’说让我们想办法拦住它。”桃乐茜说。

乔靠在自行车上，无奈地看着横在码头那边的死神与荣耀号。

“撞它都太短了……”他说。

不过他们也知道，他们三个人无能为力，哪怕上了死神与荣耀号，也对付不了那只凶猛的怪兽——它比河上所有的船闹出的动静加起来还要大。何况他们也来不及了。接着，起绒草号的小划艇就被波浪冲了起来，重重地撞在码头上，乔立刻扔下自行车，跳了出去，想把死神与荣耀号拉到一边，但玛格丽塔号早已绕过斯旺旅馆附近的那个拐角了。摩托艇消失很久了，他们三个还站在那里听它发出的吵闹声。“左舷”、“右舷”正在河上的某个地方和时间赛跑，而汤姆正从罗克瑟姆开着山雀号往回走，对突如其来的危险毫不知情。

“左舷”和“右舷”不需要说什么就配合默契，因为她们一起划船很多年了。“左舷”在船尾，“右舷”在船头，每人一对桨。启程一两分钟后，“左舷”就稳住了速度。她知道她们可能要划很长一段路。“右舷”看着她双肩不停地颤动，就跟上她的节奏划桨，两人就像一台机器上的两只零件一样，只是还要时不时地看看上游的情况。不管谁见到她们都可能会觉得她们划得很快，但她们倒没有表现出有什么着急的事情。划着划着，她们经过了那块告知大家经过霍宁段要减速的公告牌，经过了捕鳝人的小船屋，然后划进了一段笔直的河道，那里有架风车，风车旁停着一艘船屋，接着继续往前划。一艘艘游艇从后方超过了她们，经过时都善意地放慢速度，尽量减少尾波对她们的冲击。一艘艘帆船迎面而来，又乘风驶过。她们一直注意听着玛格丽塔号的声音，那种咆哮声准不会听错，每绕过一个河湾，“右舷”都要往上游看看，真希望能见到山雀号那面高高飘扬的小船帆。她们经过了一个私人湖泊，岸上的屋子倒映在水里。她们经过了赛尔豪斯湖口，以后某一天她们说不定会去看看那里的天鹅巢，还有凤头水鸟的巢。就在这时，她们听到那个声音了。整条河上没有一艘船会开着那么大的喇叭，也没有一艘船会安装这么一台嗡嗡作响的引擎。

“完了！”“左舷”说。

“他竟然在这里！”“右舷”说。

小山雀号就在她们正前方，轻轻松松地航行在河中央。

“汤姆，小心！”她们大喊道。“小心啊！小心混蛋！玛格丽塔号！再过两分钟他们就到啦……没地方躲了！”

汤姆在山雀号上正开心着呢。他路过霍宁的时候已经见过双胞胎。她们安排好了一切，明天一大早就去起绒草号，和他们一起开始一场为期两天的航行。第三天她们还得赶回家，为帆船锦标赛的第一场比赛做准备，不过等到那个时候，汤姆心想，要是“司令”能适时帮上一把的话，他跟那两位新朋友应该就能一起驾驶起绒草号了。从霍宁到罗克瑟姆的这一路他跑得飞快，只要不顺风，他就划桨。他到罗克瑟姆见的第一个人就是出租起绒草号的公司里专门掌管船用电池的负责人。那个人带着旧电池坐上平底船刚走，汤姆就匆匆赶到村里的大杂货店，把“司令”交代的东西都买齐了，一刻也没有耽误，然后他坐在加内特爵士号货船的舱顶上跟船长吉姆·伍德尔聊天，吃着他妈妈拿给他当午饭的三明治。他把自己的境遇和那帮混蛋抛到了脑后，心里想的全是去南方的旅行。吉姆·伍德尔告诉他怎么能轻松通过雅茅斯，他说即使是小船，也要等到超低水位的时候穿桥洞过去。他们聊天的时候，吉姆·伍德尔好几次抬头看旧粮仓墙上一早才钉上去的告示，他的货船就停在那旁边。汤姆没看到告示，而吉姆·伍德尔也没说什么，尽管新电池送回来之后，他又上岸去看了一遍告示，而这时汤姆已经跟他说了“再见”，准备开往罗克瑟姆。要是汤姆没提起，吉姆·伍德尔也不会过问。他和任何人一样会根据线索进行分析。那天小比尔从霍宁过来，找他问过玛格丽塔号上的人的情况。他那天刚从波特海姆回来，在那里也碰到个小男孩，问他有没有看见玛格丽塔号。他又读了一遍告示，再看看渐渐远去的山雀号。好吧，有一件事吉姆可以肯定，如果汤姆跟那艘船有牵连的话，很可能其他人也要遭受指责。不管怎样，那帮家伙是外地人，不好惹。在罗克瑟姆，吉姆也听说了玛格丽塔号闹得旅馆里的客人整晚睡不着觉。他们不应该受到指责吗？怎么说吉姆·伍德尔也是诺福克人。“如果是一个诺福克男孩干的，”他自言自语，“在别人供出他之前，那帮家伙就到处贴满了通告。”所以一会儿过后，当他看到乔上气不接下气地骑着车来到河边，紧张兮兮地打听汤姆，又急忙离开，接着墙上的通告就不见了，他一点也不吃惊。

那个时候汤姆已经走得很远了。他划着船经过了林荫段，路过罗克瑟姆湖时，他还溜了进去，发现湖上的风很强劲，就从南边湖口拐进了河里，一路上，他欢欣雀跃地航行，只想着他的小船。突然，刚要拐过一个急弯的时候，一艘划艇闯了过来，他认出是“左舷”和“右舷”，她们之前还在霍宁，这会儿划着船就像在比赛。

“嗨！”他喊道。

下一刻她们俩都在对他大喊：“小心！……小心混蛋！……再过两分

钟就来了……没地方躲了！”她们到底是怎么了？紧接着，他就听到了引擎的咆哮声，一段刺耳、滑稽的歌曲从静静的河上传来。

现在他明白了。他迅速看了看前后方。行不通。她们是对的，这里怎么能把山雀号藏起来呢？来不及了，噪声越来越近了。那种船跑起来是如此之快。

“快调头！”他冲着双胞胎大喊。

他往前一跳，松开升降索，帆桁和帆布随之抖落下来。

“快！抓住我的系船缆绳。”

他把缆绳卷起来扔到了船上。“左舷”立刻系好了绳子。接着她们往后划桨，向下游驶去。

“别划太快了。”他边说边拆下舵柄，拉起船舵。“差点忘了，”他自言自语，“现在慢点，不要赶了，也不要看他们！”他俯下身子躲进了那堆乱糟糟的帆布里。下一秒，那艘大摩托艇就绕过了河湾，径直朝他们驶来，似乎要从他们的头顶压过去……那个举着双筒望远镜的男人像个破浪神一样站在船头，也许是在沿河搜寻那个长得像罪犯的男孩。这一河段，只有两个小女孩慢悠悠地划着船往下游驶去，后面还拖着一艘空帆船。看着摩托艇咆哮而过，冲击波溅了两个小女孩一身水，她们的船被震得上下颠簸，那艘空船的桅杆也跟着左右摇摆，那帮家伙开心得不得了。

在霍宁，时间过得很慢。

乔把自行车靠在篱笆上，花了点时间把死神与荣耀号散开的绳头重新扎好。

“小心混蛋！”

迪克在观察一对水鸡——它们在码头对岸窜来窜去。他想他也帮不了汤姆，那不如看看水鸡吧。

桃乐茜眼前闪过一幕又一幕成功或失败的景象。有几幕是双胞胎及时通知到了“逃犯”，然后他们三人都躲进了芦苇丛里的某个地方，看着敌人从眼前经过。有几幕是他们都来不及逃跑，那帮混蛋没费什么工夫就抓住了汤姆，这是最坏的一种情况了。事情顺利的话，故事里的这位传奇“逃犯”会成功逃脱；要是出了差错的话，汤姆——这位起绒草号和山雀号的船长，教他们开船的老师——可就要束手就擒了。这样一来，汤姆的不幸将比故事中任何一个英雄的不幸更令人难过。桃乐茜费尽脑筋要想出一个切实管用的办法去救他。

“我猜他们抓住他了，”乔终于开口了，“我要把这辆旧自行车还回到比尔的家里。”他们看着他踩着自行车慢慢离开，他心不在焉，先离开码头，又拐了个弯往街上去了。

“要是他们真抓住了他，我们得找人帮忙啊。”桃乐茜说，“肯定会牵连到当地人，但也没有办法了。我们必须那样做。‘左舷’和‘右舷’的爸爸是律师。快点，迪克。”

“水鸡们在那边筑了一只巢，”迪克说，“就在那些船的后面。它们一定很温顺，这里人来人往的，船棚里也敲敲打打个没完。”

桃乐茜瞪着他。她一直受不了迪克盯着一样东西就不管不顾的样子，完全不考虑事态的发展。

“我们得去把汤姆的事情告诉达钦太太。”桃乐茜说，“汤姆！”她差点朝他大吼起来。

“这么做是最好的，”说着，迪克静悄悄地往前走去，“他肯定知道那只鸟巢，就在村子里。”

真拿迪克没办法，桃乐茜不再费口舌了。他们又上了起绒草号的小划艇，从码头那里把船划了出去。迪克划着双桨经过了村子，桃乐茜绞尽脑汁在想怎么把这个消息婉转地传达给达钦太太。达钦太太满以为一切顺利。当然，她对那些通告毫不知情，但是现在必须让她知道。没有别的办法了。因为达钦太太一定会把事情告诉医生和法兰先生，他们俩肯定能想出办法营救汤姆。

他们一直把船划到了医生的房子那里，那条金色的鳊鱼还在三角屋顶上迎风飘扬，并不知道痛苦就要降临了。草坪上没有人。这下就更难办了。桃乐茜不愿意上门。假如达钦太太外出了，医生也不在家，那万一碰到其他人，该如何解释呢?

“她可能在屋子后面，”她说，“我们划到堤坝里面看看吧。”

这会儿迪克全神贯注地划着船，他轻巧地把船划了进去，尽管他没预想到水流会那么急，但他艰难地摸索了一番，抓住一根柳条，稍稍一带，就让小划艇拐进了堤坝里。以前他们没来过这个地方，不过他们经常听汤姆、双胞胎，还有三个小“黑鸭子”说起黑鸭子俱乐部的大本营。

他们靠岸拴好小划艇。周围似乎没人。那艘老无畏号从沉到河底历经冒险之后，船身依然沾满泥巴。那边有座吊桥，还有棚屋，汤姆就是在那里做木工的，黑鸭子俱乐部也在那里开会。棚屋的门开着，里面悬挂着鸟类保护协会的河面示意图。桃乐茜屏住呼吸。看着这些东西，想到那位“逃犯”终究要落入敌人之手，真是太可怕了。

“要是我们能再快一点就好了。”她说。

“他把码头对岸的水鸡巢也标出来了，”迪克一边看着地图一边说道，“标的是二十七号。我就猜到他肯定知道。”

“我还是去按门铃吧。”桃乐茜说。

他们离开棚屋，绕过屋角，往河边走去。楼上有人用欢快的声音在喊他们。

“我这就下楼。”

桃乐茜激动地抬头看了看，达钦太太正从楼上一个窗户探出头。太好了，没必要跟陌生人解释了。达钦太太可能才把小婴儿从花园抱到楼上，正给小婴儿盖好被子。现在才下午四点，但气温已经开始变凉了。达钦太太下楼了，是时候把事情告诉她了。

“我该怎么跟她说呢？”桃乐茜难过地说。

“就直接告诉她，他们抓到了他，”迪克说，“她知道该怎么办。”

窗子下面的石子路上传来了脚步声，达钦太太拐过屋角走过来了。只要看一眼桃乐茜的脸，就知道出事了。

“你们来见我是有什么事吧？”她看了看上方开着的窗户，亲切地问道，“我们去别的地方说。让那个小家伙睡一会儿。我们到河边坐下来说吧。”

但是他们没坐下来。

他们刚走到翠绿的花园里的凳子旁，迪克就大喊起来：“他们来了！”

“左舷”和“右舷”正划着船顺流而下，船尾拖着那艘小山雀号。

“噢！噢！”达钦太太大叫，“汤姆怎么了？”

“他们抓住了他。”桃乐茜难过地说。她就差哭出来了：“他们抓住了他。我们去得太晚了。我知道我们会来不及。现在他们抓住了他……”她仿佛看到汤姆成了囚徒，可能还带着上锁的镣铐……只有面包和水……落网的“逃犯”……啊，汤姆！

而达钦太太把事情想得更糟糕。汤姆的船就在这里，升降索松弛地挂在桅杆上，双胞胎拖着汤姆的船……拖着……可汤姆人呢？沼泽地上空那些可怕的叫声……小船确实容易翻船……他会游泳的呀……水草……抽筋……谁也说不准……“内尔，贝丝，”她朝那两个桨手大喊，“出什么事了？他在哪儿？”

接着，迪克、桃乐茜和达钦太太都看到山雀号上那堆蓬松的帆布动了起来。帆布鼓起了一大块。一头靠在船舷上缘的帆桁被举了起来。汤姆从底下朝他们咧着嘴笑呢，然后还做了个鬼脸，让他们“保持安静”。船帆鼓起的那个大块塌了下去，山雀号看上去跟以前一样空空荡荡。

“哎呀，我的天！”

桃乐茜一转身看到一个小男孩开心地跳起来，然后瞬间从那座屋子的拐角消失了。乔也觉得没有别的办法，只能来找大人帮忙，所以他跟桃乐茜一样也过来了，想把事情经过告诉达钦太太。现在没必要了，所以乔就一溜烟跑了。

“左舷”和“右舷”一点也没有停下来的意思。“左舷”咯咯笑了，不过就那么一会儿。之后她们马上板起脸，继续划着船往下游走。

达钦太太刚才脸色煞白，现在她笑了，部分原因是笑自己把事情想得那么糟。

“这么说，一切还顺利，”她说，“你们刚才想说什么呀？”

不过，跟乔一样，迪克和桃乐茜现在也没什么要说的了。

“就是个误会，”桃乐茜说，“我们以为发生了什么事，不过没有。”

“我也是。”达钦太太说，然后又笑了起来。

她和他们一起走回堤坝，然后祝起绒草号霍斯米尔湖之旅一帆风顺。他们上小划艇的时候，她还帮忙扶住船，然后用力推了一把。他们很快就拐出了堤坝，跟着其他两艘船一起往下游划去。

“左舷”和“右舷”正驶向渡口，看上去好像这一天什么也没干。桃乐茜觉得该轮到她划桨了，她划着桨很快就赶上了她们。

“怎么回事？发生了什么？”她问。

“等会儿跟你说，”“右舷”说，“不要让人看出你这么赶，也不要让人看出你这么激动。”

“不要总是盯着山雀号，”“左舷”说，“我们就拖着这条空船。这是汤姆的主意。他们可能一路上都有人盯着，如果他们认为他没回来，那么明天他在起绒草号上就安全了。”

“汤姆说我们要尽力表现出很痛苦的样子。”“右舷”说，“小心。最好跟在后面，不要跟我们的桨搅和在一起。”

经过渡口的时候，他们营造的气氛很忧伤。最前面是法兰家的划艇，“左舷”和“右舷”闷闷不乐地划着，它的系船绳后面拖着山雀号，船上乱七八糟的，看上去真像是没了船主的样子。再后面跟着起绒草号的小划艇，迪克满脸困惑，而桃乐茜尽量不把船桨抬高，还假装哭丧着脸。

一个高大的男孩正倚在轮渡的白色栏杆上，看着他们的船队经过简直乐开了花。

“看来他们抓住了他，”他说，“活该！”说完他好像意识到自己说漏了嘴，于是转过身，双手插在口袋里头也不回地走开了。

“他都知道些什么？”“右舷”说。

“那帮混蛋停在这里的时候，跟他们说话的就是这个男孩。”桃乐茜说。

“他就是乔治·欧顿。”“左舷”说。

“肯定就是他告诉他们汤姆在河上。”

“不知道他们有没有给他赏金。”桃乐茜说。

“要是给了的话，他们也会再要回去的。”“左舷”说。

过了渡口旅馆的那个湾，就看不到任何房屋了，双胞胎停止了划桨。汤姆从山雀号里又冒了出来，倚在船尾，把船舵重新挂在舵栓上。他装上舵柄，升起船帆。山雀号又恢复了老样子。双胞胎把他的系船绳扔上船，然后把她们的船调了头。

“你们不来起绒草号吗？”桃乐茜问。

“还不能去，”“右舷”说，“汤姆会告诉你们原因的。”

“我们现在得回家了。老爸随时会回家，他就担心我们忘了那个聚会。我们得打扮得漂漂亮亮的，还要给客人倒茶。‘您要两块还是一块？’你们看，就是干这种活……我们明天一大早就过去。幸好你们现在会划船了。要不是你们过来，或晚来一步，他就没救了。他们正好能逮着他，而他什么也做不了。特别是乔治那个兔崽子要是给他们指了路……”

“上来，”汤姆突然说，“你们今天划得够累了。现在顺风，我们可以拖上小划艇。”

“左舷”和“右舷”刚离开他们的视野，汤姆的山雀号就带着他的乘客起航了，那艘小划艇被拖在船尾，它只比山雀号短几厘米。

“当然，拖着小划艇会让速度变慢。”汤姆说，“最好还是用大一点的船去拖小划艇。明天起绒草号起航的时候你们就明白了……它拖着山雀号都很轻松……”他突然停下，叹了口气，又接着说，“要是那个兔崽子告诉他们来找山雀号，那我去了也没用啊。到时我还得躲在家里的堤坝内，直到他们离开……或者等到假期结束。”

第十三章

伪装下的山雀号

新电池装好了，迪克小心翼翼地接好每一根线，心里美滋滋的。起绒草号船舱里灯火通明，看上去让人有点眩晕。没有人想到，在这欢乐的气氛里，他们在讨论要不要放弃南方之行。

“是这样的，”汤姆说，“兔崽子乔治肯定告诉那帮混蛋来山雀号找我，要不然，当他看到双胞胎拖着船的时候，绝对不会那么肯定他们抓住了我。我跟你们一起去没什么好处。我只能溜回家，躲进堤坝里。”

“但如果你不来，‘司令’怎么去贝克尔斯啊？”桃乐茜说，她以为这次航行去南方的唯一目的就是把巴拉贝尔夫人带回她童年的故乡。

“还有双胞胎呀。”汤姆开口了。

“她们可不能离开那么久。”桃乐茜说。

“还有，迪克明晚睡哪儿？”“司令”说，“起绒草号只能住四个人。我们甚至得放弃去霍西的计划了。”

“我把山雀号借给你们，”汤姆说，“只要我不在上面就没问题……反正我不能用这艘船了。”

“胡说八道，”“司令”说，“再过十天你就要返校，根本就不能出海了。现在听我说，首先，你已经答应做起绒草号的船长……”

“可万一他们看到了山雀号……”

“听着，那帮家伙见过山雀号吗……就算见过，还能认出来吗？不能。你们说的那个乔治·欧顿（这名字真拗口）怎么跟他们说的山雀号？一艘叫山雀号的小帆船。假设它根本不存在……假设河上根本没有山雀号……”

汤姆的眼睛亮了。

“把船上的名字涂掉？”他说。

“伪装一下？”桃乐茜说，“噢，为什么不呢？简直太棒了。‘逃犯’就该这么做，托德先生越狱之后就乔装成一个洗衣女工……”

“我们只能把山雀号伪装成一艘小帆船，”“司令”说，“其实我们也不想那么做。”

“麻烦的是，”汤姆说，“河上没有那么多白色的小船。”

“那帮家伙不像你这么在意小船的，”“司令”说，“他们找的是山雀号，如果看不到这个船名，他们还会继续找。我有很多白色油漆，盖上那几个字完全没问题。到时候我再用点松节油抹掉油漆，这样就不会弄脏你的船。”

“我们还可以再伪装一下，”说着，汤姆跳了起来，“让它看上去跟以前完全不一样。双胞胎应该还没睡。真烦人！山雀号还支着天篷呢。我能借一下起绒草号的小划艇吗？从兰沃思打电话过去还来得及。我要告诉双胞胎带一些绳子过来。”不久，他在黑夜里划着船走了。

早饭吃完了，餐具也洗好了，起绒草号卸下了天篷，准备起航。不过船上只剩威廉。迪克和桃乐茜都坐在山雀号的船头，让船尾高高地翘出水面。巴拉贝尔“司令”正跪在起绒草号小划艇的船尾，一手握着调色盘，一手拿着画刷。汤姆和她一起在小划艇上，用力稳住小船。“山雀号”的最后一个黑色字母刚被新的白漆覆盖住，双胞胎就划着死神与荣耀号来了，乔在船头，比尔和皮特在船尾，他们从树林里冒了出来。

“带绳子了吗？”汤姆喊道。

“带着呢。”乔回应道。

“你要绳子干什么？”“右舷”问，那一瞬间，死神与荣耀号上的人都看到山雀号船尾板上的名字变了。

“天哪！”乔说，“要是这样还迷惑不了他们的话……”

“等完工的时候，你就认不出它了。”汤姆说，“等着我们一会儿用绳子把船绕起来做个防撞垫。”

“嘿，乔，”巴拉贝尔夫人说，“你在阿克莱安排的那个线人怎么了？昨天他好像没起到什么作用啊。”

双胞胎笑了。

“他？”乔生气地说，“我昨晚去了阿克莱，骑比尔的自行车去的。那个罗宾就没看到他们从桥下经过。你们猜是为什么？你们也知道，我给了他四便士打电话，但他肚子疼，他妈妈就让他在床上待着。你们想不到一个家伙拿着四便士就能闹肚子吧，但他做到了，他去买了一大堆烂香蕉，全吃光了。”

“真丢人。”“司令”说。

“等我下次碰到他的时候，我要让他尝尝肚子疼的滋味。”乔说。

短短几分钟里，绳子就被固定在了山雀号的船身上。绳子就绑在用来系天篷的环扣上。绳子很旧了，是汤姆从一个货船老板手里要来的，那时他正想把它扔掉。绳子很粗，也很黑，绑在山雀号上后，再把桅杆

刷去山雀号的船名

收起来，就让山雀号看上去像一艘微不足道的游船小划艇了。只有非常熟悉它的人才能认出汤姆这艘轻巧的小帆船。

“可怜的老山雀号。”汤姆一边把系船绳拴到起绒草号的舷台上一边说。

双胞胎已经上了起绒草号，她们正在狭小的前舱里收拾她们的行李。迪克的毛毯卷得很紧实，被塞进了山雀号的新柜子里。起绒草号自带的小划艇被死神与荣耀号拖走了，准备藏进黑鸭子俱乐部停船的地方，直到这次航行结束。乔和比尔靠在他们的船桨上，等着看他们起航。

“听我说，”“右舷”一边往座舱井走去一边说，“如果你们俩想学得快点，就最好从当学徒开始。过来，迪克，你跟着我，‘左舷’就带桃乐茜吧。”

“桃乐茜，到前甲板来，”“左舷”说，“我们来准备斜桁吊索。”

“我已经把船尾锚拖上船了。”汤姆说。

迪克和桃乐茜按照她们吩咐的去做，她们说拉就拉，说停就停。起绒草号的船帆升起来了，学徒们跟着他们的师傅把吊索盘了起来，然后收拾了前甲板。

“我还是上岸去拿船首锚吧。”汤姆说，这时一切已准备就绪。

“你应该让船员们去干啊，”“右舷”说，“如果他们出了什么差错，没有及时跳上船，你还可以开回去接上他们，可如果你滑倒了或发生了其他意外，后果不堪设想啊，起绒草号能让迪克和桃乐茜就那么开走吗？”

“她说得非常对。”“司令”说。

“迪克，你去吧。”“右舷”说。

迪克穿着长筒靴，跳到岸上，拔起了船锚。

“很好，”“右舷”说，“把拖船绳盘起来。拉住，推。好了，跳！……”

“船动了。”桃乐茜欢呼道。

迪克跪在前甲板上，用环形螺栓钩住圆锚的锚爪。岸边的灌木丛在一点一点远去。汤姆拉紧主帆索，身子探到湖面上，左右摆动，船就调了头，往湖口驶去，湖水在船头底下不停地拍打着。起绒草号出发了，死神与荣耀号也升起了他们的老船帆。

“我们不在的时候，你们要负责照看啊。”汤姆大声喊道。

“我们后天回来。”“右舷”也喊道。

“没问题。”乔应了一声。

“我们再也见不到兰沃思了。”“司令”说，迪克和桃乐茜最后看了一眼这个小湖泊——潜伏的小“逃犯”就是在这里给他们上了第一堂航海课。不一会儿，起绒草号就平稳地滑行在湖口的树荫下了，接着离开了湖口，沿着那段狭窄的堤坝漂去，泛起阵阵白沫。在平静无风的日子里，这段堤坝就会显得很长，因为只能撑着船走，而后面还拖着一艘小艇。不过今天感觉堤坝很短，他们顺利通过了湖口，乘风拐进了河里。

“现在它可一点也不像船屋了。”几分钟过后，桃乐茜兴高采烈地说，那时起绒草号紧靠着它的旧停泊点绕了过去。

“它扬起帆来跑得真快啊。”“右舷”说。

“谁说不是。”“左舷”说。

“我真希望理查德弟弟能看到这一幕啊。”“司令”说。

去波特海姆的路上，一路顺风。虽然汤姆和双胞胎以前经常跟着法兰先生一起航行，但这还是头一回独自掌管这么一艘大船。不过，这艘船开起来还算轻松，很快他们就让学徒们轮流来掌舵，每次都有一个老手在旁边，以备不时之需。在兰沃思度过的那些日子很管用。不用跟他们解释逆风的时候为什么船要走“之”字。他们也学会了通过观察旗帜来判断风向。山雀号上的航行教会了他们很多知识。

这两个学徒最大的问题是船经过每个河湾或穿行在芦苇地和开阔的干沼泽地之间的时候，他们就开小差，被眼前的新事物吸引了注意力。不过这样也有好处。对学徒们来说，这一切都是新事物，而对汤姆和双胞胎来说，这条河是再熟悉不过了，每到这时，他们会装作也是第一次看见的样子。

“嘿，”迪克说，这时他们来到了安特河口，“这里有块路标，就跟马路上一样呢。”

“这是最好的一种路。”“左舷”说。

轮到桃乐茜第一次掌舵了，他们刚好经过古老的圣贝尼特修道院的废墟，废墟中间还有一架风车的遗址。“司令”解释说，以前那里还有几处残垣断壁和灰色石拱门，桃乐茜立马联想到一个故事，尽管她手里还把着舵。“要是修道院还在就好了……那个‘逃犯’会气喘吁吁地跑来这里寻求庇护，然后那帮混蛋就无计可施了……对不起，我不是有意扬起帆的……”

“逃犯”扭头看了看后面拖着的那艘简陋的大划艇。

“不会有人认出它的，我的小可怜。”“右舷”说。

“有三个船长在，”“司令”说，“当摩托艇来的时候，其中一个躲进船舱又有什么关系呢?”

“我敢肯定，我们这次跟他们了结了,”“左舷”说，“就连兔崽子乔治也没什么消息能透露给他们了。他绝对想不到汤姆在起绒草号上。”

就这样，“逃犯”和他的朋友们一路向前，沉浸在自由的欣喜中。他们穿过了地势跟荷兰一样平坦的乡村，经过了一架架巨大的古老风车——风叶吱吱呀呀地转着，从低洼的草地上汲水，草地上还有奶牛在吃草，而草地其实在河面以下。草地上方很远的地方，船帆在安特河口和瑟恩河上移动，有游艇挂起的白帆，有货船挂起的大黑帆。他们时不时就遇见乘风航行的游艇。还有两三次是迎面遇见了摩托艇或被它们超过去，不过，它们中的任何一艘船都没有发出像玛格丽塔号那样的噪声，一刻也没有。

来到瑟恩河口的时候，迪克在掌舵。

“三条路在这里交汇,”桃乐茜说，“又有一块路标。”

“一定要照着上面说的去走。”“右舷”说，“‘波特海姆方向’，我们往这边走。另外那条路是去往‘阿克莱和雅茅斯方向’，也就是你们起航去南方时要走的。我们也希望能一起去啊。”

“我希望你们能一起去。”汤姆说。

“我们都希望你们能去。”“司令”说。

“但我们去不了啊。”“左舷”说，“不管怎样，到目前为止，这次航行已经很精彩了。等我们经过沃马克坝之后，你们一定要让我的徒弟再掌掌舵，体验一把顺风航行的自由感觉……”

“可是我们这就到一个镇上了。”半小时之后，桃乐茜说，这时他们来到了一条长长的水道，两岸全是盖在从河里挖出的泥土之上的小平房。这些小木屋挡住了风——起绒草号没法顺利航行了。一会儿是死一般的平静，一会儿到了屋子间隔当中又刮起一阵大风。

最后他们终于到了波特海姆的码头，那里有转运码头，还有那座可爱而古老的桥，四百年前建造的吧，可能更久。

“我们钻不过这个桥洞，是吗？”迪克说，又轮到他掌舵了，“把桅杆卸下来也不行吧？”

“等等看。”“右舷”说，“汤姆，你打算把船停在哪里？”

“桥那边有很多空位。”汤姆站在前甲板上拉着船头的三角帆说，“不要跑太远了。听着，让船进来吧。不是，迪克，还不到时候……”

“右舷”接过舵柄，直接朝那座桥驶过去，然后猛地转舵，逆风前行。帆索松弛开来，主帆也在轻轻抖动，起绒草号靠上了码头。汤姆跳上了岸。不久，“左舷”和“右舷”就一个步骤一个步骤地教两个徒弟降帆，然后收桅杆。

“最好每个环节都让他们自己动手，”“右舷”说，“我们只管看着别出错就行。汤姆，你去船尾看看有没有问题。把舱口盖拿开。好了，姐妹，让你徒弟准备好前支索滑轮，我徒弟会看好缭绳。你们准备好了吗？开始吧……”

汤姆站在船尾慢慢地拉千斤索，桅杆有沉重的铅坠压住底部，缓缓地降了下来，同时桅杆底也从前舱口缓缓地升了起来。桅杆轻轻松松地降了下来，尽管迪克和桃乐茜都准备好了绳子，但不敢相信他们帮上了什么忙。

“嘿，就是你们做的，不然是谁做的啊?”“右舷”说，“现在准备拖船。”

“不过我们不是要靠岸嘛。”桃乐茜说。如果你到了港口也不靠岸的话，那么航行还有什么用啊?

“你们俩，过来，还有威廉，”“司令”说，“我们可以去桥上等他们。”

两个学徒都看了看汤姆。他们想上岸去，但同时又想在船上，跟着起绒草号一起穿过那个狭窄的桥洞。

“我用拖把做做清洁吧，”汤姆说，“我们等你们回来再把船拖过去。”

其实波特海姆没有什么好逛的，汤姆前天在罗克瑟姆买齐了所有的必需品。不过，他们这次是开着起绒草号从水路过来的，这就完全不同了。他们去了大桥商店，买了一些风景明信片，有那座古老的桥的，有桥边那座古代小茅屋的，其中还有一张是一艘像起绒草号的船正从低矮的桥洞被拖着走的。“这是我们的第一个停靠港，”桃乐茜在寄给妈妈的明信片上写道，“就像您和爸爸去埃及的路上经过马耳他那样。”巴拉贝尔夫人买了一些面包、几瓶柠檬水，就像她说的“鼓励鼓励对外贸易”。正当他们准备返回船上的时候，突然发现就在大桥商店外边有一台自动称重机，投入一便士就能把你的体重和命运告诉你。

“它怎么能算命?”迪克说。

“你站到称台上去，”“司令”说，“我们来试一试。”

“您不来试试吗?”桃乐茜说，她和迪克都称完了，几张小纸条从称重机里吐了出来，上面以石和磅标出了他们的体重，还写着迪克是“谨慎的”，桃乐茜“性格开朗”，迪克“会积累大额财富”，桃乐茜“永远有朋友相伴”。

“年纪太大了，没什么好算的，”“司令”说，“我还是不要知道自己有多重比较好。呀，威廉……”

“噢，我们给它称一称吧。迪克，抓住它。来吧，威廉。乖一点，坐好别动。”

威廉看大家都盯着它，它倒很乐意坐到称台上去，“司令”为它投了一便士。

机器里传来轮子咕隆咕隆的响声。

“它的纸条出来了。”迪克从出纸口取出了纸条。一面印着：“体重一石三磅。”另一面印着：“努力勤劳，一定能成功。”

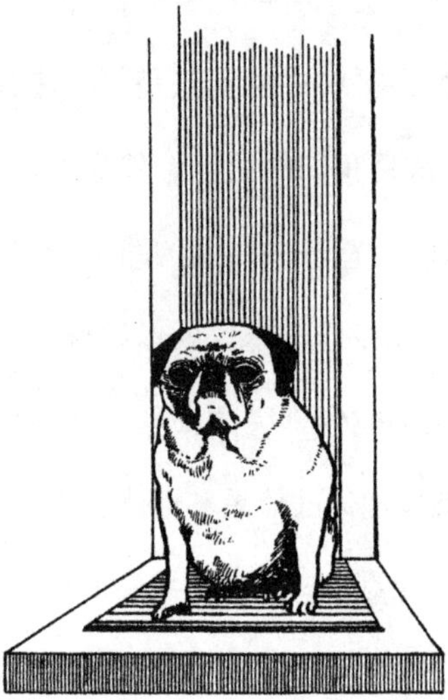

努力勤劳，一定能成功

“好样的，威廉。”桃乐茜说。

“可它根本没干什么活呀。”迪克说。

“说不定某天它就干活了。”巴拉贝尔夫人说，然后给了威廉一块巧克力。

“瞧，”桃乐茜说，“它已经很成功了。”

“现在走吧，”“司令”说，“要不然那三位船长会以为他们的船员都跑了。”

“我们也让汤姆和双胞胎来算算命吧。”他们转身往桥上走的时候，桃乐茜说，“汤姆的命应该很好，那帮混蛋还在找山雀号，山雀号却不在了，就连那个讨厌的乔治也不知道起绒草号。”

“汤姆的命运就取决于他口袋里有多少手铐和军刀了。”“司令”说，“桃乐茜，出什么事了？”

与往常一样，有两三个人站在桥上，看停靠在码头的船只，其中有个大块头男孩，正靠在一辆自行车上。他离桥栏杆还有一点距离，好像故意不想让人看见。桃乐茜一注意到他，他的脸上就浮现出笑容，转身跳上自行车骑走了。

“迪克，”桃乐茜喊着，“迪克，你看到他了吗？”

“看到什么？”迪克说。

“乔治·欧顿本人啊。那边，那个骑着自行车的男孩。就是我们在霍宁看到跟那帮混蛋说话的那个……也是双胞胎拖着山雀号经过渡口时说了句‘活该’的那个……”

不过那个男孩已经骑远了，迪克也不确定就是他。

“他会看到汤姆在起绒草号上，然后他就会找那帮混蛋告密，让他们来找起绒草号。”桃乐茜说，“偏偏就在我们一切准备就绪的时候。”

“他可能压根没看到汤姆。”“司令”说。

不过，等他们自己到桥上往下看的时候，起绒草号已经降下了桅杆，正准备从桥洞穿过，双胞胎坐在舱顶，而汤姆就在众目睽睽之下，完全没想到会有人监视他，他正忙着用一只长柄拖把擦掉船身上的泥巴。

“他已经去给那帮混蛋通风报信了。”桃乐茜一边望着马路一边说，那个骑车的男孩已经跑得很远，看不见了。

“不过你只见过他一次呀。”桃乐茜跑到码头把这个坏消息告诉他们的时候，“右舷”说。

“两次，”桃乐茜说，“这是第三次。”

“乔治·欧顿是有一辆自行车。”“左舷”说。

“就算他看到你了，他跟他们也说不出太多东西。”“司令”说。

“还有，他得先找到他们才行。”“右舷”说。

“也有可能不是他，”“左舷”说，“好多男孩都有自行车。”

“我们还是赶紧过桥吧。”汤姆说。

汤姆在山雀号上，而山雀号被拖在后面。“右舷”站在舷台上掌舵，其他人都坐在舱顶，准备从桥洞下经过的时候用手挡开墙壁。

“要碰到了。”桃乐茜喊着。

“不会的。”“右舷”说。

“你们都别抬头。”“司令”说。

“汪！汪！”勤奋又成功的威廉狂吠着，起绒草号正好顺着桥洞的正中央滑了过去，只空出三十厘米左右的缝隙。

“现在我可以掌舵了。”迪克说，这时他们已经从桥洞的另一头钻了出来，他看到前方横跨着一座铁路桥，没有桥墩。

“好啊，”“右舷”说，“最好学一学。除了山雀号不要看其他东西。要让它和那座桥始终保持在一条线上。”

过了铁路桥，他们停下来升起了桅杆和船帆。汤姆不想等到吃午饭。

“我们离开这个地方吧，”他说，“我们不能在路上吃吗？”

他们继续向前航行。太阳依旧照耀着，风也还在吹着，现在正是顺风，沿着长堤去霍斯米尔湖再好不过了。不过对汤姆来说，不知怎么又到了生死攸关的时刻。如果乔治·欧顿看到他在起绒草号上，而且告诉了那帮混蛋，最坏的事情随时可能发生。谁也不知道那帮混蛋在哪儿，也不知道他们什么时候会赶来。喝着柠檬水，吃着奶酪三明治，啃着波特海姆的面包，他也开心不起来。

不过，他们当中只有桃乐茜一个人坚持认为看到了乔治·欧顿。那些平房从船后方渐渐消失，他们的心情越发舒畅起来，然后船顺着狭窄的肯德尔坝驶入了一片美丽的野芦苇地，经过一根又一根给航道做记号的标杆，来到一块不是竖在岸上而是竖在湖中央的路标跟前，路标的一面写着“霍西方向”，随后他们又经过了狭窄的梅多堤，那里轻松一跳就可以上岸，最后到了开阔的米尔湖。

他们在这片湖区逛来逛去，终于跟上了一艘帆船，拐进了那段蜿蜒的小堤坝，堤坝尽头有一架风车，地图上也标注了它。他们把起绒草号拴在岸边，准备过夜。然后，“司令”安顿下来开始画画，其他人都挤上山雀号，出发去芦苇丛，看看能不能为迪克找到他没见过的鸟儿，好让他收录到他的笔记本里。迪克在本子上记了两页的“霍西观鸟记”，接着还要写第三页。就在梅多堤的入口附近，他们找到了他从未见过的芦苇野鸡。日暮时分，他们划着起绒草号回去的路上，他头一次见到了麻鸦，不过当汤姆指出它的时候，它吓得钻进了芦苇丛里。

吃完晚饭，汤姆和迪克去了山雀号，在船舱两侧睡下了。其他人就安心待在起绒草号上。

“你还舒服吧？”熄灯的时候汤姆说。

“很舒服。”迪克说。

“你肯定不舒服，”汤姆说，“船板很硌人。得翻来覆去找一个舒坦的位置，然后就可以睡个好觉了。”

然而，灯熄了很久，两艘船上的人都还醒着，他们听到至少三只麻鸦在对唱，鸣鸟在芦苇丛里啁啾，黑鸭子也发出惊叫，还有河鼠扑通扑通往水里跳。

已经很晚了，“司令”听着前舱里双胞胎均匀的呼吸，侧身向桃乐茜靠过去。“你为什么还没睡？”她小声问道。

“如果那个男孩是乔治·欧顿，”桃乐茜压低嗓子说，“如果那帮混蛋过来找到了我们，那可怎么办啊？”

“没关系，桃乐茜，不要担心。舰队司令的船就是一座城堡，除非他们毁掉我们的船，否则我们绝不会把他交出去。”

第十四章

波特海姆的邻居

睡上一晚，他们似乎就把那帮混蛋从脑海里赶走了。甚至连桃乐茜都不认为“逃犯”会有什么危险了，她反而更担心这位远游的“司令”回到故乡贝克尔斯的航行。今明两天还有双胞胎帮忙，后面就轮到她和迪克了。今天上午，他们还在起绒草号上练习。他们一共练了三回升帆、收帆。然后一个一个小时地驾驶起绒草号在霍斯米尔湖跑来跑去，逆风、顺风、转帆、抢风，一个项目一个项目地练，学徒们轮流掌舵、操纵主帆索，每个人身边都有一个教练。

一切都非常顺利，他们把船拴在梅多堤口准备吃午饭，“司令”让桃乐茜负责做饭，自己坐在船舱里给她弟弟写信，字里行间充满了卖弄之情。

“没错，”她写道，“你可能已经看到邮戳了。不过你来不及阻止我们了。等我把这封信寄出去的时候，我们已经光荣地奔赴雅茅斯了。所以你能做的就是祝我们一路顺风。那个医生的儿子是个了不起的船长，如果你能看看他是怎样把我的两位小客人调教成有模有样的水手的，你就会明白没什么好担心的。”写到这里，她画了一幅她那位画家弟弟发疯地扯自己头发的插画，“他们这帮小家伙比我们年轻的时候厉害多了。”这里她又画了一幅插画，是一个小女孩——她的长衬裙下露出有褶边的衬裤，和一个戴着一顶宽檐水手帽的小男孩，“还有，如果看到那三个小‘海盗’成天在水上巡逻，你就会理解我为什么希望起绒草号是一艘大一点的船。你说你担心船太大了，孩子们驾驭不了？理查德兄弟啊，我真希望它有两倍那么大。”

“听着，”洗完餐具后，“右舷”说道，“现在风正好，我们可以轻轻松松通过梅多堤，去往瑟恩河。到肯德尔坝的时候，我们只要撑撑船就行。现在出发怎么样？一直开到瑟恩河口，这样一来，我们明天就可以安全回家了。”

“明天我们要在老爸从诺里奇回来之前赶到家。”“左舷”说，“接下来我们还要为帆船比赛做很多准备工作。要是风停了，我们就会被困住，到时可就完蛋了，根本不能回霍宁了。”

“而且我们最好让徒弟们练习一下如何遵守‘交通规则’。我们在河里练比在湖里练要好得多。”

“那我们去多认识一种鸟吧。”迪克说。

“今天没时间去看鸟了，”“右舷”说，“不过时间允许的话，我们就绕去看一看。”

他们穿过米尔湖到了那片很远的芦苇地、然后调头走到半路的时候，迪克几乎大叫起来：“我们又看到一种鸟了。看啊！是一只鹰。黄头……”

“那是白头鹞，”汤姆说，“很罕见的。”

“又有一只，”迪克说，“一共两只。”

其中一只高高地盘旋在芦苇丛上空。另一只更壮，正朝它的同伴飞去。迪克想用望远镜观察它们。“最好别用，”他说，“它们飞得太快了。不像星星。上面那一只的爪子上抓着什么？”那两只鸟一高一低地飞着，离得不太远。突然第一只鹰扔下，也可能是从它的爪子里掉下了一只小鸟，另一只鹰在空中几乎来了一个翻转，抓住了往下落的猎物。

“哇，接得好，先生。”汤姆说，仿佛他在一场足球赛里看到了一记精彩的传球。

“为什么不是‘女士’？”“司令”说。

“应该是‘女士’。”“左舷”说，“这是一只雄鸟给它太太喂食呢。”

“它接得真棒。”汤姆说。

“我的天哪，迪克，”“右舷”说，“你看鸟的时候，就不管船了？”

可是迪克没听到她说什么，他正忙着记他的笔记。

现在他们起航了，顺着那道又长又窄的堤坝往前走，又穿过海姆桑斯湖。风迎面扑来，而航道也变得越来越窄。“左舷”从她徒弟手中接过舵柄，她徒弟很高兴能在这个时候交班，因为起绒草号的一侧很容易撞到堤岸。

“我们不能在这里抢风，”汤姆说，“我们得撑船走了。”

“让我来吧。”迪克说。刚才看见那两只鹰，他的兴奋劲还没过去，不过，自从那天死神与荣耀号把起绒草号拖进兰沃思湖、他见过汤姆撑船之后，他就一直想要撑船试试。

“你觉得他能行？”汤姆问。

“我们是跟着水流往下走，”“右舷”说，“他只要让船一直走着就行。这是一个很好的学习机会。迪克，来吧。我先撑一两下，然后就交给你。嘿，你们抓紧主帆索。我们可不想让吊杆摆来摆去的。”

“右舷”撑了两下，她站在侧支索旁边，手里握着那根长长的篙子，让它一直往下滑，探到底部之后，她就斜倚着撑篙，沿着侧甲板走到船尾，然后从泥地里拔起篙子，猛地一转，又跑到前面去。

“现在交给你了，”她说，“准备好了吗？”

撑篙到了迪克手里，“右舷”给他让了路，站在他身后的前甲板上。

“很好。小心别弄脏了侧支索。可以放下去了。”

迪克觉得很有趣，只是够不着撑篙的顶，篙子几乎还是直立着。

“下次会更好。”

“不要让船停下。”汤姆说。

迪克踉踉跄跄地沿着狭窄的甲板往前跑去。这次撑篙倾斜得更厉害了，一定能行。撑篙探下水去，触到了淤泥。推一把，再推一把。他又往船尾走去，用尽全部力气推船。撑第二次的时候轻松了些，然后是第三次。

“现在船走得很好。”桃乐茜鼓励他说，当时他是第四次往船尾走了，撑船的姿势已经相当专业。

迪克心想，撑得越远，船就走得越快。他都是走到舷台的最末端才又往前赶。不过怎么回事？撑篙动不了了。他往上拉。起绒草号还在往前走，撑篙落在了后头。迪克紧握篙子不放，拼命往上拉。舷台在他脚下慢慢远去了。

“抓住他！”汤姆大喊一声，然而太晚了。

起初迪克还悬在撑篙和渐渐远去的起绒草号之间，转瞬间他就掉进水里了。

“迪克！”桃乐茜大喊，“司令”听到落水声，慌忙从船舱里跑了出来。

汤姆已经解开了山雀号。

“不要让起绒草号调头，”他大声说，“这里很窄。”

那些桨架真烦人！一到关键时刻就好像不听使唤。不过，汤姆只用了一两秒就把山雀号倒到迪克身旁，而迪克无可奈何，只好放开了撑篙，正奋力游着，同时还扶了扶他的眼镜。

“掉了一条眼镜腿，”他一边往外吐水一边说，“幸好没全弄丢。我的帽子还在。唉，真的非常抱歉。我不知道怎么就卡住了。噗，噗。”他又吐出了很多水，然后抓住山雀号的船尾。

“你还好吧？”汤姆问。

“没事。”迪克说。

“嗯，那就好，快上船来。我们还要去把那支撑篙拿回来。”

这会儿篙子变松了，汤姆一拽就拔出来了，而迪克在湿淋淋的眼镜后面眨巴着眼睛，踩了几下水，抓住了船的横梁。

“撑篙太长了，”汤姆说，“我们只能拖着走。你可以一只手扒着船，另一只手握着撑篙，直到我们把篙子递给他们。如果我们不快点把篙子递给他们，他们就会手忙脚乱的。”

在那个弄丢了撑篙的学徒爬上船之前，撑篙就回到了起绒草号上。他们很高兴又拿回了撑篙，因为没有了它，起绒草号在这么狭窄的航道上就容易失控，漂到芦苇丛里，在风和水流的夹击下无法动弹。“左舷”掌舵，“右舷”撑船，很快船又回到了正轨，迪克这才爬上了山雀号的船尾。片刻之后，他跪在起绒草号的舷台上，全身滴着水。发现大家见到他都很开心，他感到很惊讶。

“好样的，迪克！”“右舷”说。

迪克落水

“干得漂亮!”“左舷”说。

“可我还是跌倒了。”迪克说。

“每个人都有跌倒的时候，”汤姆一边系山雀号的系船绳一边说，“不过你会成为一名好水手的。”

然而“司令”——她围观了整个救援过程，却什么也没说——松开桃乐茜的手，想到了迪克的妈妈，立马帮迪克脱下他的湿衣服。

“听着，”她说，“好在你没淹死，不过我真不知道要怎么弄干你的衣服。”

“那很容易，”“左舷”说，“波特海姆的码头上有间用来烘床垫等东西的烘干房。他们可以帮我们烘衣服，很快就干了。”

“我还有一对备用的袋子。”迪克说。

“我可以借一件毛线衫给你。”汤姆说。

“噢，”迪克说，“太糟糕了。我弄湿了笔记本，外面全湿了……里面有些也湿了。”

“不过你应该感到庆幸，”桃乐茜说，“想想探险家们在热带的河流里游泳是什么滋味。这个笔记本是你最宝贵的东西。”

“我敢打赌，肯德尔坝今天没那么热。”汤姆说着，咧开嘴笑了。

“尽力了就行，迪克。”“司令”说。

桃乐茜进了船舱，翻出一件背心和一条短裤。“你上身就穿睡衣吧，”她说，“等衣服烘干了再换上。”

他们经过了堤坝，迪克身穿法兰绒短裤，宽大的毛线衫外面套着睡衣，他撑着船走了最后几米距离，“右舷”刚教了他怎么转一下拽一下就把撑篙拔出来，除非淤泥太多。一进入河道，他们又可以扬帆了。他们一路行驶到了波特海姆，降下桅杆，撑着船过了桥洞，然后把船拴在岸边。

“我们得等到那些东西烘干，”“司令”说，“起绒草号上又烘不了，带着湿衣服出发不太好吧。”

“现在我们没事了，”“右舷”说，“要是有风，我们明天就从波特海姆去罗克瑟姆。要是没有风，我们就坐公交车去。就像我们在霍西一样，去哪都不过几千米。”

船坞上的人对“司令”说，他们也不是第一次给那些撑船时被撑篙拉下水的人烘衣服了。他们说烘衣服可能要花上几个小时，等到傍晚的时候衣服才会彻底烘干。这样一来，多亏了迪克，起绒草号和山雀号才决定在波特海姆过夜。

“司令”在画那座古老的桥。其他人带着威廉去散步了，回来的路上他们遇见了一个“招手即停”、骑着三轮车卖冰淇淋的男孩。他们招呼他停下来买了七个冰淇淋，其中有一个被浪费掉了，因为那是草莓口味的，而威廉只喜欢香草口味。“司令”想带他们去餐馆里吃一顿热饭，不过双胞胎想试着用煤油炉做饭，而桃乐茜也更喜欢做饭……有牛排腰子馅饼、板油生姜布丁、青豆、蘑菇汤，这些都是罐头食品，但口味也不差，而且都热好了。

然而他们一直不敢忘记那帮混蛋。他们一拴好船，汤姆和桃乐茜就四处张望，看乔治·欧顿有没有在桥边晃荡。没看到他，不过一会儿之后，他们发现其他人都来去匆匆，只有一个头发蓬乱的小个子男孩似乎一直不肯离去。

奇怪的是，他好像对帆船也不感兴趣。但每次有巡航艇来到码头，小男孩都会从桥上走下去，沿着岸边溜达，还吹着口哨。他东张西望，就是不瞧巡航艇一眼，一直逛到足够近的地方，才看看它的船名。

“不知道那是不是比尔的朋友，”桃乐茜说，“他说他在这边安排了一个眼线，昨天我们经过这里的时候，他就在这里了。”

“很快就能知道。”“右舷”说，“嗨，你好。你在找人吗？”

“是在等一艘巡航艇……也不完全是……”

“玛格丽塔号？”

小男孩睁大眼睛看着她。

“你也在找它吗？不要把我说的说出去。”他压低嗓子说。

“没问题，”“右舷”说，“比尔是你朋友吧。”

小男孩凑近了一点，一只手从马裤口袋里掏了出来。环顾四周，看没人盯着他，他就摊开手掌，给他们看一只脏乎乎的小纸包，似乎包着一块圆圆扁扁的东西。

“电话费，”他悄声说，“你也有吗？”不过没等回答，他就溜达走了。又有一艘巡航艇过来了，他们看到小男孩装作是碰巧经过，还能顺便帮船上的人接一下绳索。一两分钟之后，他又往桥上走去。

“这艘船也不是。”他从起绒草号旁经过的时候说。

“这个眼线比乔在阿克莱安排的那个肚子疼的家伙强多了。”“司令”说。

直到傍晚小男孩才离开他的哨岗。

“现在不会来了。”他经过他们身边的时候说，一边说一边还装作在看别处，接着就走到岸上最前排的平房后面消失不见了。

“好了，”“司令”说，“没问题了。一直到明天都不用担心了。有人给迪克送衣服来了。这么晚还把衣服送来，真是不怕麻烦，也真是体贴啊。大家都去睡觉吧。可怜的老威廉都已经打鼾了。”

差不多一个半小时或更久之后，躺在山雀号船舱底的汤姆第一个听到远处传来摩托艇的响声，当时他正在睡袋里舒舒服服地睡着觉。

天很黑了，出租的巡航艇早就该停船过夜了。有那么一刻，汤姆以为是自己老担心玛格丽塔号，所以梦见了它。不过确实是突突的噪声，连续不断的，而且越来越近。没错，不用怀疑了。一艘摩托艇开过来了。汤姆还躺着，竖起了耳朵。

“汤姆！”

迪克的声音从活动船板箱的另一边传过来，声音很低。

“嗯。”

“你听到什么了吗？”

“是的。”

那噪声越来越近。

迪克小声问：“是他们吗？”

“就是他们弄出的噪声。”没有人会听错那种节奏的噪声。

“这次没听到无线电的声音。”

“不管怎么说，天黑之后他们不应当出动，所以他们才没弄无线电，除非……”

“除非什么?”

“也许他们不想让别人认出来。”

“我们要怎么办?”

“别说话了。”

噪声越来越近，接着突然变小。一台引擎慢慢熄了火。不管怎样，谁也不想在夜里把波特海姆搅得鸡犬不宁。汤姆和迪克静静地躺着。探照灯扫了过来，他们头顶的天篷在那一刻变得煞白。汤姆屏住了呼吸。如果他们认出了他，探照灯还会照过来的。然而并没有。不过他能听到摩托艇就在近旁。引擎的声音又有了变化，停转，倒转，再旋转。波浪把山雀号抬起来，撞到了起绒草号的舷台下方。其他人有醒的吗?威廉随时可能吠着警示那些人无权靠近。那艘摩托艇又往前走了。不对。他们听到摩托艇又倒了回来，撞到了木头墩子上。有人重重地落到了草地上。他们压低嗓子在吩咐什么事情。

汤姆和迪克听了很长时间。如果真是那帮混蛋，他们肯定就停在某个很近的地方。他们压低声音交流着，不会比从别的船上传来的声音更大。起绒草号上没有动静。“司令”、双胞胎、桃乐茜和威廉都精疲力竭了，这会儿睡得正酣呢。

随着时间的推移，低语声也停下了。听不到任何声响，除了绳索轻轻敲击起绒草号的桅杆，河水静静拍打河对岸的码头。小旅馆很早就关门了，最后一辆汽车从桥上通过也至少有一个小时了。

一丝冷空气触到迪克的脸庞。他突然醒来，发现汤姆没有躺在他身旁，他已经起床了，还卷起了一片篷布。

“汤姆。”

“小点声。”

“你在干什么？”

“去看看到底是不是他们。”

当汤姆探出身子去抓码头边上的木桩时，迪克感到山雀号在晃动。汤姆悄悄爬上岸的那个瞬间，他感觉船突然倾斜了。他伸手去摸他的眼镜，找到之后就戴上了。他的手电筒没什么电了，不过可能还管用。他从座板下面挪出身子。不管发生什么，他都不能弄出声响。嗷！他的手夹到了山雀号和码头之间。四周一片漆黑。船舷擦破了他的小腿，膝盖也碰到木桩上磕肿了，然而不知怎么回事，他爬到了一块湿草地上。他等了一会儿，眼睛渐渐适应了黑暗。他能隐约看到起绒草号支起天篷的轮廓。他还能看到那些平房和船屋的屋顶在天空的衬托下形成了一条断断续续的横线。越过起绒草号就是一个庞然大物，草地上有个白色的东西正向它爬过去。迪克站了起来，不过立马又被一条系船绳绊倒了。

接下去很长一段时间都悄无声息。

迪克趴着不动，那个之前爬行着的东西现在也紧贴起绒草号的船头不动弹了。在这个神奇的时刻，迪克听到远处的沼泽地上传来一只麻鸦的咕咕叫，不过几乎注意不到。他摸索着前进，用手抓住了另一根系船绳，以免被绊倒，最后他终于爬到了汤姆身边，抬头看着一艘大摩托艇影影绰绰、一堵高墙似的船尾。

汤姆小声说：“我看不清楚船名。”

迪克没吱声，只是摸到汤姆的手，把手电筒塞给了他。

汤姆把手电筒对准了脚下的深黑色河水，用手覆盖住灯泡，这样的话，一打开手电筒，就只能照出昏暗的红光。他让指缝间透出更多的光线来，但并不管用。他又把手电筒对准漆黑的摩托艇船尾，然后把光线一寸一寸地往上挪，直到照着船名。不用半秒，他们就看清了那几个可恶的字——玛格丽塔号。汤姆再一次靠近了这艘摩托艇和那帮沉睡的混蛋，就跟那天晚上为了七号鸟巢找到他们时一样，那一次他让自己变成了悬赏目标。

玛格丽塔号离起绒草号船头只有几米远。两艘船的系船绳交错在一起，两艘船之间的缝隙几乎塞不进玛格丽塔号的小划艇。起绒草号上的人都睡了，玛格丽塔号上的人也都睡了。原来那帮混蛋有时候也要休息，汤姆和迪克就趁他们睡着的时候，沿着岸边溜了回去，又钻到山雀号的天篷底下。

“不过你打算怎么做？”迪克低声问。汤姆还在考虑。

“我们只要做一件事，”最后他说，“不过我们不能把其他人弄醒……如果威廉醒了，它就会吵醒所有人……直到光线足够亮才好行动。”

于是，汤姆和迪克尽量保持清醒，等待黎明的到来。不过他们还是睡着了，后来突然惊醒，想起了旁边的邻居。他们悄悄地收起山雀号的天篷，拔起桅杆，让它又变回了小划艇。天已经亮了，不过他们身边的人都还在睡觉。小木屋在沉睡，码头、岸边的游艇，还有那艘吓人的大块头玛格丽塔号，都还在沉睡。只有鸟儿在为清晨歌唱，似乎迫不及待地要唤醒沉睡的人们。

“它们会把威廉吵醒。”迪克压低嗓子说。这可不像他以往说起鸟儿

是玛格丽塔号

歌唱时的风格。

最糟糕的事情是，汤姆得解开起绒草号天篷的一角，掀起天篷支架的一头，才能够着船中央的舵柄。然后，不管他如何小心，他还是听到船舱里有人发出了动静。不过狗还没有叫。

“迪克，”他小声说，“你从没有用脚掌过舵吧。其实非常简单。你就站在舷台上，这样能从天篷顶上看路。”

他们悄悄地把系船绳带上了船。汤姆又悄悄地把山雀号拖进河道里。牵引绳收紧了。起绒草号移动了。迪克一手抓住帆桁保持平衡，然后尽他所能地去掌舵。

“嘘！嘘！”他小声说，那时，掀起的那片篷布掉了回去，桃乐茜——跟迪克一样身穿睡衣——睡眼惺忪地往外看去，碰巧看到一两米之外一艘摩托艇船尾上那个可怕的船名，而此时起绒草号已经开始往下游漂去。

第十五章

告别双胞胎

“左舷”和“右舷”睡在起绒草号的前舱，错过了晚上令人胆战心惊的一幕。一切都过去了，汤姆和迪克把起绒草号停靠在一千多米外下游的一个码头旁边，这时“左舷”才听到他们的声音，就从自己的床铺探过身去扯“右舷”的毛毯，开始学麦金蒂的腔调说话：“两个宝贝该起床了，又是一个美好的早晨……什么？发生什么事了？我们在哪儿？”她通过舷窗看到一座平房，那绝对是昨晚没有见过的。

“嘘！”桃乐茜小声说，“别把‘司令’吵醒了。她才醒不久又睡下了，威廉也是。”

她挤进狭小的前舱，告诉她们昨晚玛格丽塔号摸黑过来了，就停在他们旁边，差点就碰到起绒草号的船头了，然后汤姆和迪克一早就溜了出去，一个人拖船，一个人掌舵，把起绒草号带到了安全地带，看不见也听不到那帮敌人了。

“不过那是做梦吧，”“左舷”说，“我梦见自己听见那可恶的引擎声。”

“我不信。”“右舷”说。

“那不是梦，”桃乐茜说，“我亲眼看见了玛格丽塔号。‘司令’让我们都睡觉去，她和威廉还睡着。”

然而没人能睡很久。连大半夜都没怎么睡的汤姆和迪克也静不下心来。似乎也没必要再把山雀号的天篷支起来，汤姆躺在他的睡袋里，迪克裹着毯子躺在敞篷船的底板上，他们俩都只迷糊了一下就又醒了，或者是船轻碰上码头，或者是阳光照得睁不开眼——哪怕是最微不足道的角落，都被太阳照亮了。双胞胎忍不住窃窃私语。桃乐茜很想听听她们在说什么，就躺着构思她的“湖区的逃犯”的故事，谋划如何把这一晚的经历安排进故事的框架里。最后，“司令”放弃了赖床，比往常更早地去了座舱井，打开煤油炉准备做饭。

接着起床的是桃乐茜。她在船舱里一边穿衣服一边看着摊开在桌子上的地图，谋划着万一玛格丽塔号顺流而下追捕“逃犯”，可以从哪些路逃跑。

“您知道这是什么地方吗？”她把地图带出船舱去给“司令”看，突然问出这么一句话。

“这不是那个什么地方嘛，”巴拉贝尔夫人说，“威廉，你从没想到你要去一个叫哈巴狗街的地方，对吧？你绝对不是第一条既勤奋又成功的哈巴狗。这条街应该是以另外一条哈巴狗命名的。”

船尾传来哗啦哗啦的声响，汤姆和迪克在锡制容器里洗漱。

“轮到你去拿洗脸盆了。”“右舷”在前舱里说。

很快大家都准备迎接新的一天了，连早先起床的那两位也开始忙碌起来。

“谁把哈巴狗带到它自己的街上去遛一圈，”“司令”说，“顺便看看能不能买到鲜奶。那边肯定有一座农场。”

“来吧，狗狗，”桃乐茜说，“这更像是一条巷子，而不是一条街，但不管怎样，我们去看一看吧。”

“嘿，”汤姆说，“听到黄鹂的叫声了吗？”

“我们去找一找。”迪克说。

巴拉贝尔夫人把牛奶罐子交给他们，他们出发经过了一座老谷仓，沿着那条通往瑞普斯的绿色小巷走去。

回来的路上，他们停下来看了看黄鹂，在被截去树梢的柳树林里，黄鹂正在柳条间飞来飞去，迪克又能在他的观鸟笔记中添上漂亮的一笔了。等他们回来的时候，他们发现船舱里已经准备好了早饭，天篷收起来了，主帆上的盖布也拿走了，“左舷”和“右舷”在冲洗甲板。

“好了，”“司令”一边把杯子递给汤姆一边说，那时他们都挤进了船舱，坐在桌子两旁的床铺上，“你们是不是打算养成放跑别人的船的习惯啊？我们可没有把船停在黑鸭子的鸟巢上面哦。”

“那是唯一的办法了。”汤姆说。

“就像上次那样吧。”“司令”说着，朝他笑了笑。

“不过他没有让您的船漂走，”迪克说，“他只不过把你们拖到一个安全的地方。”

“我还以为你们会叫醒我们。”“右舷”说。

“我不想叫醒任何人，”汤姆说，“他们的船几乎跟我们的船贴在一起。只要威廉一叫，我们就完蛋了。”

“我们从岸上溜回去看看他们。”“左舷”说。

“有什么好看的？”汤姆说，他可不想再见到他们，“我们出发吧。他们随时可能醒来，然后往下游乱窜。”

“我在想，”“司令”说，“假如有人碰巧知道我们往波特海姆这边来了，又假如那个人向那帮混蛋通风报信，他们很有可能就会守在桥边等着汤姆回去抓住他。”

“嗯，”“右舷”说，“那人真有可能就是乔治·欧顿，桃乐茜昨天看到他骑着车。”

“要不是双胞胎这么急着要赶回去，我们应该今天早上才通过那座桥，”汤姆说，“而我就会划着船，拖着起绒草号过桥洞。他们肯定就看见我了，我也就没有机会逃跑了。”

“好了，”“司令”说，“现在他们一整天都会坐在那边守着桥，等着逃犯经过。”

一想到这里，大家都很开心，早餐的鸡蛋和培根吃起来也更美味了。

又是一个春光明媚的日子。起了东南风。“这风来得正好，”“右舷”说，“可以带我们回霍宁。我们下午赶到那里就行。”于是双胞胎不再担心没风不能起帆的问题了，她们想利用在起绒草号上的最后一天，让徒弟们好好练一练。明天她们就不在船上了，所以在起绒草号向南方进发之前，她们下定决心要赶紧把船员训练好。“训练他们？”“左舷”说，“我们只能把那些要教的东西塞进他们的脑子里。”然后在这最后一天，刚吃完早饭，她们就轮番抛出交通规则的问题，把桃乐茜问得糊里糊涂的。当被问到逆风航行时要是遇上两艘船相向抢风航行，她要怎么办，她回答说：“我应该去问船长。”这个回答让“司令”大为称赞。双胞胎只是不想闲下来，免得自己伤心得都想留下来跟着起绒草号去南方水域航行。然而没用，她们的老爸还指望着她们呢。一想到在风和日丽的时候还要待在家里，晚上也不能睡在船上，她们的心情就很郁闷。

毫无疑问，起绒草号上的训练取得了巨大的成功。不管是迪克还是桃乐茜，让他们去摸左舷侧板或右舷肩板的时候，他们一点也不迟疑，尽管淘气的“左舷”还突然故意吩咐他们：“好了，快点，不要磨蹭！摸你的右舷鼻头。”他们还记住了所有缆绳的名字，如果不是火烧眉毛，他们总能找对绳子。在兰沃思的时候，他们就开始学着驾驶山雀号小帆船了，后来他们又学着操作起绒草号的大主帆。真正扬帆航行的时候，他们也能井然有序地拉起一根又一根缆绳了。他们一次次地盘起升降索，想学会把每圈绳子绕得同样长的窍门。大家早就看见他们在比着手掌。“你们在干什么？”“司令”问。“真希望南希船长他们能看看我们的手啊，”桃乐西说，“这手都长出了漂亮的茧子。”

在他们的最后一个训练日，汤姆和双胞胎几乎就让迪克和桃乐茜自己开船，当然，他们之前帮忙用升降索吊起了风帆。他们从哈巴狗街出发，驶过波特海姆的最后一排平房，经过沃马克湖口，然后一路直下，到了瑟恩河口，接着乘风绕过那块路标进入了布尔河。迪克和桃乐茜长满茧子的手一刻也没离开过舵柄，而几个“黑鸭子”就站在旁边，有时给点建议，有时帮着松弛或拉紧一下主帆索。没有出任何差错，只是有一次迪克看到了一对芦苇野鸡，差一点把船撞上岸。

当他们来到弗利特大坝口的时候，老天给了他们一个开进南沃尔沙姆的绝好机会，因为这时的风势使得他们不用再抢风航行。于是他们就沿着这道狭窄的堤坝驶进了那个漂亮的小湖。穿过林间水道进入内湖的时候，他们险些搁浅。他们把船停在了外湖，并没有拴在码头，不过还是把泥锚放了下去，上次汤姆正是用泥锚弄沉了他的无畏号。然后，桃乐茜和“司令”在准备午餐的时候（又是牛排腰子馅饼，还有在波特海姆买的各式水果挞），其他人就驾驶着伪装好的山雀号出去兜风了，他们在离码头不到三十米的一丛芦苇中看到了一只凤头水鸟蹲在鸟巢上。他们悄悄地靠近它，就在相隔几米远的时候，那只水鸟迅速叼起几根枯芦苇盖住鸟蛋，然后溜进了水里。他们还没走多远，它又回到了鸟巢上。等他们吃完午饭、带着桃乐茜一起来看水鸟的时候，那只水鸟知道他们不会破坏鸟巢，便允许他们靠近。它竖着脖子和头冠，眼睛滴溜溜地跟随他们，除了脑袋，身体的其他部位一动不动。

后来，他们又驾驶起绒草号出发了，沿着弗利特大坝再次驶入河里。迪克用桅杆箍作脚架，爬到桅顶眺望四周，这是他有生以来第一次爬上桅杆。（“千万不要，”桃乐茜说，“在汤姆还来不及躲进船舱的时候在河上撞见他们。”）不过还没发现玛格丽塔号的踪影，“司令”就叫迪克下来了。尽管桃乐茜看他爬上去，自己还颇感骄傲，但也很高兴看他安全返回到甲板上。主河道刮起了一阵大风，他们回家的速度很快。经过了安特河口、霍宁霍尔农场、起绒草号的旧停泊点，然后是“逃犯”曾经潜伏的地方——兰沃思湖的入口。他们跑得很快，没怎么注意到七号鸟巢，但他们都看到了那只长着白色羽毛的黑鸭子，迪克带着望远镜，原以为能看看鸟巢里的小黑鸭子。一过渡口，汤姆就把山雀号拖到了舷台。

“我不能把它带到码头去，”他说，“任何熟悉这艘船的人肯定都能看出它的船名被涂掉了。我把它藏进我家的堤岸里吧，我去去就回。”

风已经减弱，汤姆轻轻松松下到了他的船里，起绒草号继续沿着村子向前航行，船尾不再拖着小划艇。伪装的山雀号——船身用绳圈作防护垫，船尾板上的船名被巴拉贝尔夫人用油漆覆盖了——在芦苇丛后面消失了，它再次被拴到了那艘老无畏号旁边。

“嘿，你还好吧？”汤姆的妈妈问他，当时汤姆跑进屋就想看一眼“我们的宝宝”，一会儿他还要跑到码头去跟其他人会合，“我听说你和双胞胎在河上经历了很可怕的事情。”

“噢，没事了，”汤姆说，“昨晚我们侥幸逃脱。那帮家伙在黑夜里把船停在我们隔壁，我们今天早上趁着他们还没醒来的时候就溜走了。”

“我相信你，”妈妈说，“不过你的那几位船员呢？你觉得你和巴拉贝尔夫人真的能让那两个小孩帮着驾驶帆船去远航吗？”

“他们没问题的，”汤姆说，“我们都安排好了。不过，我还是希望双胞胎也能一起去。”

这时，双胞胎正驾驶着起绒草号往码头停靠，她们调转船头，轻手轻脚地把船靠过来，即使迪克和桃乐茜把防护垫上的旧软木屑换成易碎的鸡蛋，一只蛋壳也不会碎掉。然后她们上了最后一课，让徒弟们完成了收拾三角帆和主帆的一整套动作。之后，她们用拖把打扫了卫生，帮着整理东西，还提醒“司令”有几样东西放在哪里，比如火柴和蜡烛，因为通过经验，她们知道这种东西很容易被遗忘。根据她们的建议，“司令”买了三支新手电筒，桃乐茜、迪克、汤姆一人一支。帮着做这些准备工作也很了不起。

他们都回到起绒草号上了，汤姆也赶来和他们会合，还问他们有没有见到死神与荣耀号的人。他们刚要说没有的时候，那艘老柚木船就从上游方向绕过河湾驶过来了，船上的人正忙着收起那片破破烂烂的旧船帆。

“他们把谁扔下船了吗？”巴拉贝尔夫人说。

“乔在收帆，”“右舷”说，“皮特在掌舵，那比尔呢？”

一声铃响，接着是嘎吱的刹车声，一辆自行车停了下来。比尔大汗淋漓，上气不接下气，从车上跳了下来。终于看到他骑自己的自行车了。

“我还以为他们抓住了你，”他气喘吁吁地说，“我听说他们昨晚去了波特海姆，就等着你过桥，所以我骑车赶去了那里。我以为到了那边桥上能叫你们躲开他们，但他们已经在那里了，不过现在撤了。你是怎么逃掉的？”他几乎要说不出话了。

“干得好，比尔。”汤姆说，然后把今天一早的经历告诉了他。

“走陆路到波特海姆有多远？”“司令”问。

“九千多米。”“右舷”说。

“来回一共是十八千米。”“司令”说，“好样的，比尔。那其他人在忙什么呢？”

“我们得留个人在河上巡逻。”比尔说。

“应该这样做，”“司令”说，“不愧是黑鸭子俱乐部的成员。”

乔和皮特拴好死神与荣耀号后就过来了，他们也非常想听听那几个老“黑鸭子”是怎么逃过敌人的追捕的。他们还汇报说河上下游所有的鸟巢都很好。

起绒草号上准备好了茶，徒弟和教练，还有三个口干舌燥的“海盗”，就在座舱井里或者是舱顶上喝茶。然后，大家一起帮忙把天篷支了起来，准备过夜。

大家都很开心为一次真正的远航做准备，还有这么多热心帮忙的朋友，不过，那三个年龄小点的“黑鸭子海盗”回家去之后，悲伤笼罩了其他人。“左舷”和“右舷”看着每件事都准备妥当了，就最后清洗了一遍甲板，其他人都想留住她们。

“你们不能来，真是太可惜了。”汤姆说。

“快别走了，”“司令”说，“我们希望你们一直跟我们在一起。”

“一切都会顺利的。”“右舷”说。这话本来是对汤姆说的，不知怎么，她自己都不相信其实是对大家说的，“你们不会有事的。看看今天早上，我们都还睡着觉，你和迪克就处理完了那些事。”

“不是这样的，”汤姆说，“你知道的，不是这么回事。不是我不想叫醒你们，我是不敢吵醒威廉。”

“可怜的小狗狗。”“左舷”说着，突然转头朝舷窗外看去。她心里想的并不是威廉。

法兰先生从诺里奇下班回来后，溜达到码头来接他的女儿。

他感谢巴拉贝尔夫人照顾女儿们，然后转向汤姆。

“嘿，汤姆，”他说，“整条河的人都知道你跟摩托艇那帮家伙的恩怨了。”

“但是除了黑鸭子俱乐部的成员，我没告诉过别人啊。”汤姆说。

“你有很多热心的朋友啊。”巴拉贝尔夫人说，她认为那几个“海盗”还有他们的同盟（不管有没有肚子疼）把秘密泄露出去也不足为奇，因为他们一直在四处打探玛格丽塔号。

“摩托艇上的那帮家伙，”法兰先生说，“吹嘘说要报仇，他们还打了赌。诺福克人就一传十、十传百把这事传开了。据他们说，那帮家伙到处搜寻你的时候，我的两个女儿拖着一艘藏着人的小划艇在他们眼皮子底下经过。这让大家乐坏了。他们总是不停地追问那帮家伙，要是抓到那个男孩要怎么办。”

“如果大家不理他们就好了。”汤姆说。

“一定是有人告诉他们汤姆去了波特海姆，”“右舷”说，“他们昨晚天黑之后才赶到那里。”

“我觉得当地人不会把汤姆供出去的。”

“我们知道是谁了。”“右舷”说。

“你们的好朋友乔治？”法兰先生笑着说，“好了，汤姆去南方的时候要避开他。那里没人会找一个霍宁来的男孩。你们一过雅茅斯就安全了。你们到那里之后有什么打算啊？”

“奥尔顿、贝克尔斯、诺里奇，”汤姆说，“我们要走遍这些地方，就像去年夏天您带着我们走的路线一样。”

“我们要先去贝克尔斯，”桃乐茜说，“因为‘司令’是在那里出生的。”

“你们觉得明天你们能走到哪儿？”

“我估计我们能走到斯托克斯比，”汤姆说，“然后我们再看看潮汐情况，好在第二天趁着退潮开过去。”

“这样计划是最好的，”法兰先生说，“到了斯托克斯比，随便一问，就能知道什么时候去雅茅斯最合适。让我想一想，要是风像这样吹的话，九点钟出发赶到斯托克斯比就刚好退潮。嘿，你们俩，收拾好行李了吗？提到岸上来吧，该跟大家告别了。明天清晨你们还没吃完早饭，他们就要走了。这两个小东西从不会早醒的，”他又补充说，“除非麦金蒂夫人叫她们起床。”

“左舷”和“右舷”抱着背包和毯子上岸了。她们准备好告别了。如果让她们明天早上来这里挥舞着手帕送别起绒草号，她们肯定更难受。

“再见！再见！真的很感谢您，‘司令’。”

“再见，祝你们比赛好运。”

“非常感谢你们教我们开船。”桃乐茜说。

“比如摸右舷鼻头。”“左舷”说。

最后时分，大家都非常不舍。双胞胎站在码头上，似乎还有什么话想说，却又不知该说什么。

“走吧，”她们的老爸挎起她们的背包说，“今晚你们一定要睡个好觉。别忘了明天还有帆船锦标赛。”

“很有意思，”“司令”在他们走远了之后说，“我感觉法兰先生并不知道他的双胞胎女儿有可能跟我们一起去南方。”

“他确实不知道，”汤姆说，“她们没告诉他。‘左舷’说，要是她们说了，他肯定让她们跟我们一起去，而他就只好让闪电号退出比赛了。”

“不过，比起跟我们一起航行，她们当然更希望能赢得那些比赛。”“司令”的话有点令人费解。

“不是那么回事，”桃乐茜说，“她们是不想让他退出比赛。您知道的，他就指望她们……”

“她们不想让他失望，”汤姆说，“像这种情况，怎么劝她们也没用。

我以前试过。”

“好吧，”“司令”说，“我希望他们每一轮都得第一。他们理应拿冠军。”

现在一切准备就绪，明天起航。迪克又和以前一样，和桃乐茜住起绒草号的前舱，主舱留给了威廉和“司令”。汤姆回家吃晚饭了，晚上他睡在山雀号上，而那艘小船就隐藏在黑鸭子俱乐部的堤坝里。

他走之前做的最后一件事就是和迪克、桃乐茜一起去码头看了看天气。东南风已经停了。高空中的几缕云似乎要飘向别的方向。汤姆仔细地观察了它们。

“我敢肯定风向要变了，”他说，“要是刮起西北风，我们去斯托克斯比就不用担心了。我们明天就能经过雅茅斯，一直航行到布雷顿湖的另一边。但我们得早点出发。你们能起多早？”

“我们现在就去休息。”桃乐茜说。

“你一醒来就把头伸出去，”汤姆说，“感受一下风向。要是刮西北风，我会很早就过来的，然后我们立刻出发。”

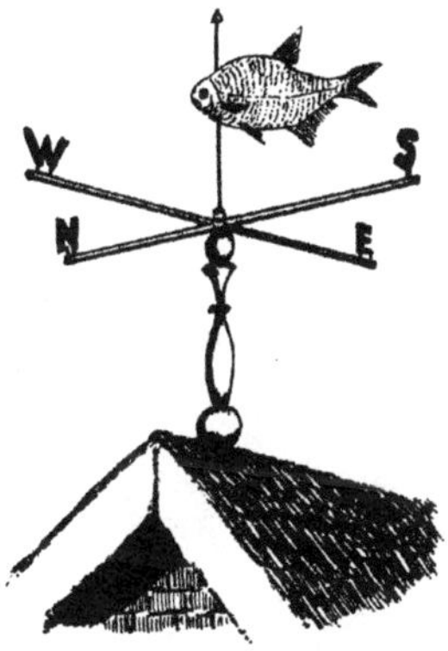

第二部
南方水域

第十六章

向南，向南

汤姆醒来，想起山雀号就停靠在家里的堤坝旁。他看了一眼手表，已经快六点了，立刻钻出睡袋，穿着睡衣光脚爬上岸看天气。草地已经被露水浸湿，天气应该不错。柳叶随风起舞，汤姆抬头看了看三角形屋顶。那个金色鳊鱼风向标让他赶紧回到了山雀号上。现在是西北风，最适宜航行了，可以一路直下，去到雅茅斯，去布雷顿湖也不错，到了韦弗尼河，大部分时候又是顺风了。只要风向保持不变，只要他们能在退潮的时候赶到雅茅斯，那么天黑前他们走多远都有可能。汤姆很快穿好衣服，收好被露水打湿的天篷和桅杆，然后踮着脚尖绕过房子，还抬头看了看。他们都还在睡觉。昨晚他已经和他们道过别了，但他还是非常希望能听到有人起床来送送他。如果小宝宝哭闹起来，妈妈肯定会醒，这样他就可以小声让妈妈到窗前来。不过小宝宝睡得正香。除了在茅草上筑巢的八哥——它们像往常一样钻了进去，就听不到任何声响了。汤姆撑起船，悄悄地离开了堤坝，然后默默地划着桨，穿过上升的薄雾，逆流而上。最后一波潮汐挡住了水流。如果要赶上退潮，起绒草号越早出发越好。其他人准备好了吗？小迪克有没有爬起来看天气，然后把其他人叫醒？

他回头一看，起绒草号还停靠在码头边。看一眼就知道是它。一面旗帜在桅顶飘扬。昨晚他看到旗帜被取了下来，现在又挂上了。嗯，船上至少有一个人已经起床了。然后他慢慢靠近，听到船上有说话声。

“噢，他说过要是刮西北风的话，我们就得早点起床。”桃乐茜说。

“你们俩最好跑到村子里去看看，然后你们会发现汤姆一定还在睡觉。”

“啊嗬，起绒草号！”汤姆轻声说。他早起床真是太好了。

天篷的一角被掀开了，迪克探出头来。

“太好了！太好了！”他说，“是汤姆。要是他过来发现我们还在睡大觉，那多不好！”

“上来吧，船长，”巴拉贝尔夫人说，“早餐已经好了。我觉得迪克昨晚根本没睡觉。大半夜的他还在甲板上。”

“我就去看了一眼，”迪克说，“我是为了挂旗帜才上甲板的……”

“是升旗。”桃乐茜说。

“升旗，”迪克说，“那时太阳已经升起来了。我都能透过薄雾看到树梢上的阳光了。”

“他没有让我们多睡一会儿。”巴拉贝尔夫人说，“早饭好了，进来吃吧。”

汤姆从山雀号上爬上来，然后把系船绳拴在起绒草号舵台的环形螺栓上。山雀号又成了游艇的小划艇了。他抬头看了看起绒草号的船旗，旗杆有点歪了。迪克把旗帜升上桅杆的时候，升降索还很湿，现在阳光一照，绳索慢慢变干，就变松了。过会儿他再去把旗杆扶正，升降索还得再干一点才好。他看看四周，开始盘算如何确保起绒草号一路顺利。

“桃乐茜，给他倒满吧。”“司令”说，“汤姆，到这边来。桃乐茜，拿两只鸡蛋来，再看一下几点了。”

汤姆挤到桌子和床铺之间，准备吃早饭。威廉蜷缩在床铺边，把下巴搁在汤姆的大腿上。

“嘿，威廉，”“司令”说，“你是我的小狗啊！”

汤姆把手搭在威廉的后脖颈上，轻柔地来回抚摸。威廉伸出粉红色的舌头，抬头看着汤姆，眼里似乎充满了爱慕。

“想想它第一次见到你的时候，还朝你叫个不停呢。”“司令”说。

汤姆笑了。从第一天起，他和威廉就对彼此产生了好感。不过，尽管他还在抚摸威廉的后颈脖，心里却一直想着起航前的常规准备工作。迪克确实干得不错，很早就把大家叫醒了。毛毯也都卷好，收拾起来了。甲板下除了餐具，其他东西都放好了。似乎他们停下来就只是为了吃顿饭，支起天篷也不过是为煤油炉挡挡风。

“洗刷的活儿交给我们女士来做吧，”一吃完早饭，巴拉贝尔夫人就说，“你和迪克去甲板上忙吧。”

她们很快就洗好了餐具，没有巴拉贝尔夫人说的那么复杂。等到篷布折好、捆成一小包放进船首舱，大家就准备起帆了。没有“左舷”和“右舷”帮忙升帆，似乎很奇怪，不过大家并不慌张，只是稍微多花了点时间，最后每一项工作都完成了，没出什么差错。

“好样的，迪克。”一切准备就绪之后，汤姆说。迪克自己也发现旗帜的升降索松了，就又把它拉紧，旗杆就傲然地挺立在阳光下，桅顶的小旗帜迎风飘舞。

“司令”不知怎么，看上去忧心忡忡。转运码头附近的河道是那么狭窄，现在风也越刮越猛。她也想着雅茅斯之行，尽管她给理查德弟弟写了一封乐观的信，但还是担心万一出了什么事他会怎么说。不过汤姆看上去很清楚接下来要做什么。

“都准备好了吗？”汤姆说，“迪克，推一下船头。上来吧。”起绒草号动了。它迎着风穿过河面，拐了个弯，然后开始顺流直下。迪克在前甲板上认真地把系船绳盘起来，桃乐茜仿照“左舷”和“右舷”的样子，缓缓松开前帆缭绳。他们已经驶过了码头，正经过一座废弃的船坞，那里没有人看见他们离开。

“他们像阿拉伯人那样，收起了他们的帐篷，”巴拉贝尔夫人引用道，“悄悄地走了。”

“可是我们的船正发出美妙的声音。”迪克沿着侧甲板匆匆跑到船尾，轻轻下到座舱井。

声音确实美妙。河水在船身龙骨的前端激起奶油般的浪花，风也正好。汤姆没说什么，那声音在他听来就是一首歌。要是“左舷”、“右舷”和他们在一起就太好了！那些船棚已经在他们身后远去，柳树成荫的港口、他自己的家，仍然在清晨的阳光里沉睡。那片柳树和棕色的芦苇丛之间就是他家堤坝的入口。再过去，灌木丛后面，离岸边很远的地方，就是双胞胎的家了。汤姆看着那些窗户……没有……根本没有她们的影子。大家都还在睡觉呢。

“她们不能来真是太遗憾了。”桃乐茜说，汤姆很吃惊，因为他的心里话从别人嘴里说了出来。但有什么用呢？他又把注意力转到手头的活儿上。千万不能出错啊。他知道这次航行成功与否，还有起绒草号和拖在船尾的小山雀号的安危，都取决于自己。巴拉贝尔夫人在船上的表现还不错，但他和双胞胎——这三个老“黑鸭子”讨论后都认为，“司令”

虽然是个好水手，不过总是有一点点急躁。至于那两个新手，表现也还行。如果航行过程中不需要紧急转帆，他都会让他们掌舵，当然，他自己也会在旁边，以防不测。他们升帆的时候做得很好，真正起航的时候也没什么可指责的。汤姆真希望双胞胎能亲眼看看她们带出的徒弟已经记住了她们所教的东西。现在，起绒草号正经过渡口，乔治·欧顿就是在那里见到了汤姆，而他却高兴得太早，暴露了他跟那帮混蛋狼狈为奸。再往前的一段航行应该很轻松。

“过来，迪克。你接手一会儿吧。”

迪克已经准备好了，他双手紧握舵柄，仿佛担心舵柄可能会跑掉，眼睛盯着飘扬的燕尾旗，还不时回头瞥一眼，看看起绒草号的尾波。可见，他还有些紧张，不够稳重。

“别管尾波了，”汤姆说，“你做得非常好。”

他往船舱里看去，想看看“司令”在干什么。她正坐在床铺上，威廉在一旁陪着她。威廉觉得这个时候出门还太早。“司令”看见汤姆，就举起手中的一沓纸。它们已经被折成了一本小册子，封面是她画的一艘小帆船，下面是她用漂亮的印刷体写的几个字：

起绒草号航行日志

“我把日志的事忘得一干二净了。”汤姆说。

“早上六点四十五分起航，”“司令”说，“差个一两分钟吧。不管怎样，我记下来了。”

“太感谢您了。”汤姆说。

然后，他向前走到了前甲板上，座舱井里只剩迪克和桃乐茜，迪克在掌舵，桃乐茜握着主帆索，他们俩都有点害怕汤姆不在身旁，而汤姆这会儿在听脚下的水流声，和自己双手握着舵柄的时候相比，不知怎么他的责任感更强烈了。“司令”在船舱里写着航行日志，两个新水手在开船，起绒草号在他脚下摇晃着，乘着顺风往前走，驶向险象环生的雅茅斯和南部的开阔水域……这种感觉太美妙了，而且，他并没有觉得自己抛弃了山雀号。它也来了，船尾正激起层层浪花，他可以开着它前往各种陌生地方。要是“左舷”、“右舷”能和他分享这一切就好了。唉，就是七号鸟巢搞砸了所有的计划，不过，它也成全了这次航行。尽管涨潮了，起绒草号却跑得飞快。他们经过了一个又一个熟悉的地方，还有那群黑羊。再见，霍宁、黑鸭子俱乐部、死神与荣耀号、小宝宝、爸爸妈妈、所有那些筑巢的鸟儿……他要等到结束这次航行才能再见到他们了，那时，他要么把事情弄得一团糟，要么成功返航。他抬头看看旗帜。开进自来水厂这一河段后，风就会吹向另一边了，他最好帮着他们转帆。那两个小家伙现在做得非常棒，不过也不要对他们期望太高。

虽然汤姆帮着转了帆，但船上的任何人都不希望双胞胎看到这一幕。帆桁横移的时候，起绒草号失去了控制，迪克反应还不够快，没能及时稳住舵柄。船身猛地倾斜，后来又稳定下来，威廉一直趴在背风一侧的床铺上，伸展身体，打着哈欠，突然那张床铺开始处于上风，风一下子把它吹到船舱底板上。它吓得大吠，立马跑出来钻进座舱井，似乎警告大家不要再发生这种事情了。

巴拉贝尔夫人也跑了出来，她刚把他们经过自来水厂的时间记录在航行日志上，不过她好像没有注意到船身突然倾斜的可怕瞬间。

“我们行进得很顺利啊，”她说，“我们很快就能赶到斯托克斯比了。”

“波特海姆有个人，”汤姆说，“他驾驶着一艘比起绒草号还要小的船，在一天的时间里，乘着这样的西北风，从希克林开到雅茅斯，然后一路直下，到了奥尔顿。”

他们经过兰沃思堤坝入口的时候又转了一次帆，这次成功多了。不过当他们在这段曲曲折折的河道上从一个河段转入另一个河段的时候，又感觉没那么顺利了。烟雾从霍宁霍尔农场的烟囱里升起，他们看见有人在河堤边走动。

“停船去买点牛奶怎么样？”桃乐茜说，“我们把昨晚剩的牛奶当早饭了，现在一点也没有了。”

“我们应该乘风继续往前走。”“司令”说，“对吧，威廉？”威廉深信不疑地舔了舔她的手，要是它听懂了她的话，一定会反对。

“我们在阿克莱能弄到牛奶，”汤姆说，“我们可以从供给船上买到。”

“供给船？”桃乐茜说。

“你一会儿就知道了。”汤姆说。

起初，河上好像就只有起绒草号一艘船。他们沿途经过的几艘游艇和摩托艇都停靠在岸边，支起了天篷，还在睡觉。不过到了离霍宁霍尔不远的地方，他们绕过一个河湾，就碰到一个捕鳗鱼的渔民，划着涂了柏油的小舟，正在收起昨晚布下的渔网。他是汤姆的一位朋友，当他们经过的时候，他扬起一只老树根般的手，朝他们打招呼：“早上好啊！”

接着他们遇到一艘货船，正趁最后一波潮水撑着船往前走。

“你好，小汤姆，”货船的船长一见到起绒草号主帆索旁的汤姆，就大喊道，“你见到吉姆·伍德尔了吗？”

“他停靠在霍宁上边，”汤姆大声回应道，“昨天晚上我在转运码头见到老西蒙了。”

“你是不是认识这条河上的每个人啊？”“司令”问。

“开货船的人我都认识，”汤姆说，“因为他们都从我家门口经过。”

刚过圣贝尼特，就有一个人从一艘停着的游艇的天篷下探出脑袋，头发还乱糟糟的，桃乐茜不知道起绒草号在他眼里会是什么样——是一艘挂着帆、飘舞着旗帜、在阳光下飞速前进的船吗？而那人才刚刚从沉闷的船舱里钻出来。她看了看迪克，他又在掌舵了，全神贯注地。然后她看了看巴拉贝尔夫人，她会是什么感觉呢？“一天又一天，一个礼拜又一个礼拜，船儿向前进，流亡归来的人儿凝望着，她的（或他的……最好是他的）眼睛渐渐湿润，因为故乡的白色悬崖就在前方。”不过，贝克尔斯也许没有什么白色悬崖。至于这个流亡归来的人儿，也有可能就跟平常一样，忙着用彩色粉笔做笔记，准备画一幅画。她又心怀期望地看了看汤姆这个背井离乡的“逃犯”。可汤姆并没有眼含热泪地回头望望他即将离去的故乡，似乎除了河中泛起的小水泡和堤岸旁漂浮的芦苇，他对什么都没有兴趣。

“要涨潮了，”最后他开口说，“到目前为止，船走得很顺利。我们要好好利用这个机会。”他脑子里不停地盘算，从霍宁到安特河口……接着到瑟恩河口……然后到阿克莱……降桅杆，过桥，再升帆，要花多长时间？还有三千多米到斯托克斯比……然后离浅水区十六千米远……那边没有树，风势好像也稳。“桃乐茜，把三角帆索再松开一点，”他说，“我们要全速前进。”

“我觉得即使是闪电号也跑不了这么快吧。”桃乐茜说。

汤姆知道得更清楚。像起绒草号这样的游艇，帆那么小，能赶上像闪电号那样的小赛艇，真的很幸运了。一说起闪电号，他就想起了“左舷”和“右舷”，心里又很难过。双胞胎不在船上，真是太遗憾了。

但没有太多时间去感伤了。远处已经有船只向波特海姆驶去，他们也快到瑟恩河口了，再一个急转弯绕过布尔河，就是去往雅茅斯的河道了，河岸上的路标正指着那条沿河的马路。

汤姆拉紧了主帆索。

“调头，”他说，“慢一点，整个调过来。”

迪克拉起舵柄，三角帆转了过去，接着猛地一拉，啪的一响，主帆转了过去。汤姆双手交替着递出主帆索。这是一次漂亮的转帆。起绒草号驶进了迪克和桃乐茜从未涉足过的水域。“逃犯”、“流亡的人儿”，还有两名新水手终于向南进发了。

终于向南进发

第十七章

错过起航

当起绒草号在河里顺流而下、经过“左舷”和“右舷”的家的时候，汤姆看了看她们家的窗户，心想她们肯定还在睡大觉，其实她们早已经醒了，正躺在床上想着起绒草号的这次航行。

“他们保准不会像他们说的那么早就出发。”“右舷”说。

“没人那么早出发。”“左舷”说。

“等着看他们离去，那也太可怕了。”“右舷”说。

“我们已经和他们说过再见了。”“左舷”说。

然后是长时间的沉默，只有鸟儿的叫声和树叶沙沙的响声。

“现在刮什么风？”“左舷”终于开口说。

“右舷”翻下床，跑到了窗户边。要是再早一点，她就能看到起绒草号从下面经过。她探出身子，这样就能越过堤坝和柳树林，看见达钦医生家的屋顶，那条当作方向标的金色鳊鱼就在靠近她们这边的山形墙上高高飘舞着。

“西北风。”她说。

“嗯，”“左舷”用胳膊肘支起身子说，“顺风。他们不必急着赶路了。这阵风很快就能把他们送到斯托克斯比。他们出发还早着呢。”

“我们再睡一会儿吧。”“右舷”说。她爬上床，拉上被子，一直把被子盖到了下巴下面，但发现光着脚穿过地板使得她不像之前那么困了。

“烦人，烦人，烦人。”“左舷”突然叫起来。她的脑子里冒出一个新想法，“要是我们没去送他们，他们不会不高兴吧？”

“我倒希望他们昨天就直接出发了。”“右舷”说。接着又是一阵沉默。后来麦金蒂夫人拿着一大罐热水进来了。她们醒了很长时间，然而就在麦金蒂夫人进来叫她们起床之前又睡着了，这会儿都把脸埋在枕头下。热水慢慢变凉了。早餐铃声响了，她们听到后，猛地爬下床，一个去左舷，一个去右舷，身上一半的水还没擦干，她们就套上了衣服，冲到楼下。

“早安！不好意思，我们起晚了。”

不过老爸并不在那里。

“你们可能会难过，”麦金蒂夫人说，“法兰先生刚收到一封信就出去了，我得把他的煎鸡蛋热上……你们想吃什么就吃什么吧。”

“亲爱的麦金蒂。”“右舷”说。她们都知道麦金蒂夫人是刀子嘴豆腐心。

“一封信？”“左舷”看着她爸爸盘子旁的一堆信件说，“可这里有一大堆信呀。”

“是这样的，他拿着那封信去打电话了。”麦金蒂夫人说，接着她们就听到爸爸的声音从书房敞开的门那边传过来了。

“麦金蒂夫人，不用热饭了。我这就要走……喂！喂！喂！是诺里奇 1066 吗？诺里奇……1066……你好！没错，就是这个号。占线？不可能占线啊。是专用交换机。麻烦再打给他们，再拨一次，麻烦了。喂！喂！诺里奇 1066 吗？哦，打错了。那就麻烦挂掉吧……喂！交换台吗？噢，请挂机。交换台？喂！喂！你们谁给我拿杯咖啡过来……喂！交换台！那是个错的号码。不，不，不是166，是1066。谢谢你，贝丝。慢点，内尔。别让我一口塞那么多。我还得和这些笨人说话。喂！噢，是你吗，沃尔特斯？谢天谢地。快到办公室把伯灵顿伯案的所有文件给我拿过来。谈判这周开始。没错……都在文件夹里。还有契约文书……是的，是的，都带到火车站来。你开车过来。我走之后，你就把车开进车库。我要赶九点那趟火车。没错，很好。所有文件……”说完，他挂掉电话，从“右舷”手中又咬了一口煎鸡蛋，就着“左舷”递过来的咖啡吃了下去，然后匆匆回到餐厅。

“老爸，出什么事了？”“右舷”问。

法兰先生看了看手表，比对了一下壁炉上的时钟，这时钟还是闪电号去年在罗克瑟姆帆船赛上赢来的。

“早饭时间还有七分钟……是的，麦金蒂夫人，那就麻烦您了，小行李箱就行。准备一个礼拜用的东西……”

“您不是要走吧？”“左舷”说。

“这种事我也没办法，”法兰先生说，“我可不希望这个案子再拖上两个月，至少两个月啊……”

“那闪电号和冠军赛怎么办？您不能推迟一个礼拜吗？”

“不可能了。”法兰先生说着，挑起他盘子里的最后一块煎鸡蛋，“当个渔夫卖海螺和贻贝都比做律师强。起码你能自己做主。”

“但是明天就要进行第一轮比赛了。”

“我得退出比赛了，”她们的爸爸说，“我没时间去抽签。只要老闪电号调整好了，不管哪一轮比赛，它都会一马当先。”

“噢，老爸。太可怕了！我们一切都准备好了啊。”

“我这就打电话给组委会秘书，让他跟其他人解释一下。别担心，等我回来后，我们再去挑战一下冠军。我马上就和他说去。”

“您今天就要走吗？”

“难道你们没听到我说的吗？现在就走。把烤面包递给我，还有……柑橘酱。”

这位一家之主狼吞虎咽地吃着早餐，他的女儿们也莫名其妙地跟着吃得快了起来，仿佛他们三个都要去赶那趟早班车。他们听到楼上传来抽屉打开又关上的声音，麦金蒂夫人不停地念叨着要带上的东西。“六七件蓝色衬衣……老天保佑，他千万不要把布丁沾到领带上……人家都把衣服弄得整整齐齐的，要是他……”法兰先生嘴里塞满了面包和柑橘酱，他的女儿们盯着他，他就朝天花板严肃地眨了眨眼睛。“她的意思不是真的要‘老天保佑’吧。”他说。

大家都在忙着为老爸的外出做准备，直到最后一刻，“右舷”才想到，老爸的离去改变了所有的计划，她们也没有必要待在家里了。

“嘿，老爸，”她说，“要是您走了，闪电号也不参加比赛了，那我们和汤姆、巴拉贝尔夫人还有那两个小孩一起去航行怎么样？”

“可是他们没邀请你们吧，是吗？”

“噢，邀请了。”“左舷”说。

“当时我们说不去。”“右舷”说。

“如果闪电号不参加比赛的话，我们还是想去的。”

“想要安慰奖吧，呃？”法兰先生说着，把他的手提箱放进了汽车后备厢。

双胞胎姐妹谁也没有回应他。

“要是巴拉贝尔夫人让你们去的话，我就没任何意见。”接着他就坐进了驾驶座，发动了引擎。

“您跟麦金蒂说一声吧。”“左舷”说。

“麦金蒂夫人，我们三个人都得离开您了，”法兰先生说，那时，麦金蒂夫人正从屋里跑出来，手上拿着一副备用的麂皮手套，“她们俩要和汤姆还有他的朋友们一起去航行……”

“麦金蒂，别担心我们的衣服啦。我们不要别的，只要我们身上穿的这一套，再加几件运动衫就可以了……”

“好吧，要是有人要说点什么……”麦金蒂夫人只开了个话头，车子就动起来了，法兰先生看了一眼仪表盘上的时间。

“再见！”

“再见！”

法兰先生挥了挥左手，右手握着方向盘，从门口绕了出去，走远了。

“快点。”“右舷”说。

姐妹俩飞快跑进屋，上楼冲进卧室。昨天晚上，她们是那么难过地把背包里的东西拿了出来，现在又得把背包从门后的钩子上取下来。双胞胎收拾行李不像麦金蒂夫人弄得那么整齐。抽屉拉了出来，就放在外面。鞋子就胡乱扔到床底下，然后她们换上了橡胶长筒靴。运动衫、沙滩鞋、洗漱用品还有睡衣被通通塞进了背包，床上的毯子也卷好了。麦金蒂夫人刚爬上楼来，双胞胎就准备往下冲了。

“快看看你们的房间！”麦金蒂夫人说。

“乱得一团糟。”“左舷”说。“右舷”正要从最后一格楼梯往下跳，“就那样吧，麦金蒂，等我们回来再收拾。现在来不及了。我们比老爸还赶！”

“你们真的很赶啊。”麦金蒂夫人说。

她们一路小跑穿过霍宁下城的那条长街。

“我们正好能赶上帮他们升帆，”“右舷”激动地说，“那两个小孩……力气还不够大。”

“喘不过气了。”“左舷”气喘吁吁地说。

“快跟上。”“右舷”说。

最后，她们跑到了船坞的尽头，绕过那个拐角，来到了转运码头，昨晚她们就是在这里和起绒草号道别的。

起绒草号已经不在那里了。

“他们把船开出去了。”“右舷”说。

“他们走了。”“左舷”说。

码头空无一人。连之前拴在斯旺旅馆附近的死神与荣耀号那艘老船也消失了。她们跑到河边，往下游望去，一艘船都没看到。

“太晚了。”“右舷”说。

“刮这样的风，他们不必那么早的，”“左舷”说，“他们到了斯托克斯比之后还有好几个小时的时间，因为要等涨潮。”

“当然了，他们没想到我们要来。”“右舷”说。

开货船的老水手西蒙·法斯盖特从转运码头的最末端走了过来，拎着大包小包，还有一大瓶牛奶。他解开停靠在船棚那头的一艘旧船，把他的包裹扔了进去，推开船，向上游划去。

"问一下西蒙。""左舷"说。

"您好啊，西蒙。您知道起绒草号是什么时候出发的吗?"

"在我上岸之前就走了，"西蒙说，"得有一个多小时了。"他用力地划着船。

已经一个小时了，也许更久。要是汤姆不那么急就好了。双胞胎难过地看了看对方。为了帮老爸赢得他的比赛而放弃贝克尔斯之旅是一回事，毫无理由地错过这次航行又是另一回事了。整整一个礼拜的航行就这么无端地错过了，而且还是在老爸允许她们去之后。

"我们也没办法了。""右舷"说。

"回去找麦金蒂吧。""左舷"说。

就在这时，她们听到了撑篙的声音，于是朝河上望去。一艘平底货船从河湾那头驶来，它竖着桅杆，也准备升帆了。她们认得这艘货船，是加内特爵士号；她们也认识船长，是吉姆·伍德尔。她们听到他冲着自己的大副大叫大嚷，那人正往货船上爬，把自己的船系在货船船尾的系船柱上。

"西蒙，你这个老笨蛋。你害我们错过这一波潮水了。我们应该两个小时前就出发的。"

没人回应。西蒙匆匆忙忙跑到绞盘那里，升起货船上的黑色大帆。吉姆·伍德尔确实很着急，于是撑着他的货船到码头来找他的大副，老西蒙知道，这时候与其找借口，不如老实去扬帆。

“右舷”突然把她的背包和毯子扔到地上，声嘶力竭地喊起来。

“吉姆！吉姆·伍德尔！加内特爵士号！啊嗬！吉姆，吉姆！”

那个老水手朝她挥了挥手。他已经放下了撑篙，朝船尾的舵柄走去。加内特爵士号一会儿就要起航了。

“吉姆！”“左舷”大叫起来。

她们两人都朝他挥手，吉姆·伍德尔尽管急着要走，但还是看到了，心想她们可能有什么紧急的事需要他。

“等一会儿，西蒙！”他喊道。绞盘发出的叮当声停了下来。斜桁也就升了六十厘米。加内特爵士号几乎没有移动，只是随水流漂出去一些。不过引擎已经发动了，吉姆把船绕了个弯，靠近码头。双胞胎拾起背包，沿着码头跑过去，然后跟着货船走，一边走一边解释。

“不能等了，”吉姆说，“西蒙已经让我们错过了去格勒斯顿的早潮。”

“但我们要去斯托克斯比，”“右舷”说，“汤姆驾驶着起绒草号去往那边了，明天他们还会继续航行。”

“我们也要去那里，”“左舷”说，“只是我们错过了他们。”

“我们直到今天早上才知道要去那里。”

货船一直在动。再往前几米，就到码头的最末端了，那样她们就无路可走了。

“啊，”吉姆说，“这么说汤姆并不知道他把你们落在了后面。”

“对，就是这么回事。”“左舷”说。

“我们的船本来不带客的，”吉姆·伍德尔说，“把包递给我们吧……”背包和毯子很快就被扔到了船上。“快点!”“左舷”和“右舷”一扔完背包就立刻从码头跳上了船。“上来吧,”吉姆·伍德尔说,“我会把你们捎到斯托克斯比。不过你们得给自己挣出船票,帮着削土豆皮。出发吧,西蒙!”

绞盘又开始叮当作响。黑色大帆升了起来,在他们上空伸展开去,错过早潮的加内特爵士号货船加快了速度,沿着河中央全速前进。

第十八章

穿越雅茅斯

一只棕色的小苍鹭在厄普顿河畔的芦苇丛上掠过。

“那不是一只麻鸦吗?”迪克问。此时桃乐茜在掌舵，迪克就有空观察鸟了。

“就是麻鸦。”汤姆说，不过这时他根本不关心什么麻鸦。他自己有一次提起死神与荣耀号的人：“你可不能指望他们任何时候都在保护鸟类。”起绒草号飞一般地驶向阿克莱，汤姆知道，船员们在阿克莱会第一次面临真正的考验。他们从没有单独升降桅杆，都是在“左舷”和“右舷”的帮助下完成的。而阿克莱大桥上总有一些看客，等着看新手们闹笑话。汤姆没心思管什么鸟了。不过，巴拉贝尔“司令”却让迪克很欢喜，她跑进船舱，在起绒草号的航行日志上记录下一笔：“在厄普顿湿地上空观察到麻鸦。”在霍宁经历了紧张时刻之后，“司令”这会儿看上去很轻松。在汤姆看来，她一定早就忘了这样一个事实，随着时间流逝，他们不仅离阿克莱越来越近，也离雅茅斯和布雷顿越来越近了，这意味着他们要在潮水和各种可能遇到的困难中前行。汤姆感到自己就像新上任的船长，驾驶着一艘新船开始了他的第一次航行，这会儿正慢慢靠近一个海岸，那里以危险的浅滩而闻名。

不过他们顺利通过了阿克莱大桥，这很让人欣慰。但是往北岸绕过去的时候，因为要降帆，结果船撞到了岸上，撞击程度比汤姆预料的厉害一点，幸好堤岸是软土，而且很多船撞得更狠。迪克在前甲板上，这次碰撞不仅没让他慌了手脚，反而表现得像个老手。他跳上岸，固定住了圆锚。桃乐茜不等他安排就从山雀号上把桨架拉了过来。船帆顺利地降了下来。汤姆把一只轮箍套在三角帆上，这样就可以随时把帆升上去了。他解开索箍[1]，将斜桁靠在舱顶上，挨着帆桁。

“你能应付吧？”“司令”问。

“我抓着杆底的缆绳，”汤姆说，“迪克去放开前支索滑轮。这样就没问题了。”确实如此。就算是“左舷”和“右舷”，也不一定比迪克做得更好。桅杆慢慢降了下来，落在支架上。

汤姆看了看那座桥，桥洞比一般的桥洞窄得多，因为桥下停泊着一艘驳船，是为工人们提供服务的平台。

“那边就是补给船。”桃乐茜说，这时，一艘装着顶板的小摩托艇从桥下驶过来，停靠在堤岸旁的一小块空场上。这艘摩托艇其实是一家流动小卖部。

“我们过桥之后再去买东西吧。”“司令”说。

“只有几米，撑过去就可以了。”汤姆说，桃乐茜满脸狐疑地看了看迪克。汤姆笑了。“没问题的，”他说，“只要‘司令’能掌好舵，让船靠这边走就行了。迪克，把锚扔上来吧，你走岸上，到桥下跟我们会合。桃乐茜最好到前面去准备好防护垫。”

迪克使劲推了一把起绒草号。汤姆撑着篙子，让船动起来，“司令”掌舵，船随着水流向下游漂去。迪克沿着岸边飞跑，绕过停靠着补给船

① 索箍，串在斜桁的钳口之间一条松弛的绳子上的木珠子，不解开这条绳子，斜桁就一直固定在桅杆上。

的小河湾，来到桥下狭窄的纤道上，准备接过船锚。

“快到了。”汤姆说着，急忙收起撑篙。他往前走去，仔细地穿过侧甲板上的支索。“迪克，当心！”他把锚抛到了岸上。迪克立即抓住船锚，然后跟着它往前走，等待指令。

“好了，抓紧！”

迪克抓紧船锚，起绒草号缓缓调头。汤姆看准机会，跳上了岸。桃乐茜已经准备好防护垫了。船锚扎进了地面，起绒草号安全地停在了桥下，他们渡过了第一道难关。

“好了，”汤姆说着，又回到船上，“快点，迪克，我们来升桅杆。跟刚才的步骤正好相反。你抓住前支索，我来拉杆底的缆绳，桃乐茜注意看着侧支索，别让它缠到舱顶。准备好了吗？用力拉！”

他们俩在前甲板上使劲拉，桅杆轻轻松松地升了起来。桃乐茜及时给一根看上去要缠住的侧支索解了围。桅杆底部回到了原位，桅顶上的旗帜又高高扬起，就像刚升上去似的。

“好样的。”一个老水手说道，他一直在桥上俯瞰着他们。他们为再次起航做好了准备。汤姆擦了擦额头上的汗，兴奋地笑了。迪克坐在舱顶上擦着他的眼镜。

“七分钟，”巴拉贝尔“司令”说，“我把时间都记在了日志上。”

“差不多半小时吧，”汤姆说，“从我们把船停在桥那边算起的话。”

“在这里吃午饭怎么样？”

“我们还是在路上吃吧。”汤姆说。

“好，”“司令”说，“你们忙着弄船帆，我和桃乐茜从纤道走回去，看看补给船上有什么东西卖。是的，威廉，你也跟着一起去。”

无论想要什么，都能从补给船上买到，新鲜的蔬菜、罐头食品、巧克力、太妃糖、橘子、苹果、香蕉、装在一只有黄铜水龙头的大牛奶罐里的牛奶。巴拉贝尔夫人买了一些牛奶，用来煮茶。“亲爱的桃乐茜，”她说，“我太想喝茶了，只要船长允许我们停留的时间足够久，可以烧上一壶水的话……”她还买了四瓶柠檬水、一打香蕉——是那种又小又甜的品种、四只肉馅饼、四份苹果派、一大块奶油夹心巧克力，威廉特别喜欢这种巧克力。一个小男孩在堤上溜达，眼巴巴地看着补给船。桃乐茜轻轻拉了拉巴拉贝尔夫人的袖子。

“‘司令’，”她小声说，“我不知道那个是不是我们的哨兵，您知道的，就是帮我们盯着那伙混蛋、本来要给我们捎口信的那个。”

“那个拿了四便士买吃的，然后吃坏肚子的男孩。”巴拉贝尔夫人说完就朝那个男孩转过身去。

“你是叫罗宾吗？”她问。

“没错。”男孩说。

巴拉贝尔夫人又买了一大块奶油夹心巧克力，给了男孩。“我在想，”她说，“你不会因为吃块巧克力就肚子疼吧。不过你还是仔细点好。”

她们匆匆忙忙回到船上，男孩咬了一口巧克力，看着她们的背影，满脸疑惑。

汤姆和迪克已经小心翼翼地升起了船帆。

“我们见到那个哨兵了，”桃乐茜说，“就是乔的朋友，‘司令’还给他买了一块巧克力。”

“他真是活该再犯一次肚子疼，”汤姆说，“我猜他见到乔的时候就会疼了。小好吃鬼。”

很快他们又起航了，一边沿着河道航行，一边享用美食。

汤姆现在感觉好多了，眼睛总是盯着时间和潮汐。他在掌舵，因为他的船员中，只有他可以一手拿着肉馅饼，一手操纵舵柄，而且完全不用担心会把船开进芦苇丛里。他坐在座舱井的围板上，甚至还能用膝盖夹住一瓶柠檬水。阿克莱大桥被甩在后面了。潮水还有几个小时才会退去，他们越来越接近斯托克斯比了，一开始他们是打算在那里过夜的。不过现在能去到更远的地方了。

然而，“司令”很想停下来。

“汤姆，你觉得我们停一停怎么样？”当斯托克斯比的风车和小村落里的一座座房子映入眼帘的时候，她不禁问道，“我们第一天跑这么远是不是够了？”

“如果一路都刮这样的风，我们开到雅茅斯，就正好能赶上退潮，”汤姆说，“然后我们就可以直接穿过布雷顿了……”

“能赶到贝克尔斯，这不是很棒吗？”桃乐茜说。

“要是我们穿过了雅茅斯，”“司令”说，“那当然是非常好的。”

“嗯，”汤姆说，“那段路程是最险的。能安然无恙地穿过去就真的太好了。”

就在这时，他们看见了一样东西，于是立刻决定绝不能停在斯托克斯比过夜。

桃乐茜的脸瞬间变得煞白，说话都磕磕绊绊起来：“快……看……看啊！汤……汤……汤姆！”

“怎么了，桃乐茜？”“司令”问。

“我们得调头回去。”桃乐茜倒吸一口气。

“我可以掌舵。”迪克立马说。

“你们谁来负责舵柄？”汤姆说完就一头钻进船舱。

一艘大摩托艇停泊在村子尽头小旅馆旁的码头边。

“还是让我来掌舵吧。”“司令”说，“不过你们确定就是那艘船？这附近有很多这种船，它们都很像。”

“我能看到船名。”迪克通过望远镜正盯着它看。

这会儿，他们三个都看清楚船名了，潜伏在船舱里的汤姆从舷窗也能看得一清二楚。就是它，“玛格丽塔号”，摩托艇的船头上就是这几个黄铜色大字。他们乘着风和潮汐驶过摩托艇，绕过船尾，又看了一遍船名，跟汤姆和迪克在波特海姆拿着手电筒时看到的一样。留声机和扩音器都偃旗息鼓了，没有任何迹象表明船上有人。

“可能在旅馆里。”巴拉贝尔夫人说。

就在他们盯着看的时候，旅馆的门开了，那帮混蛋一个不少地走了出来，穿过草坪，回到了玛格丽塔号上。他们并没有注意到这艘航行中的白色小游艇和拖在它后面的大划艇。这种游艇在湖区很常见，要是乔治·欧顿或其他什么人告诉他们，汤姆和巴拉贝尔夫人还有那两个小孩驾驶着起绒草号出航了，他们也绝不会想到，在阿克莱桥下游潮水汹涌的河段能遇上他们。

“现在没事了。”桃乐茜说，这时起绒草号已经绕过了下一个河湾，而斯托克斯比也不在他们的视野里了。

“嗯，我们不能在这里停下过夜吧。”汤姆说着，回到了座舱井。

“好的，船长，”“司令”说，“不过我真希望我们不用太久就可以泡一些茶喝。”

“不知道他们是不是也要往这边走。”汤姆说，“噢，好吧，要是他们过来的话，我们会听到他们的动静。不过，要是正好赶上我们在雅茅斯过桥的时候，我可就没办法躲起来了。”

汤姆重新接过舵柄，驾驶起绒草号的兴奋之情很快就让他把那帮混蛋抛到脑后了。顺风又顺水，船好像也越跑越快了，潮水退去的时候，他几乎可以看见河道在收窄。这跟在阿克莱桥上游那段平静的河流里行驶的感觉完全不同。

“河湾外围的水最深。”汤姆低声自言自语，刚才他顺利地拐过一个弯，感到船身突然卡了一下，然后又向前猛地一冲，船底的龙骨撞进了泥滩。

迪克因为没有掌舵，所以很放松，他正盯着空中飞过的一群鸟——粉红色的脚，翅膀和尾巴上长有白斑。

“红脚鹬，是吧？”他问。

“不少呢。”汤姆说，“唉，潮水像这样退的话，要是我们被困住，就只能留在这里了。”

起绒草号和山雀号一千米一千米地驶过布尔河下游这段沉闷的河道。经过了一架架风车，还有零零落落的屋子，这些屋子都是以距雅茅斯多远来取名字的，有“九千米屋”、“八千米屋”，等等。潮水退得很快，河道两边的泥土越露越多。他们去雅茅斯会不会太快了？汤姆心里明白，很多船因为太快到达那里，一路顺流直下，在奔涌的潮水中无法停下来，最后就撞到了桥柱上。

烟囱和教堂的尖顶就在眼前。穿过斯格尔峡的时候，他们就已经看见了布雷顿湖。现在，他们的正前方出现了一排屋子。

“屋顶上移动的是什么?”迪克问。

那是三角形的棕色上桅帆。下一刻，他们就透过屋顶的空隙看到了主帆顶和后帆顶。

“是拖网渔船。”汤姆说。

“大海一定就在那排屋子的另一边了。”桃乐茜说。

“是的，”“司令”说，“那艘渔船肯定是沿着海岸在跑。”

现在，左岸有一堵低矮的水泥墙立在河上。

“可不要撞上那堵墙啊。”迪克说，他想起了上游那些毫无危险的芦苇丛和堤岸。

汤姆没有回应他。起绒草号正绕过一个弯，朝着雅茅斯和那边的桥驶去，汤姆从一路飞溅的泡沫就能看出到达低水位河段之前，还会有很多次退潮。“右岸的一根系船柱在下沉……”吉姆·伍德尔早就告诉过他要去找什么，他以前也和法兰先生还有双胞胎来过这里。汤姆焦急地张望，寻找矗立在河道里的结实木桩，这样他们把船系到木桩上之后就可以安全地等着了。在风力和潮水的共同作用下，起绒草号前进得非常快。

“太早了，”汤姆悄悄对“司令”说，“我们得调头逗留一会儿……如果我们能办到的话。我们现在跑得太快了，不一定能抓住系船柱。准备转向!”

起绒草号的座舱井里突然一阵慌乱。没人能料到会是这种情况，连迪克都察觉出了汤姆的担忧。他和桃乐茜开始胡乱摸索着寻找三角帆索。

“别，别，”汤姆说，“等它调头的时候再用力拉。”

起绒草号仍然被潮水裹挟着往下跑，船身一转过来就是逆风。

“主帆索！”汤姆说。

“司令”一把一把地使劲拉主帆索。起绒草号又开始航行了，不过是沿着来时的路往上游走。船沿着它的航线迅速行驶，不过汤姆并没有看着河水，而是盯着岸上的一只小树桩。它能做到吗？

“在往后退呢。”桃乐茜近乎惊恐地说。

“把主帆索再收紧点！”汤姆说。

尽管船头下方激流翻滚，船开始一点一点地向上游慢慢挪动。岸上的树桩开始和桅杆齐平，然后和握着舵柄的汤姆齐平，最后被甩在了船后。

“没问题了。”汤姆兴高采烈地说。只要一直刮这样的风，他们就很安全。

这时，一个人出现在岸上。

“需要带你们过雅茅斯吗？”那人说。

汤姆看了看他。

“就停在这里吧，我到船上去。”那人说。

然而汤姆并不是来这里观光的外地人，他是一名诺福克“黑鸭子”。他早就听说过雅茅斯的“救援队”，他们总是随时准备伸出“救援之手”，之后再做点“救援”工作。他知道雅茅斯公司发出过警示，提醒游客除了游艇站，不能向别的地方寻求帮助。“司令”还是小女孩的时候就听说过那些传闻，她到现在也没忘。她向汤姆使了个眼色。

“不用了，谢谢您！”汤姆说，“我们不着急。”

“你只要把缆绳扔给我就可以了，”那人说，“我很快就会帮你们停好船。”

“我们不介意等退潮了再起航。”汤姆说。

起绒草号一直在慢慢前行，那人就沿着水泥墙一步一步地跟着船走。

“这里的土有点松软，”那人说，“你朝我这边开过来就没事了。”

“那还是等到明年吧。”汤姆说。

那人伸出双手，仿佛在宣称自己失败了。不久，三个人从围墙后面跑出来跟他会合，他们坐下来开始打扑克，等待下一个更容易上当的受害者。

“他们那种人先把我们弄得一团糟，再来营救我们。”汤姆说。

“真正的救援人员，”桃乐茜说，“是太可贵了。”

“要是让他们上了船，”汤姆说，“我们就惨了。”

终于，潮水开始减弱，起绒草号从岸上的树桩和岩石旁经过的速度也变快了。

“现在可以了，”汤姆说，“准备转向！”

起绒草号再一次调头，很快就朝着桥的方向顺流直下。

“哎呀，”汤姆说，“抱歉。我之前就应该想到的。我们要把锚从缆绳上解下来。系船的时候那些锚会挡路的。”

“迪克，不要摔倒了。”桃乐茜大喊道。迪克又变成了水手，往前冲去。那是一项简单的任务，就是把绑着锚的缆绳的绳结解开，再把锚从锚柄上的圆环中穿过来。不一会儿，迪克手里拿着一只锚回来了。而桃乐茜正在用同样的方法解开尾锚。

“随便找个地方放下吧。”汤姆说。

“好了。”巴拉贝尔夫人一边轻声说一边盯着他们正在接近的一根系船柱。

“我去前面系缆绳，”汤姆说，“您可以来掌舵吗？我先把船身调转过来，然后您就慢慢开，我会牢牢抓住柱子的……”

起绒草号在水流中调了头。

“没问题，”汤姆说着向前跑去，“再靠近一点！”他大喊道。一根大大的系船柱就在他的上方，黑色木桩搭起来的框架，上面有一个平台。他一只手抓住平台，另一只手把缆绳绕到一只木桩上。他抓住了绳子的另一头。安全了。“嗨！当心。注意避让！”起绒草号左摇右摆地撞到了木桩上。“现在好了。”他绑好缆绳，放下帆桁。很快他就抱住三角帆，把它拉到甲板上，然后他从口袋里掏出一只轮箍，确保三角帆不会被吹开。现在，他们不慌不忙地降下了主帆，汤姆满脸喜悦地望着浑浊的河水从他们身旁奔流而下，下游的桥上有几个小男孩正冷眼旁观着这一幕。

“现在好了，”汤姆说，“我们只要把桅杆放下，等到水位降到最低点，就准备穿过去。”

“我们现在就放下桅杆吧，”“司令”说，“这样一退潮，我们就能出发了，等待的时间里，我们还可以喝口茶。”

“迪克，开始吧，”汤姆说，“就跟过阿克莱桥的时候一样。”

桅杆慢慢往下降，最后靠在帆桁旁，“司令”看着手表记下了降帆的时间：“九分钟。”

“升帆的时候总要快一点。”汤姆说着，用一根细绳把侧支索和升降索都绑在了桅杆上，这样一来，它们就不会在座舱井上晃来晃去了。

茶已经准备好了，全体船员都坐在座舱井里享用茶水，这时有人从岸上招呼他们。他们抬头看过去，只见一个小个子的白胡子老水手正站在岸上。

“要不要拖着你们过桥？”他说，“游艇站的人都知道我。”他又补充了一句，其实没必要，任何人都能立马看出他不是“救援队”中的一员。

“司令”看了看汤姆。

有那么一会儿，汤姆觉得如果请人拖船就不用再担惊受怕了。然后他又想起了“左舷”和“右舷”，他多希望能告诉她们，起绒草号是靠着自己穿过这片水域的。

“你觉得怎么好就怎么做吧。”“司令”说。

“不必了，谢谢您，”汤姆说，“我们打算等水流变缓了再看。”

“你们没问题的。”老人痛快地说，“潮水已经涨到布雷顿了[1]。但你们以后肯定还要返回的。到那时，如果你们需要拖船带着你们穿过雅茅斯，可以从里德姆或是圣奥拉夫打电话到游艇站，说你们想要陪伴号到布雷顿去接你们。他们会给我捎话的。”

“陪伴号。”巴拉贝尔夫人重复了一遍。

“拖船叫这个名字真的很可爱。”桃乐茜说。

“它确实是一艘人见人爱的拖船，”老人说，“它实际是艘摩托艇。不管潮水如何涨落，都能把你们送到目的地。当它说‘一起来吧’，潮水也

① 布尔河还在退潮的时候，耶尔河就已经开始涨潮。

得听它的。”

巴拉贝尔夫人在航行日志上记下了它的名字。

“等到潮水退了，你们就不会有危险了。”老人说，然后他就沿着堤岸离开了。

“现在我们就等着退潮，”汤姆说，“不过我知道只要不太早起航，就很容易通过。”

“好的，船长，”“司令”说，“到目前为止，我们都做得很棒。”

航行刚开始的时候，他们使劲地往前开，因为他们担心在赶到雅茅斯之前潮水会逆转。现在他们已经到了那里，可退潮似乎还停不下来。汤姆迫切地期盼能快点过去，感觉他们好像已经在那里等待一个礼拜了。这时迪克说：“河水停止冲向木桩了。”几乎与此同时，桃乐茜也说：“船也几乎不动了。”

“我们出发吧。”汤姆说。

“撑着船走吗？”迪克满怀希望地说。

“尽量不要，”“司令”说，“我们可不想有人在这里落水，就算他跟海豚一样擅长游泳也不行。”

“我要开着山雀号当拖船，”汤姆说，“就用那根长绳子。只剩一件事了，‘司令’，我们得把船停在布尔河口，那里所有的系船柱都在右手边，当我们从桥底经过的时候，必须保持靠右行驶。”他把山雀号拉过来，跳了上去，然后把那根还没用过的长拖绳的一头绑紧了，向前划去。

“抓紧船尾的拖绳。”汤姆说。他站在山雀号上解开了起绒草号船头的缆绳。水流还是把船身慢慢冲转了过来。

“松开船尾的拖绳!”那两个小家伙干得很不错,但是像这种情况,汤姆还是禁不住希望双胞胎在场。

“都松开了。”迪克说。

“都松开了……”“左舷”和“右舷”很少会像这样说话。不过汤姆明白迪克的意思。他不慌不忙、轻轻松松地划着桨,系船柱正在慢慢向后退。起绒草号被牵引绳拖动了一下,似乎有点不情愿,但很快就好多了。

“船走得还顺利吧?”汤姆问。

“非常好。”“司令”说。

“已经过了一座桥。”桃乐茜说。

高高的码头耸立在两岸,起绒草号快速向下游驶去,岸上有几座小屋子像是建在河泥上。空气中弥漫着一股可怕的死鱼味。房屋墙壁的环形螺栓上系着小渔船,屋子下面的泥地里也停着小渔船,有些小渔船上还晒着棕色渔网。很奇怪,一路过来到处都是荒凉的沼泽地,这会儿却听到了小城镇的喧闹声,还有轮船在港口相会时互相打招呼的鸣笛声。“司令”、迪克和桃乐茜看到离河边很近的一个后院里停着一艘帆船,船头有一尊人像雕塑,这尊上了油漆的雕像形体巨大,是一位老绅士的模样,他正越过晾在绳子上的衣物,望向远方,就像很久以前,他乘着自己的船向南航行,越过船头翻滚的浪花眺望远方蔚蓝的大海。

“他叫什么名字?”桃乐茜问。

“他叫什么名字?”巴拉贝尔夫人也大声重复了一遍。不过人们早已遗忘了这位老绅士和以他名字命名的这艘船,有个男孩趴在围墙上向下

船头的人像

看了他们一眼，告诉他们说他也不知道。

然而汤姆在山雀号上专注地划着桨，对这些事情都视而不见。看上去桥那边是一潭死水，可是越往前走，水流就越湍急。难道他终究还是犯了一早就有人警告过他的错误，尽管等了很久，起航还是太早？现在不可能回去了。要是从第三座桥底经过的时候能抓住系船柱，就万事大吉，因为那里是各条河流在雅茅斯港的交汇处。第二座桥过去了。第三座桥就在身后，一辆汽车从桥上呼啸而过。是时候了。一直靠右行驶。离河岸越来越近了，这时他开始犹豫是把山雀号上的系船绳还是拖绳绑到系船柱上。绑拖绳更好，如果他能办到的话。桥的影子投在他身上，他穿了过去。他又回头看了看，一艘轮船正从下游港口开出来，还有一艘大帆船停靠在左岸的码头。那边就是系船柱了，黑白相间，再过去就是绵延数千米的开阔河面，那座长长的白色铁路桥横跨在布雷顿河上，平旋桥已经打开，让轮船通过。“司令”、迪克和桃乐茜看到这一幕，欢快地驾着船往河中央驶去。

汤姆大喊道：“向右！把船向右靠！这边！”唉，如果双胞胎在就好了。

他拼命划过湍急的河水，往系船柱驶去。那边有一只木桩，只要他能够着，及时绑上拖绳就好了。他回头一看，木桩上固定着一块长满绿草的铁锭，是为了方便人们套缆绳的。但是起绒草号径直向下游漂去，他也无能为力了。

“这边！”他又大叫一声。他们总算明白了。起绒草号跟在他后面往系船柱方向靠近。拖绳慢慢松开。一下，又一下，汤姆抓住了湿滑的木桩。“讨厌，快过去！”他嘟囔着，把拖绳的一头往铁锭上绕。终于过去了。他把缆绳从山雀号的座板上解开，紧抓不放。随水流往下漂的起绒草号突然被拉紧，又松开，最后停下，开始打转。不一会儿，汤姆来到船头，把缆绳递给迪克系紧。他们安全了。

“好样的，汤姆。”当汤姆爬上船把小山雀号系在起绒草号的舷台上时，“司令”说道，“对不住了，我们开船开得不怎么样。”

“还不错啦，”汤姆说，“只有最后那段差了一点。我担心来不及抓住系船柱。不过现在没事了。迪克，过来，我们升起桅杆，准备起航吧。”

桅杆和三角帆都升了起来，汤姆、迪克和桃乐茜正在小心谨慎地装置主帆。汤姆想要它一路开到布雷顿都不会有问题。

“那人朝着我们大声嚷嚷。”桃乐茜说。

一位水手在码头那边的大帆船上友好地提醒他们：“啊嗬。快点起航吧。他们就要关闭桥了。”

“解开缆绳。”汤姆大喊。迪克解开拖绳，然后双手交替地拉，拖绳一点一点地从系船柱的铁锭上滑落。甲板上堆满了拖绳和升降索，不过也不要紧。

起绒草号出发了。

“拉紧了，”汤姆朝着“司令”高声叫道，“我们要抢风过桥了。”

“汤姆，最好还是你来掌舵。”

“迪克，你负责这些缆绳吧。船动起来之后，你就坐到舱顶上去。不过你还是尽量收拾一下。”汤姆跑到船尾，跳进了座舱井。

“司令”很开心让他接管舵柄。桃乐茜紧张地看着迪克，他正模仿“黑鸭子”们的样子在前甲板上忙着盘那堆缆绳。

“潮水会把我们送过去的，”汤姆说，“我们只要让船一直对着码头方向前进就可以了。等到我们过了桥，再拐个弯，就可以顺风开进布雷顿了。”

“桥上的人似乎有点着急。”“司令”说。高高的桥上有个人从信号小屋里探出身子，不停地挥手。

“准备转向！”汤姆大叫，“迪克，坐好，拉紧！”起绒草号几乎要到耶尔河的对岸了。现在船转向左舷，不过时间不长。“准备转向！”汤姆又大叫了一声。迪克坐在舱顶的末端，牢牢地抓住了桅杆。

“现在可以了。”汤姆说着，朝码头中间驶去。桥上的铁路工人俯身望着下面的这艘小船，而起绒草号的船员们则抬头望着头顶两边巨大的钢铁大梁。船帆在飘动。汤姆开着船迎风而上，期望潮水把他带过去。还有十米。五米。突然传来变换信号的叮当声，控制杆恢复了原位。他们刚好从桥底穿过，桥上的巨型转轨在他们身后缓缓合拢。不久，一列火车呼啸而过。

迪克收拾完前甲板，回到座舱井与其他人会合。威廉冲着火车大叫一通。汤姆挥起一只手，尽管他并不想那样做。“我们成功了，”他说，“不管怎样，我们穿过了雅茅斯。”

“大家都吃点巧克力吧，”“司令”说，“我们成功了，起绒草号平安无事。”

“真希望‘左舷’和‘右舷’也在这里啊。”桃乐茜说。

“他们就要结束比赛了吧。”“司令”说。

第十九章

加内特爵士号

双胞胎错过了起绒草号，但那又怎样呢？她们这会儿坐在河上最快的货船上，就算在前面几个地方追不上起绒草号，也能在斯托克斯比追上。她们特别开心，在最后一分钟，事情有了转机，而且不管怎样，她们还能有机会参与这次南方之行，她们可是为“司令”训练了那两名热心的船员。

当货船经过医生家时，她们看了看他家的窗户。“我们的宝宝”还没有被抱到花园里。她们只瞥见一个系着白色围裙的身影出现在楼上的房间里，但没人往外看。达钦医生家的鳊鱼风向标高高地挂在铺满棕色芦苇的屋顶上，仍旧欢快地朝西北方向飘舞。

“再也没有比这种风更好的了。”“右舷”说。

“对我们有利。”吉姆·伍德尔简短地应道。他还不能原谅老西蒙在岸上耽误了，害他这么晚出发。

双胞胎家只有楼上的窗户从柳梢后露了出来。不过在河边，低矮的船库顶棚下面，她们还是可以看到降了桅杆的闪电号，它就在那里等待着，并不知道它的船长和船员们已经抛弃了它。

“可怜的老闪电号。”“右舷”说，“嘿！麦金蒂在朝我们挥手。”

“她只是在抖抹布吧，”“左舷”说，“当然了，她不是朝我们挥手。要是她看到我们坐在货船上，肯定会发神经的。”

她们看到抹布不见了，大松了一口气。

“等我们回来的时候，她应该把整栋屋子大扫除了一遍。”

然后，吉姆·伍德尔问她们有关比赛的事情，她们跟他说了闪电号为什么退赛，还说了等法兰先生一回来，她们就要去跟比赛冠军一决高下。吉姆觉得白边点弄蝶号最有可能夺冠。“我倒想看看它和闪电号比个高低。”他说。接着，他们又聊起了甜菜，货船在一年中的某段时间里就一直忙着从诺里奇河把甜菜运到坎特雷，也会捎带其他的货物，比如谷物，只是现在谷物越来越少了；还比如平板房，水路运过来就已经是做好了的，只要搭起来就可以了，（“我就叫他们纸牌屋。”）还有建码头用的木板和打桩用的切割好的圆木。一路上，他们就这样聊个不停，每驶入一段新河道，“左舷”和“右舷”就会急切地张望，吉姆注意到之后笑了。

“汤姆比我们早出发很久。”

老西蒙在一旁默默地干活，他把缆绳仔细地盘在紧闭的舱口盖上。这会儿他走到船尾，钻进小船舱，出来时提着一桶土豆，还有一口装了半锅水的煮锅。

“最好去帮帮他，”吉姆说，“就当是你们的路费。”老西蒙坐在舱口盖上，把土豆桶夹在两腿之间，他打开一把大折刀，要递给“右舷”，他们都笑了起来。

不过她们都带着自己的小刀，尺寸也更合适，她们俩很快就开始干活，不过老西蒙已经削好了四只土豆，每人一只，他心想这两姐妹可能不太会做饭。

“你看看，贝丝小姐，”他说，“要是你把土豆皮削掉那么多，下锅的时候还能剩多少土豆呢？”

他们快到安特河口的时候，听见了玛格丽塔号的声音。它正逆着潮水往上游前进，而货船是顺风顺水地往下游跑。两艘船靠近的时候，玛格丽塔号突然调头拐进了弗利特大坝，昨天起绒草号也去过那里。

“可能是去南沃尔舍姆找他吧。”吉姆·伍德尔咧嘴笑着说。

加内特爵士号上的两个帮厨盯着他看。

“不过您是怎么知道的啊？”“右舷”说。

“很容易推断，”吉姆·伍德尔抽了一口烟斗说，“游艇上的那帮人已经说得够多了。在霍宁，拥有一艘黑色的平底船，并在船尾划船的男孩只有一个，那就是汤姆·达钦和他的老无畏号。那天他到罗克瑟姆的时候，什么都没有和我说，而我看到了他上方的那张通告。他走了之后，玛格丽塔号上的那帮家伙就过来四处打听一个开着帆船的男孩……肯定就是汤姆和他的山雀号了。你们两位小姐很清楚他们那天为什么没有抓到他。”说完，他又咧着嘴笑了。

“好了，吉姆，”“左舷”说，“除了乔治·欧顿，没人会告诉他们汤姆是开着帆船往上游走的。前天晚上，他们还来了波特海姆，我们认为乔治肯定告诉他们汤姆去了瑟恩河。”

“他们确实说过有人告诉他们那天汤姆会来罗克瑟姆。”

“不过我们不明白的是，”“右舷”说，“要是乔治想让他们抓住汤姆的话，为什么不直接让他们去找达钦医生呢？”

“很简单，”吉姆·伍德尔说，“在我看来，乔治既想让他们抓到小汤姆，又不希望自己牵扯进去。于是他就让他们去自己觉得很可能会碰到汤姆的地方。要是他们碰到了小汤姆，也认出了他，这怎么能怪乔治呢？但是如果那帮家伙直接去找医生要他的儿子，那他们是怎么知道一个只有一面之交的男孩的名字的呢？肯定是谁告诉了他们。这样一来，霍宁人就都知道谁是告密者了。”

“原来如此！”“左舷”说，“不知道他们今天有没有碰到开着起绒草号的汤姆。”

“他们肯定没抓到他，”吉姆·伍德尔说，“他们应该会到霍宁或是罗克瑟姆大闹一番。呃，西蒙，”他突然停下来，看着他那块又大又旧的手表说，“照目前的潮汐来看，我们到不了格勒斯顿了。过阿克莱桥的时候，他们都会笑话我们的。”

吉姆·伍德尔因为出发晚了，所以也像双胞胎一样着急，他开着加内特爵士号就像在参加比赛似的，不断调整它巨大的黑色船帆，一直在水流最急的水域航行。没过多久，他们就来到瑟恩河口，两条河流在那里交汇，和汤姆在起绒草号上遇到的问题一样，如果要驶向南边的阿克莱，他们就要转帆。随着主帆索铿锵地移动，巨大的黑色船帆呼啦地转起来，斜桁的钳口也发出嘎吱声。“左舷”和“右舷”驾驶闪电号参加过很多次比赛，所以看得出来她们的朋友驾驶着加内特爵士号是多么厉害。

“它真能跑呀。”“右舷”说。

“它只要想飞，就能飞起来。”吉姆说。

他们一直在寻找那艘白色小游艇和它后面拖着的那艘大得不相称的白色小划艇，然而还是不见它们的踪影。

这会儿，土豆都削好了，老西蒙下到船舱里去了。

他从吉姆身边经过的时候，吉姆半开玩笑半认真地朝他抬了抬下巴。

“我们也可以进去吗?”“左舷”问。

“最好进去吧。他会忘了放盐什么的，人老了，就变傻了。”

“您一看见那艘船就叫我们啊。”“右舷”说，然后她们下到船舱里去做饭，老西蒙正忙着生炉子。

刚进到昏暗的船舱里，感觉还挺舒适，不过也就那么一会儿。货船一般是重型船，在水里跑得很慢，加内特爵士号已经算很快了，双胞胎却希望它还能再快点，她们在心里默默给它加油。在下面，她们看不到上面发生了什么，也不再时刻想着在下一个河湾能看到起绒草号了，也许它已经停在某个地方，也许停下来吃完了饭又要起航。听着从上游开来的其他船只的底部激起的浪花声，吉姆欢快地说着“早上好”，另一个声音也回应他“你好”，这些也让人挺惬意的。她们坐在小船舱狭窄的床铺上，只能时不时看到一小片蓝天，或吉姆脚上的长筒靴，或他握着舵柄的粗糙的手，有时，还有几缕蓝色烟雾。

老西蒙收拾了一下他在霍宁带上船的东西。“左舷”和“右舷”坐在吉姆的床铺上，他自己也找地方坐了下来，身边放着一份《东方早新闻》、一包厚切片熏肉、一大块烟饼、两条面包、一包火柴和一瓶牛奶。两张床中间的地板上还放着一小袋土豆，刚才他已经拿出来了一些。西蒙把削好皮的土豆放在小炉子上，调了调炉子的风口，又添了些煤炭。吉姆弯下腰来，说他弄得到处都是烟，不过幸好他们的船帆也是黑色的。

“他会整天取笑我，”西蒙平静地说，“抱怨我错过了最好的时机起航。”

土豆按照老西蒙喜欢的方式一直在锅里煨着。“左舷”戳了戳，看有没有变软。“右舷”忙着用煎锅煎熏肉。老西蒙在储物柜后面翻来翻去，想找出一副备用刀叉，这时，他突然闻到一股香味弥漫了整个小船舱。

“嘿，”他说，“小姐，熏肉差不多了。”

“右舷”连忙端起锅，迅速翻动肉片，然后又把锅放到火上。

“小姑娘，我跟你说啊，”老人几乎是尖叫着说出来的，“没人喜欢吃脆得嘎嘣响的熏肉。”他从“右舷”手中接过锅，把煎得焦黄的肉片倒了出来。“煎到这样的一半熟就可以了，”他说，“现在看我怎么做，”他又扔了几片熏肉到锅里，“等到以后你们结婚了，你们的丈夫才会夸赞你们的厨艺。厚实、松软、多汁，这才是好吃的熏肉。”

“不过我们喜欢别的吃法。”“左舷”为自己的姐妹说话。

“但吉姆不喜欢。”老西蒙说。

的确如此，当吉姆让他的大副去掌舵、自己下到船舱来吃饭的时候，他差点把那些煎得太老的肉片扔到船外。“真浪费，”他说，“别吃了。我们还有好多。老西蒙今天心情不好。失恋了，一定是这样。要是在赶到‘九千米屋’之前没遇上逆潮，就算我们走运了。”

“那是我们煎的，”“右舷”说，“我们喜欢吃这样的。”

“好吧，”吉姆说，“那请你们多吃点。”

吉姆在船舱里还没吃完饭，老西蒙就叫他去甲板。加内特爵士号已经驶进阿克莱前面的最后一段河道，巨大的黑色船帆鼓满了风，一路向大桥飞奔而去。

“你们俩来掌舵能行吗？”吉姆说，“我要去给老西蒙搭把手。”

“左舷”和“右舷”清楚要发生什么事情了，只不过她们从没有乘着一艘货船飞速通过一座大桥。

“我们能行。”“右舷”说。接着又补充道：“他们肯定已经过桥了。”

“没看到他们呢。”吉姆说。

“他们可能已经过去了，停在桥下游的某个地方。”“左舷”说。

前方就是那座单跨桥了，横跨在河面上，加内特爵士号顺风顺水一路直下向它飞奔。

“再不降下桅杆就晚了。”“右舷”说。要在撞上桥之前放下桅杆似乎不可能了。然而，吉姆和西蒙一句话也没说，好像一点也不着急。绞车拉动升降索，发出一阵长长的咔嗒咔嗒声，大帆落了下来。此刻，大桥就在眼前了，双胞胎差点就尖叫起来，那根巨大的桅杆朝她们倾斜，越压越低。

“没事，小姑娘们。”吉姆·伍德尔说，他那只黝黑的手握住了舵柄。

“呃，睡过头了吧？”一个老头从桥上俯瞰着他们说，这时，加内特爵士号从桥下疾驰而过。

“他是说我们没赶上早潮。”吉姆说。

然后，吉姆让双胞胎继续掌舵。他们一过桥，就升起了桅杆。黑色的大帆渐渐鼓满了风。加内特爵士号再次起航，阿克莱大桥已经被甩在后面了。还是没有看到起绒草号的踪影。

“他一定是直接开到斯托克斯比去了。”“右舷”一边掌舵一边说，大家都吃完了饭，老西蒙还泡了一些浓茶。双胞胎已经吃了很多熏肉片和土豆，可吉姆又让她们吃了大块的芝士三明治，还非要看着她们俩吃下去不可。“我可不想让法兰先生说你们在我这里挨饿。”他说。

斯托克斯比的风车和屋顶已经出现在长满芦苇的堤岸上方，这比他们预料的要快。

“我们上岸去怎么样？”“右舷”说。

“左舷”下到船舱里，把毯子和背包递了出来，之前为了不挡路，她们把这些东西收拾进了船舱。

“这里面有没有易碎的东西？”吉姆问。

“没有。”

“很好，”吉姆说，“我们一会儿把它们扔到岸上去，你们往上跳就能轻松点。现在船还不能停。”

“可他们在哪儿？”“左舷”说，“汤姆说过他会尽量把船停到这边，就在风车旁。现在风势很好，但他不在这里。”

“有可能去斯托克斯比渡口了。”吉姆说。

加内特爵士号绕过斯托克斯比那个长长的河湾，经过了风车、农场、村庄、小旅馆，还有渡口。斯托克斯比已在他们身后，有一件事她们很清楚，没必要在斯托克斯比上岸了，因为起绒草号不在那里。

现在，双胞胎头一次意识到，没人知道她们在什么地方，除了她们自己和货船上的吉姆和老西蒙。麦金蒂和老爸以为她们登上了起绒草号，而起绒草号上的所有人都以为她们在霍宁。能顺路搭上这样一艘友好的货船，一路来到阿克莱，甚至斯托克斯比，确实是一件幸运的事，但是时间在流逝，她们离家越来越远，前路一片迷茫。要是“司令”改变想法，推迟往南走的行程，汤姆开着起绒草号沿着安特河去了巴顿和斯塔勒姆，或是又安排了别的行程，去了波特海姆，这可怎么办？有关玛格丽塔号的消息可能传到了汤姆那里，然后他不得不改变计划。

吉姆和西蒙也很为难。开货船的人最自豪的事就是他们能充分利用潮汐，如果提前或者推后一两个钟头，航行就没有任何意义了。顺着潮水行驶的货船遇到那些逆潮行驶的，总是会笑话他们，在前者看来，后者的开船技术就是不行。这会儿，加内特爵士号离开了斯托克斯比，再走十六千米就到雅茅斯了，而吉姆和西蒙都很清楚，就算他们提前一个小时出发，也未必能早点到达。吉姆一直盯着他的那块大手表，还有河两边绿色植被下露出的泥土。潮汐一旦改变，他们就得花更长的时间才能到达格勒斯顿。除此之外，吉姆觉得让法兰先生的这对双胞胎搭便船，可能有点仓促。“要是汤姆·达钦不知道她们会来，怎么可能停下来等她们呢？那孩子很好地抓住了早潮，可不像某个家伙那样傻里傻气地浪费掉机会，该死啊！”

加内特爵士号急匆匆地驶入布尔河下游那片荒凉的水域，船上的气氛也越来越沉闷。还没到“九千米屋”的时候，已经开始退潮了。到了伦海姆斯维姆，潮汐就转向了。他们遇到了两艘随着第一波潮汐过来的大帆船。从莫特比到斯格尔峡，还有艰难的路程在等着他们，吉姆和西蒙停止了交谈。到了斯格尔峡，双胞胎越过那片狭长地带和对岸的滩涂，看见一张白帆在布雷顿湖上移动，她们觉得那可能是起绒草号。她们已经意识到，汤姆要是从这条路往前走，那肯定会一路直下，去雅茅斯。河两边的泥土慢慢露了出来，货船在这条狭窄的航道中蜿蜒前行。像起绒草号那样的小船根本不可能在向风岸找个地方停下来休息。

这阵好风和黑色大帆使得加内特爵士号能够在河中稳步前进。但是船过了堤岸之后，速度就越来越慢，因为河水越来越急。雅茅斯的烟囱和一排排房屋就在眼前，他们能听到轮船从格勒斯顿开过来，而吉姆要等到再次涨潮的时候，才能把船开到那边去。加内特爵士号沿着河道缓缓地绕过大河湾。前方就是雅茅斯的第一座桥。眼前出现了很多小游艇，双胞胎又萌生出希望，可希望又再次落空。起绒草号不在那里。

“我们不能再往前了，”吉姆·伍德尔最后说道，他悄无声息地把加内特爵士号开到了停泊点，“我们就停在这里吧。”不一会儿，他和西蒙就开始忙着收起大帆。然后他站起身，擦了擦下巴，看着双胞胎满脸愁云的样子。

“可能游艇站的人把汤姆的船拖过去了。”“右舷”说。

“你们确定他是从这条路走的吗？”吉姆说。

“他们昨晚说好了要到斯托克斯比去的。”

“如果他走了这么远的话，肯定会在布雷顿遇上涨潮。”吉姆说，“你们不可能追上他了……如果可以的话，你们最好还是搭辆公交车回霍宁吧。”

要是她们俩就这样回家了，麦金蒂夫人会怎么说呢，还有达钦太太……搭着货船赶到雅茅斯，就为了找一艘不知行踪的游艇？

“我们必须找到他们。”“左舷”说。

“你们让我怎么跟法兰先生交代啊。”

就在这时，“左舷”看见老西蒙用手指着桥下游。一艘降下桅杆的游艇正驶过来，后头还拖着一艘小摩托艇，上面挂着红白相间的旗帜。

“你们说对了，”吉姆突然说，“要是小汤姆打这里经过的话，老鲍勃肯定见过他。来来往往的人，鲍勃没有不知道的。”

在潮水的帮助下，伴随着小引擎突突突的响声，陪伴号很快就从货船旁驶过。“左舷”和“右舷”看见一个身穿蓝色运动衫的老水手独自开着小拖船，时不时地回头张望，因为他拖着的那艘游艇开得不怎么样。站在游艇的舷台上，一只脚穿过桅杆上的侧支索和升降索去操纵舵柄，这需要多加练习才行。

“啊嗬！”“右舷”喊道，“您见没见过起绒草号？”

“嗨！”吉姆大喊道，“等一等，鲍勃。”

老水手完全听不到他们在说什么，因为他的摩托艇突突突地响着。不过他知道他们找他有事，所以他用手比画着，指指上游，又指指下游，说他先把船拖过去，然后会回来。

“老鲍勃肯定知道。”吉姆说。

“他肯定知道。”西蒙说。

加内特爵士号停下来等待的那几分钟，比起在河上赶路的那几个小时还要难熬。那时他们起码是在前进，可现在他们只能一动不动，没准就在这一刻，汤姆正在桥那边扬帆起航……如果他确实没有走别的道，也根本没往布尔河下游去的话。看到那艘游艇被越拖越远，而船上的人还在慢腾腾地系缆绳，然后依依不舍地和老水手告别，真是煎熬。有人拿出钱给他了。很好！他们开始升起游艇上的桅杆，不过摩托艇拖船还在一旁等着。他为什么不快点回来？他们还有什么好说的？然后，他们终于看到，伴随着船头两边激起的水花，拖船朝他们开过来了。

“呃？有什么事吗？”老水手没有停船，只是尽量放慢了速度。

“这是我们的朋友，”吉姆解释说，“想要找一艘小游艇，它叫起绒草号，从霍宁过来的汤姆·达钦在船上。你看到它经过这里没有？”

“船上都是小孩，还有一个老太太和一条狗？我见到他们了。水位下降的时候他们就过去了。他们没找人帮忙。最后见到他们的时候，他们正穿过布雷顿大桥。”

吉姆把身子俯得更低了。老人关掉了引擎。

“她们非要去找他们不可，”“左舷”听到吉姆说，“现在也不能把她们送回去。”

老人看了看那对双胞胎。

“跳上来吧，”他突然说，“我得去布雷顿拖一艘错过了涨潮的游艇。上来吧。要是起绒草号没走太远的话，我们还能追得上。放心吧。”

不一会儿，双胞胎就带着她们的背包和毯子登上了陪伴号。吉姆和西蒙祝她们俩好运，她们一个劲地感谢他们。老人再次发动引擎，他们又出发了，突突突，突突突，船迎着从桥下不断涌来的泥泞潮水向前驶去。

第二十章

风一直吹

起绒草号的座舱井里平静得出奇。风势很好，他们感觉到了布雷顿开阔的水面上，没有河堤的遮挡，风大了许多。不过大家都很开心，这一路的顺风帮了他们。让汤姆担忧了整整一个礼拜的事情也解决了。他们穿过了雅茅斯。大家都松了口气。过了布雷顿铁路桥，就好像是从风雨交加进入了晴空万里。他们又开始心无旁骛地观赏四周的景色。前方是宽阔的布雷顿湖，湖边是大片的滩涂。一根根巨大的木头杆子标识出航道，北侧的是黑色，南侧的是红色，每根杆子上几乎都停着一只海鸥，起绒草号一经过，它们就拍拍翅膀飞走了。越过滩涂，远方到处都是渔夫和捕禽者居住的黑色小船屋。前方很远的地方停泊着一艘汽轮，就是赶在他们前面过桥的那艘，烟囱里不停地冒出阵阵黑烟。一艘小摩托艇驶了过来，船头挂着一面红白相间的大旗帜，摩托艇后面还拖着一艘降下了桅杆的游艇。一位女士坐在游艇的舱顶，还有个人站在舵台上，身子斜靠在降下的桅杆上，一只脚在掌舵。但是起绒草号的船员们看的并不是他们。

“肯定是陪伴号。”桃乐茜说。

“我能看清楚。”迪克又拿出了他的望远镜。

“是我们的朋友。”“司令”说。

白胡子老水手正坐在他的小拖船的船尾，经过的时候朝他们挥了挥手。

不管怎样，再次见到他，大家都非常开心，因为他们已经靠自己穿过了雅茅斯大桥。

“去下游吗？”老水手朝他们喊道，不过陪伴号的引擎发出的噪声太大，他们很难听清他在说什么，只是愉快地挥手回应他。

巴拉贝尔夫人急切地四处张望，还拿出写生簿，用彩色粉笔做了一些粗略的笔记。自从建好跨河铁路桥后，她就没来过布雷顿了，她回忆起四十年前的布雷顿，古老的帆船大赛，装有船首斜桅的一艘艘小船绕着靠近雅茅斯港的浮标飞驰。而桃乐茜望着这片开阔的水域，眺望远方汽轮冒出的烟，感到自己身处大海。迪克握着双筒望远镜，忙着观察滩涂上的鸟儿，他看到涨潮的时候，苍鹭在浅滩上嬉戏，海鸥觉得这是它们的领地，就一个劲地驱赶苍鹭。汤姆也有空去想鸟的事了。甚至连威廉也发现大家不再忙得团团转了，于是从船舱里出来，爬到座位上，两只前爪趴在舱口围板上，向外看去。大家仿佛迎来了新的一天，而不是要结束这很早就开始的一天。

不仅仅是因为穿过雅茅斯大桥，他们才有了轻松愉悦的度假心情。

“要是那帮混蛋追上来的话，现在也应该过桥了。”汤姆说。

桃乐茜回头看了看。一艘船都没有看到。

“当然，明天他们也许会过来，”汤姆说，“管他们今天干什么去了。那些兔崽子跑起来是那么快。不过我们现在算是安全了。刚才我最担心的就是他们在我拖船的时候过来。”

“在我看来，”“司令”说，“我们也跑得非常快。”她用手遮住夕阳，眺望前方的河流，“船长，你觉得怎么办好？要停在哪里过夜？”

“我们一直往前开吧，”桃乐茜说，“我们可以轮流驾驶。”

“我们能走多远就走多远吧，”汤姆说，“只要风一直吹……波特海姆的那个人从希克林一路开到了……”话说到一半，他就下到船舱去找地图了。

“好吧，桃乐茜，”“司令”说，“你来掌舵吧。尽量保持在河中央行驶，不要太靠近红色的杆子。”

汤姆拿着地图又出来了，他瞥了瞥左边的那排红色杆子，又看了看右边那排延伸到远处的黑色杆子。一切顺利。他展开地图，用手指划过韦弗尼河。“我们到不了贝克尔斯那么远，”他将信将疑地说，“没人可以……要过圣奥拉夫大桥……又得把桅杆降下来……但我们已经做得很好了……两座旋转桥……我们可能会被从桥上经过的火车耽误……不过现在潮水对我们有利，风也一直在吹，还有很长一段时间才会天黑。”

“我们看看能跑到哪里吧。”巴拉贝尔夫人说。

“‘司令’，明天就能到贝克尔斯，”桃乐茜说，“对吧，汤姆？”

“就看风往哪边吹了。”汤姆说，“当心，桃乐茜，离红杆子远一点。如果可以的话，我们不要抢风航行的好。”

“嘿，”迪克突然大叫，“那不是琵鹭吗？那边，耸着肩的那只，还有一只，在溪流汇聚的泥土里找吃的？白色的，像是鹳。”

“应该是的，”汤姆说，“拿望远镜来看看。我以前也只见过一次。这要写进黑鸭子俱乐部的册子里。”

“还有航行日志。”“司令”说。

“那些是麻鹬，”迪克说，“对吧？要不就是杓鹬？要我说的话，我们为什么不停在这里过夜呢？”

“明天可能就没风了，”汤姆说，“而且起绒草号的表现很棒，停下来就可惜了。”

“不管怎样，”桃乐茜说，她盯着岸上的那排路标，河水打着旋从他们身旁流过，“我们应该先赶到一个地方，这样就能寄明信片给‘左舷’和‘右舷’，告诉她们我们到了什么地方。现在离路标够远了吧？”

起绒草号航行在布雷顿湖宽阔的航道上。湖两边越来越多的滩涂被上涨的潮水淹没了。苍鹭在齐膝深的湖堤旁阔步走着。其中一只还在一根红杆子上栖息了片刻，看到起绒草号靠近，尖叫着扑腾起长长的翅膀飞走了。海鸥一个劲地叫唤，紧张的青足鹬发出警告，麻鹬长时间地鸣啼，还有矶鹞在不安分地尖叫。

离开这片野生的净土确实有点可惜，不过，就像巴拉贝尔夫人说的那样，他们返航的途中还能再看到它们。这会儿航道开始向南转，汤姆可以松开主帆索了，湖岸越来越近，说明他们快到布雷顿上游湖口了。他们一路注意着红黑路标上的数字，已经接近四十了。右边是一长排涂了柏油的木杆。只见黑色木杆越来越多，一直延伸到诺里奇河（耶尔河）的入口那边。河那边有一家孤零零的旅馆，伯尼湾旅馆。眺望远方，还能看到汽船冒出的烟。

“我们要往哪边走？”桃乐茜握着舵柄问。

“去韦弗尼河上游，”汤姆说，“绕着红色杆子走。”

左边依旧是一片片泥滩，他们后方是一块凸起的坡地，巴拉贝尔夫人认出那是古罗马城堡要塞的遗址。但大家更感兴趣的是离他们更近的一样东西：一艘没有桅杆的帆船，停靠在分割两条河流的岬角边的泥滩上，它的整个船身被改造成了船屋的模样，船上贴着一张告示，上面写着“布雷顿领航员”，那个领航员正在甲板上来回走动，观察航道的变化，然后把深水区的位置告知过往的船只。他朝起绒草号挥舞胳膊，示意不要太靠近拐弯处。汤姆伸出手，准备去握舵柄，但又把手收了回来。桃乐茜明白了他的意思，把船开过去靠近船屋航行。

“那边有点堵塞。”领航员冲他们大喊道。

“谢谢。”汤姆大声回应他。

“晚上好。”领航员又说。

“快看，快看！”迪克说，自从在布雷顿看到那些鸟儿之后，他的心思就不在航行上了，“那边有张告示，‘游艇安全停泊点’，还有一个‘游艇维修点’。”

“但我们的船不用维修啊。”巴拉贝尔夫人说。

“我们还要再往前走几千米呢。”汤姆说。

“要是我们的船出了问题，可以到这里来修。”桃乐茜说。

“你们要去哪里呢？”领航员问道。

“贝克尔斯。”

“要是风向不变的话，潮水对你们很有利。”领航员说着，转过身，朝西北方向看去。

他们再次进入河道，在潮水和强风的驱动下，速度似乎比在布雷顿湖的时候快很多，其实是因为船离堤岸近，他们自然就觉得船跑得快。现在他们已进入高堤岸河段，上面长满芦苇，芦苇下有一些大的泥洞，潮水涨了，洞也被灌满了。

“反正不能停在这里。”汤姆说。

等他们赶到圣奥拉夫——河上建有一座铁桥的那个地方——的时候，他们都累坏了，却又没什么感觉。他们把船停在那里，放下桅杆，被拖船拖过了桥，然后又停下来，再次升起桅杆，继续往前航行，就像在梦中一样。

“那是另一条河吗？”刚刚离开圣奥拉夫，迪克就问。其他人回头一看，看到了另一座小桥，再过去也有条河。

“那是新卡特桥，”“司令”说，“建在两条河中间，这样人们从一条河去到另一条河就不必绕道布雷顿桥或圣奥拉夫桥了。那座桥是开着的。”

“为什么叫‘新’卡特桥呢？”迪克问。

“我猜桥建好的时候，人们就是这么叫的，那已经是一百年前的事了。”

此时，汤姆有点担心。他们正前方就是赫林弗利特旋转桥，也是一座铁路桥，车站旁的信号屋上飘着一面红旗，说明桥已经关上了，汤姆也亲眼看见了。是信号员没注意到白色帆船起绒草号从圣奥拉夫拐过来，还是即将有火车经过，所以只能关上桥？

“我想还是我来掌舵吧。”汤姆说，他四周张望，寻找停船的地方，以防要等待，接着他决定像在布尔河上做的那样，如果潮汐不是很猛的话，就调头往别的地方航行。撞到桥上可不行……桅杆就那么被毁掉……唉，要是不开桥了，那个信号员难道不能给他们发个信号吗？

“旗帜正往下降，”桃乐茜喊道，“那是什么意思？”

“桥要开了。”汤姆说着，庆幸自己没有犹豫不决。

起绒草号继续向前行，通过了开启的大桥。他们抬头看，只见信号屋里的信号员正在拉动控制杆。桥又慢慢合上了。那面红旗再次飘扬在高高的旗杆上。

“谢谢！”他们挥手喊着，上方的信号员把脑袋和肩膀伸出窗外，也朝他们挥挥手。

苏莫里顿的桥离赫林弗利特桥只有两千多米远。不过等他们赶到那里的时候，“司令”知道他们都累坏了。苏莫里顿渡口旁停了一艘小游艇，似乎准备在那里过夜，因为它已经支起了天篷。“司令”看着它说，要是桥关了，他们也可以停在那里，第二天再起航。

“噢，‘司令’！”桃乐茜说，迪克掌舵的时候，她就站在一旁，以防迪克看到苍鹭或一些别的鸟就开小差了，“噢，‘司令’！船跑得很顺利啊。”

说话间，桥慢慢打开了。

“我想我能把船开过去。”迪克说。

“好。”汤姆应道。

苏莫里顿也在他们身后远去了，现在似乎更没必要停下来了。

太阳已经落山，风也渐渐变小，可起绒草号仍然往前跑着，轻轻松松，顺顺利利，就好像不可能再停下来了。往前，再往前。天空洒满落日的余晖，河边的芦苇逐渐连成黑压压的一片。走着走着，他们都快分不清哪里是倒影、哪里是河堤了。万籁俱寂。风车在渐暗的天空的衬托下，看上去是白天的两倍高。他们凝视着前方，终于发现河流在前方一分为二。

停船过夜

“是奥尔顿堤。”汤姆小声说道。他掌舵已经有一段时间了。

拐进韦弗尼河之后，风势就开始减弱，几乎吹不动起绒草号的船帆了。最后风停了，帆桁往里转，主帆索也掉进了水里。

“你有手电筒吗？”汤姆说，“我的在山雀号上。”

迪克跑进船舱，很快拿着手电筒又出来了。

“您可以来开船吗，‘司令’？”汤姆急匆匆地跑到前头，站在那里，一手握着圆锚，一手打着手电在岸边寻找停船的地方。

“我们试试这个地方吧，”他说，“把船靠过来。它不动了？还开得动吗？”

起绒草号慢慢地朝岸边靠了过去。汤姆跳上岸的时候，发出砰的一声，然后是咯吱咯吱的闷响。他很快就固定好了锚，然后又跳回船上，这时起绒草号随着退潮的水流在缓缓打转。船尾的座舱井里传来三角帆落下时微弱的咔嗒声。主帆的帆顶也慢慢降下来了，升降索已经被夜晚的露水打湿，所以拉起来有点费劲。借着手电筒的光，他们收拾好了船帆，然后又给起绒草号和山雀号先后支起了天篷。

“好了，虽然算不上一天之内跑得最远的航行，”汤姆说，“不过真的跑了很长一段路啊。”

“似乎有点可惜，”“司令”说，“不过我想我们现在还不能去睡觉，得等我们吃完晚饭。”

第二十一章

陪伴号与欢迎号

那对双胞胎几乎要绝望了，当货船停在雅茅斯上游的时候，货船船长吉姆还劝她们最好打道回府。突然，老鲍勃和他的陪伴号又给了她们希望。坐上陪伴号这样的摩托艇，她们非常肯定很快就能追上起绒草号。

“这真是一艘了不起的小拖船，”“右舷”说，“了不起的拖船！”她见老人没有听到她的话，又大喊了一声。

老鲍勃舒舒服服地坐在船尾，胳膊搭在舵柄上，微笑着表示同意。

“它是很了不起，”他大声回应，“只要它说‘跟上’，那就得跟上，绝不会出错。它从布雷顿湖的淤泥里拖出来的船都有一百多艘了。”

“右舷”和老人都大声喊话才能让对方听见，这会儿老鲍勃可能是想炫耀一下，猛踩油门，船嗖的一下出去了。现在怎么喊也没用了。“左舷”和“右舷”往船尾看去，后面的浪花沿着码头飞溅，反正看上去和摩托艇的尾波不一样。她们感到很开心，因为她们真的是在水面上飞驰。看来追上起绒草号是不在话下了。她们坐下来享受这样的追逐。

老鲍勃也自得其乐。整个夏天，陪伴号总有很多活儿要干，不过现在是早春，旅游季还没到，河上只有不多的观光客，所以每一份活儿都不能错过，老鲍勃对今天很满意。在浅水区，他拖了三艘游艇过桥，现在多亏了游艇站给他捎的口信，他又要去接另一艘从圣奥拉夫开到韦弗尼河去的游艇。这就意味着，他要逆着潮水走一段远路把它拖回雅茅斯，报酬也会很可观。老鲍勃心满意足地驾着陪伴号穿行在雅茅斯这条狭窄的河道上，河两岸都是房舍，别人一看他的神情就知道，有一份活儿等着他去干。

陪伴号穿过第一座桥的时候，一辆货车刚好从他们的头顶慢慢驶过。游艇站公司的一个人朝着鲍勃挥手，鲍勃抬手回应了他。离第二座桥越来越近了，拖船一路发出突突突的声音，迎着潮水奋力前进。第二座桥也顺利通过了。他们看见一艘蓝色渔船上晒着棕褐色的渔网，男孩们趴在墙上往下望；一艘货船降下了桅杆，正疾驰而来，船尾喷出一阵阵烟，说明这艘船的底部装有一台引擎；两个男孩划着小划艇逆流而上；然后是连接阿克莱和诺里奇的马路的一座桥梁，再过去就是宽阔的水域，左边是雅茅斯码头，右边是黑白相间的巨大的系船柱，还有长长的布雷顿铁路桥、广阔的内海，起绒草号在他们之前经过了这里。

突然，鲍勃从外围的系船柱中间抄近路驶向布雷顿桥，速度似乎加到了以前的四倍。船上的引擎声并没有变化，在河里的航速也没有变快，只是现在不是逆着布尔河的潮水而是顺着布雷顿湖的潮水前行。似乎就在转眼间，他们过了桥，进入了布雷顿湖，他们迫不及待地搜寻前方，看有没有起绒草号的白帆。突突突，突突突……陪伴号已经开到了航道的中央，一边是红色的航标，一边是黑色的航标。没有见到一艘船。老鲍勃从座板下摸出一副望远镜，望向正前方。

“他们本来要去哪儿？”他对着“右舷”的耳朵喊道。

“贝克尔斯。”“右舷”喊回去。

老头向后看了一眼，似乎让自己离舵柄更近了。

“左舷”和“右舷”对视了一眼，她们彼此都知道对方心里在想什么，所以就不必喊出来了。她们原本确信一旦进入布雷顿湖，就能找到起绒草号。她们已经看到渐渐向左侧蜿蜒的那排信号柱了。波光粼粼的湖面上有一片低洼地，一座房子隐约可见，那一定就是诺里奇河上的伯尼湾了。起绒草号去哪里了呢？她们已经离开了吉姆·伍德尔，他还认识她们，也认得老爸。现在，她们在雅茅斯的另一边，在陌生的水域里，这里谁也不认识她们。老人会让她们搭船走多远呢？而且，要是她们找不到起绒草号，该怎么办？很快就要天黑了，现在就算是坐公交车，也回不了霍宁了。

她们回头看了看，什么都没有看见，除了一艘泰晤士驳船，上桅帆拌在主帆上，正从海上驶向布雷顿。

“是去往诺里奇的，”鲍勃往后瞥了一眼，大声说道，“或许是贝克尔斯……从科恩到贝克尔斯……从马耳他到伦敦……科恩。”他怕“右舷”听不清，就对着她的耳朵大喊，“右舷”使劲点头，就怕他再对着她大喊大叫。

他们来到布雷顿湖上游湖口，那里有一排长长的黑木桩围起来的墙，里面是里德姆湿地。他们也经过了分割诺里奇河与韦弗尼河的那个岬角。前方，布雷顿湖领航员的那艘白色的老船屋就停在岸边。

“他一定见过他们。”老鲍勃大声喊道，声音比引擎的突突声还要高。他往前靠过去，关掉了引擎。陪伴号立刻安静下来。

领航员双手插在口袋里，在船屋的甲板上来回走动，当他看到老鲍勃想要对他说点什么的时候，便停下了脚步，站在栏杆旁等着他们。

“晚上好，鲍勃。”他说。

“晚上好，”老人说，“你有没有见过一艘小游艇，上面有几个小孩，还有一条狗和一个老太太？”

“是起绒草号吗？”领航员说，“他们现在估计已经过了圣奥拉夫，他们是往那边走的，说是要去贝克尔斯。”

“我有两位贵客错过了那艘船。”老鲍勃说，接着又突然问，“那边的船是不是搁浅了啊？”

有那么一会儿，“左舷”和“右舷”心中又充满了希望，不过领航员说：“是的。对它来说，潮水太猛了。它困在那里有二十分钟了吧，就是动不了。”

“交给我吧。”鲍勃说着，发动引擎，开着陪伴号驶向那艘船。

“那我们怎么办啊？”“右舷”大声说。

“我估计我们赶不上他们了，”老人大声回道，“走得太远了。我还得拖船……你们还是算了吧，和我一起回雅茅斯……要是没有公交车的话，我想我家老婆子会……”鲍勃看了一眼“右舷”的脸，立马打住了。他向后看了看开往布雷顿的泰晤士驳船，又越过湖堤，朝前看了看湖上游的白色三角帆。“我要拖的船可能还没有看到我。”他咧着嘴笑了，调转船头沿原路返回。

“他该不会现在就把我们送回雅茅斯吧？”“左舷”说。不过没人听清她说的话。

返回的途中，他们又经过了两条河的交汇处，在湖口的里德姆湿地，他们碰到了驳船，那船开得飞快，船头下方激起了朵朵水花。只见一个大个子老人站在船舵前，一位女士紧靠在他身旁，正忙着织毛衣，还有一个男人坐在舱顶上吹口琴。他们看见他的手在嘴边来回移动，但除了老鲍勃的引擎发出的突突声，什么也听不见。两艘船相遇后，老鲍勃就转过船身，开到驳船旁，然后他关掉引擎，让陪伴号慢下来，跟驳船的速度保持一致。

“罗切斯特欢迎号。”“右舷”读着救生圈上的字。

引擎不再发出噪声，他们能听到驳船呼呼地在水面穿行，甲板和齿轮也一个劲地嘎吱嘎吱响。欢迎号的老船长把船舵交给大副，来到船舷边。

“你好啊，鲍勃。”他说。

“你好啊，杰克。是去贝克尔斯吗？”

“是贝克尔斯磨坊。”船长大声说道。

“这是我的朋友，”老鲍勃说，“要赶到前面的一艘船上去。你能不能捎上她们？”

欢迎号上的人迟疑了片刻，满脸疑惑地朝下看了看拖船上的两个小姑娘，还没等他开口，织毛衣的那位女士就站到了他身旁。

“还犹豫什么啊，杰克？”她说，“当然没问题，欢迎欢迎。”

“不过……”“左舷”只说了开头。

老鲍勃把拖船朝驳船靠过去。两艘船碰到了一起，中间只隔着拖船上的防护垫。

“你能上去吗？”鲍勃大声说道。

“把手给我，小姑娘。”

“上来了。好，下一个……”

小拖船和驳船都在水面上飞速前进。没时间多想了。一双强有力的胳膊把她们往上拉。就这样，双胞胎姐妹莫名其妙地登上了驳船。紧接着，背包和毯子也被扔到了船上。老鲍勃的引擎又咆哮了起来，他调转船身，朝上游驶去。

“哎呀，”“左舷”说，“我们还没来得及谢谢他呢。”

在扬帆前进的驳船上，大家都很安静。那位女士跟她们说着话，不是大喊大叫，所以在双胞胎听来，那声音有点怪，因为陪伴号上的突突声还在她们的耳朵里跳动。

“他要去哪儿？那么着急往上游赶！如果他是往那个方向走，为什么不带上你们呢？”

“他要去那里拖一艘船。”“右舷”说着，用手指了指还在原地的白色三角帆。

“他们会很高兴见到他的，”船长说，“要是他们想穿过这波潮汐的话。你们的船要去哪儿呢？”

“去贝克尔斯，”“右舷”说，“它应该就在前面不远的地方了。不过你们要往哪条路走？”她赶紧问道，因为看到船驶入耶尔河，而不是向左拐进韦弗尼河。

“我们要去里德姆，然后过新卡特桥，”船长说，“最终都是到同一个地方。”

“要是他们把船停在圣奥拉夫或别的地方，那可怎么办啊？”

“如果要去贝克尔斯，他们就不会停下来，”船长说，“除非不得不停下。”

好吧，木已成舟。鲍勃和陪伴号已经不见踪影，驶入了另一条河。

搭便船

无论如何，现在总比回雅茅斯强吧。

“喝点茶，怎么样？”织毛衣的那位女士突然插话问道，“我刚才正要给我的丈夫准备茶水，他是惠特尔先生，我是惠特尔太太。我们的大副是霍金斯先生。”

“我们姓法兰，”“右舷”说，“我叫内尔，她叫贝丝。”

“好了，现在我们认识了，”惠特尔太太说，“水应该快烧开了，你们能跟我来吗？我走前面，我熟悉这里。小心最底下的台阶。”

从陡峭的舷梯下来的那一刻，双胞胎什么都看不清。渐渐地，她们的眼睛开始适应甲板下的微弱光线。惠特尔太太在煤油炉前，俯下身子把火调大，火苗就从水壶下蹿了出来。“做饭的炉子在前面，”她说，“不过在这里用煤油炉更方便。那边？那边是机舱，杰克的宝贝。那东西装在里头，不仅占据了空间，还挡住了大部分光线。‘杰克的宝贝’，我就这么叫它。你们都不会相信他擦拭引擎和给引擎上油花了多长时间。用它？不，不。杰克开了一辈子船，他很骄傲不用汽油，除非迫不得已。不过他还是要擦一擦，上上油，早上、中午、晚上都不落下。”

“我们可以看看吗？”“右舷”说。

“他会让你们看的。”惠特尔太太说，“他们装那个东西的时候，我就在这个地方弄了堵隔离墙（不是真正的舱壁），这样就闻不到引擎的味道了，我受不了那股味道。不过你们应该还是能看出原来舱房的样子。东西都在里面，我们还用那张空床铺来放杂物。现在有点挤，不过很温暖舒适。”

惠特尔太太打开一扇门，让她们瞧了瞧船尾那间堆得满满的小卧舱。

里面有两张床铺，还有一张铺着花边台布的小桌子，台布用铜色的图钉固定着。墙上挂着一只时钟和一只气压计，还有一幅照片，镶在蓝色天鹅绒的相框里，照片上是一个年轻水手，额头上覆盖着厚厚的鬈发。“那是我们的儿子小杰克，”惠特尔太太说，“他在铁公爵号上。”

惠特尔太太从这个卧舱的柜子里拿出一块红白格子台布。她把它铺在了桌子上，这张桌子不用的时候就折起来靠在船舱的墙上。桌子打开后，大家就可以挤着围坐在固定的矮长凳上。

“我喜欢美好的东西。”惠特尔太太说，很明显，她非常喜欢和这对双胞胎聊天，“对驳船上的女人来说，这不是她们要的生活。什么东西都是脏乎乎的，连门阶都很难打扫干净。他们又不会让你去甲板上干活。什么都得按照他们说的去做，不管有没有更好的做法。不过这里是我说了算。”她倒了一大杯茶，上了两级梯子，伸出手把杯子放到了甲板上。

“杰克，”她说，“你把这个给霍克，一会儿让他掌舵，你下来喝点茶。”

不久，舱室升降口的光线被人挡住了，是船长下来了。

“你们两个姑娘到这边来，”惠特尔太太说，“双胞胎，对吧？你们和我见过的双胞胎不太一样。他们中的一些长得一模一样，得给他们穿不一样的衣服才能分清谁是谁。”

双胞胎挤着坐到了长凳上。惠特尔先生脱掉小礼帽，绕过桌角坐了下来，用手指捻了捻胡须。惠特尔太太坐在水壶和煤油炉旁，好看着它们。双胞胎吃起了面包和草莓酱，喝着茶，听着河水从船板另一边流过，霍金斯先生转舵的时候，头顶上还传来船舵齿轮发出的短促的叮当声，欢迎号继续朝着河的上游航行。

“对了，你们是怎么错过那艘船的啊？”惠特尔先生问。

“噢，你们都赶了一天的路了。”惠特尔太太说，她们说一大早她们发现起绒草号从码头出发了，后来吉姆·伍德尔让她们搭船来到雅茅斯，之后老鲍勃的陪伴号又捎上她们到了布雷顿。

“幸好他认识你们。”“右舷”说。

“他不认识。”船长说。

“不过他叫您杰克啊。”

“他们管所有水手都叫杰克。”

“可您叫他鲍勃。”“左舷”说。

“他真的叫鲍勃吗？我不知道。我不过随口叫叫的。”

“那你们为什么要带上我们俩呢？”“右舷”问。

“你们人太好了。”“左舷”说。

“为什么不带你们呢？”惠特尔先生说，“老太婆一个人在船上很无聊的。”

“快到卡特了。”霍金斯在甲板上大喊道。

船长喝完了杯子里的最后一点茶，迅速爬上了梯子。

“我猜那个巴拉贝尔夫人，”惠特尔太太说，“是你们的姑妈吧？”

“噢，不是的。”

“是汤姆的姑妈？”

“她跟我们没有亲戚关系。”

“你们不是说，除了汤姆，还有两个小孩跟着她吗？”

姐妹俩又争先恐后地说了起来，你一言我一语，解释了“司令”怎么把他们聚到了一起。

突然，头顶传来一阵震耳欲聋的噪声，咯吱作响的船板、拍来拍去的厚帆布，还有叮叮当当的齿轮。船突然一震，船身就跟着摇晃起来，斜撑帆杆打了个转，主帆再次鼓满了风。甲板上传来急促的脚步声。

“出什么事了？”“右舷”说。

“我们能上去看看吗？”“左舷”说。

“他们一会儿就会没事的。”惠特尔太太说。

过了一会儿，船上就真的安静下来了，双胞胎爬上了甲板。欢迎号已经离开了耶尔河，调头进入新卡特。船长手握船舵，凝视着前方，船正行驶在高高的堤岸中间，那堤岸一直延伸到远方——那里有一座桥横跨在河上。远远望去，那座桥很小，就算桥开着，也很难相信这艘驳船能从桥下穿过。

“你们以前走过这条路吗？”“右舷”问，她不太愿意说他们也许通不过那座桥。

“很多次了，”霍金斯说，“没什么好担心的。只要那些懒家伙在班上，把桥打开就行了。”

沿着那条笔直的狭窄河道，他们继续航行着，两岸之间几乎容不下驳船，连船激起的浪花都冲到河两边的木桩上了。过了桥，他们就将再次进入韦弗尼河，双胞胎在努力搜寻起绒草号的身影。

他们离桥很近了，可还没有开桥的迹象。双胞胎盯着惠特尔先生，看上去他满脸轻松，尽管大船正沿着狭窄的卡特河疾驰而下，根本没地方调转船身。

“给你，霍克，”惠特尔先生说着，把一只手伸进裤子口袋，“这是放进捕蝶网的钱。”

就在他说话的时候，桥分成了两截，分别竖向半空。两个男人出来了，其中一个手里握着一根长竿，竿子的一头吊着一只小袋子。霍金斯先生往船舷走去。驳船从桥下穿过的时候，那人放下竿子，霍金斯伸手够到袋子，扔进去两先令。

“不用找零了，”他说，“正好。”他说完，转身冲双胞胎咧嘴笑了。

驳船过了桥。

“也许他们并没有走远。”“右舷”对惠特尔先生说。

在新卡特河汇入韦弗尼河处有一块地，一个穿着蓝色运动衫和长筒靴的男人正在挖土豆。惠特尔先生朝那人大声喊话。

“嘿，伙计，你有没有看见一艘白色小游艇，后面还拖了艘白色小船？好几个小孩在船上。”

“半小时前他们经过了这里。说是从霍宁来的。他们一直往前赶路，想看天黑前能去到哪里。”

半小时前。就半个小时。在双胞胎看来，她们总算联系上了起绒草号。天也要黑了。“司令”应该很快就会停下来过夜。现在随时都可能看到起绒草号停在岸边，船尾拖着山雀号，汤姆、迪克还有桃乐茜忙着支天篷。

双胞胎去了船头，站在那里，四处眺望。惠特尔和霍金斯也前来帮助她们。

“这是我们坐过的最好的船。”“右舷”对霍金斯先生说。

“没有什么船能比得上它，”霍金斯说，“它开起来很顺手。到了伦敦河你们就知道了。”

“这船还经常跑国外，”惠特尔太太说，“在海上走一晚之后，从升降口出来，就到了一个国外港口，大家说的都是荷兰语，那种感觉真的很奇妙。”

不过此刻双胞胎想得更多的是起绒草号，而不是欢迎号。她们很清楚，天黑前领先的半小时要追回来可能要花很长一段时间。

赫林弗利特河上的铁路桥已经关闭了，一面红旗挂到了信号屋上，但红旗开始慢慢降下来，不一会儿，桥慢慢打开了。欢迎号正好过去了。

到了苏莫里顿，也是一样的情况。他们一分钟也没有耽误。

“他们不可能再走很远了。”“右舷”说。

“那边不是船帆吗？”“左舷”说，“越过那片芦苇丛，就看到了。”

“我看不清楚呢。”“右舷”说。

“他们见到你们的话肯定会很高兴。”惠特尔太太说。“天太黑，织不了毛衣了，”她又说，“而且天也凉了。”

接着，风突然停了。之前风势就慢慢变小了，现在完全停了。后方是一片明镜般的河水，倒映着一架风车。船长注意到一些旧的停泊桩竖立在芦苇丛上方。

“桅帆，霍克！前桅帆！卷帆索！”

前桅帆像被施了魔法一样，很快就降了下来，其他船帆靠在桅杆上往后缩，只剩下巨大的斜撑帆杆立在半空。

“一潭死水，”船长说，“潮水转向了。”

欢迎号几乎没有向前走，离芦苇丛越来越近。

“就不能让我们轻松点啊。”

船长很快放开船舵，和霍金斯先生一起忙着拉动嘎吱作响的缆绳，停好了欢迎号，准备过夜。

“他们不会停在这里吧？”“右舷”绝望地说。

“风停了，”惠特尔太太说，“天也黑了。”

“他为什么不用引擎啊？”“左舷”提议说。

“那不是他的风格，”惠特尔太太说，“明天我们能赶到贝克尔斯，你们不会看到他浪费汽油的。”

“还往前跑干什么？”船长说，“天也要黑了。我们停在这里就很好。明天我们在他们之前就能赶到贝克尔斯。”

“那汤姆还有起绒草号怎么办呢？”“右舷”说。

“他又不知道你们来了，”惠特尔先生说，“所以他不会担心。明天我们一大早就动身，到时非吓坏他不可。”

“杰克说得很对，”惠特尔太太说，“现在，我们弄条美味的鲱鱼当晚饭吧，你们觉得怎么样？然后我就让你们俩舒舒服服地睡到那张空床上去。我很快就能收拾好上面杂乱的东西。”

“你们也不会希望我们继续往前跑的，因为会在黑夜里和他们擦肩而过，或是直接撞上他们。”霍金斯先生安慰她们说，“不管怎样，我们明天就都能到贝克尔斯了。”他从口袋里掏出口琴，吹了一两段《洛蒙德湖美丽的河岸》，“去贝克尔斯一路都很平坦，没有高低起伏，”他说，“所以你们不可能错过他们的。”

夜幕降临在这片沼泽地和这段河流上。罗切斯特的欢迎号在前支索上挂起一盏灯，尽管这里是内陆河道，但它没有忘记自己是一艘海船。船的横梁上也挂了一盏灯，大家坐在灯光下，享用着新鲜的鲱鱼、面包和黄油。他们聊起了伦敦河和罗切斯特大桥，还说到了鹿特丹和其他的外国港口。霍金斯先生接受了惠特尔太太的邀请，又掏出口琴，为他们吹了一首曲子。

后来，惠特尔先生因为打哈欠被太太说了几句。霍金斯先生用他黝黑的大手捂着嘴巴，跟大家说了晚安，然后爬上梯子，摸黑回到船前部的铺位去了。“左舷”和“右舷”也爬上了梯子，在甲板上来回晃荡，是惠特尔太太要她们去甲板的，因为她要把那张空床铺收拾出来。她们下来的时候，惠特尔先生已经不见了，一阵阵鼾声穿过隔板传了过来。

“早上五点就起来了，”惠特尔太太说，“对他来说，今天真是漫长的一天啊。你们别介意他的呼噜声。”

“我们不会。”“右舷”说。

“我们喜欢听呼噜声。”“左舷”说。

“不管怎样，你们不会感到孤单的，”惠特尔太太说，“好了，大家都休息吧，晚安。”说完，她就调暗了灯光，走进了那间小舱房。

双胞胎很快爬到床上，钻进毯子里。四周除了船长安逸的呼噜声，一片寂静。不一会儿，惠特尔太太也打起了呼噜，调子稍有不同。

“嘿，想想看，”就在入睡前，“右舷”说道，“要是麦金蒂知道这一切的话，她会说什么呢？”

“她会说，等会儿吃晚饭也不迟。”“左舷”嘟囔着说。

第二十二章

重返故里

威廉一大早就把起绒草号上的人都吵醒了。它用自己的专属跳板上了岸，然后碰到了一条猎狗。它没有逃跑，而是等到安全返回船上之后才开始大叫，这之后，就没人能睡得安稳了。汤姆心里还在想着他的航行记录，突然就在山雀号上大叫出来，说什么风正好，潮水也涨上来了。他们在黄昏时正好把船停到了一座古老的小教堂旁，教堂的塔楼建有台阶，就像一座金字塔。“是圣彼得小镇。”“司令”说。她等迪克和桃乐茜一穿好衣服，就叫他们沿着岸边去附近的韦弗尼河旅馆取早饭的牛奶。他们回来的时候，汤姆已经把两艘船上的天篷收起来了。匆匆吃完早饭，他们又出发了。岸上的树有点碍事，不过他们还是让迪克来撑船，他这次至少看上去不会掉进水里。老早就能看到贝克尔斯教堂的塔尖了，桃乐茜一直期待着“司令”说几句值得纪念的话。

就像什么“终于回来了，终于回来了。夕阳的余晖照着故乡，故乡就在眼前。背井离乡的人，拄着拐杖蹒跚前行。塔楼、房屋，还有那魂牵梦萦的树，在模糊的泪眼中瞬间消失了。”桃乐茜觉得重返故土的人就应该是这样。她对“魂牵梦萦”很满意，这个说法比“记忆犹新”要好，而且它们表达的也不是同一个意思。当然，事实上，这会儿天要亮了，而不是天黑，重返故土的是巴拉贝尔夫人，而不是上了年纪的老人。不过对桃乐茜来说，最重要的是抒发那种强烈的情感。不过“司令”似乎完全没意识到她终于回到故乡了。她忙着在写生簿上画那些树呢。“春天里，”她念叨道，“才有机会看到树的筋骨。”

一直过了阿尔德比旋转桥，她才放下了手中的写生簿，开始像个背井离乡多年终于返回故土的人应该做的那样感叹几句。河边有一座小山，山上到处都是美丽的古树，还有一片片茂密的灌木丛，陡峭的斜坡上也长满了绿油油的草。

“那是草帽山，”她说，“小时候我们常去那里野餐，夏日的午后从贝克尔斯过去也不远。我弟弟理查德还在那个地方抓到过一条草蛇，他因为这条蛇还挨了打，因为他把蛇带去了学校，上课的时候，那条蛇溜了出去。”

“他拿什么东西喂蛇啊？”迪克问。

“我想是青蛙吧。”巴拉贝尔夫人说。

“因为这个挨打，他应该不会放在心上的。”桃乐茜说。

贝克尔斯就在眼前了。他们路过停在岸边的一艘艘船屋，那里的烟囱不停地往外冒烟。一个年轻人开着和闪电号一样的小赛艇向下游驶去，这让他们不由得想起双胞胎和她们的老爸，不知道他们有没有赢得第一场比赛。然后，他们慢慢绕过河湾，看到了贝克尔斯高耸的风车、公共码头，还有仍停在岸边过冬的船只、一座公路桥和公路桥那边的铁路桥。桥下河道蜿蜒，一幢幢屋子几乎是立在水中，墙边都拴着划艇，一群白鸭子就从这家的后门游到下一家的后门。

“理查德弟弟说得很对，”“司令”说，“以这样的方式重游故乡是最好的。”

很快，他们朝码头靠过去。迪克跳上了岸，汤姆转身对着“司令”

咧开嘴笑了笑。

“我们终于到了贝克尔斯，”他说，“现在出发去奥尔顿吧。到时，我们在返航前还有时间去一下诺里奇。”

“噢，汤姆，”桃乐茜说，“这可是我们‘司令’的故乡呀。她不想这么快就又出发吧。”

“我想先去买点东西。”“司令”说。

“我们得给双胞胎寄明信片，”汤姆说，“就想告诉她们起绒草号跑到哪里了。”

船帆被降了下来。起绒草号船头正对着岸边停靠下来。汤姆仔细检查了船只，觉得一切都没问题，他们五个人才离开起绒草号前往镇上。

“那艘大船是什么船？”迪克看着草地那边有一面棕色的上桅帆在树林上方移动，就开口问道。

“泰晤士的驳船，”汤姆说，“你可以看到船的斜杆。照它目前的速度，等我们回来的时候，它就能开到这里了。”

“我恐怕会认不出这个小地方了。”巴拉贝尔夫人说。桃乐茜满怀期望地看着老太太，想听她讲讲浪漫的往事，可当她继续往下说的时候，桃乐茜的希望就破灭了。“最好把两只购物篮都带上，桃乐茜。要是你妈妈知道我给你们吃这样的东西，不知道她会说什么。我们得买些新鲜的蔬菜，不要罐头食品了。以前那家肉店的老板叫汉格，不过可能早已经过世了。要是我们能买到排骨的话，做个煎排骨怎么样？”

他们最后看了一眼起绒草号还有远处的驳船，就离开了码头，沿着长街朝镇上走去，这时，桃乐茜又开始浮想联翩。她心想，尽管“司令”

在贝克尔斯购物

这个久未还乡的人显得有些漫不经心，但他们开着船跑了这么远，也是不小的成就。他们走在街上东瞧瞧西看看，像是来到陌生国度的游客。“司令”似乎真的大部分时间想的是排骨，但她还是不停地四处张望，过去的点点滴滴不断涌上心头。她还记得那条位于两座屋子间的小巷，小时候她和弟弟理查德就经常从那边溜到河里去，桃乐茜听到之后很兴奋。在街上，他们顺着那两座屋子之间的小巷就能直接看到河水，河边的台阶上还系着一艘小船，据“司令”说，那很可能就是他们小时候用来学习划船的小船。

他们找到了邮局，一辆邮车正在外面等着，汤姆见了很开心，因为他们能赶上早班邮车把明信片寄走了。他们给双胞胎、达钦太太和死神与荣耀号上的三个小“黑鸭子”寄了一些贝克尔斯风景的明信片。“昨天晚上到达圣彼得小镇。今天上午八点四十五分来到贝克尔斯。”汤姆在寄给双胞胎的明信片上自豪地写道。“真希望你们也在这里。”他发现明信片上还有空白的地方，就又加了一句。

“我要给理查德弟弟寄张明信片。”“司令”说。

桃乐茜为她选了一张，上面是那条河沿着老房子缓缓流过的风景。

“把我们出发和到达的时间告诉他。”汤姆说，他想起了理查德之前寄来的信里曾警告“司令”不要跟一帮小孩航行去南方。“司令”在兰沃思念出那一段信的事情似乎已经过去很久了。

“司令”写好明信片之后，递给汤姆看了看她写的内容。“昨天从霍宁出发，今天抵达贝克尔斯。请查看一下邮戳。船平安无事。”

他们亲眼看到他们的明信片被盖上邮戳，扔进了一只邮袋，送上了那辆邮车。“很好，”邮车开走的时候，汤姆说，“他们今天下午就能收到了。”

从邮局出来后，他们去了一家店，招牌就挂在人行道上：“老牌蛋糕店”。

“哎呀，”“司令”说，“以前来这里买小圆面包的时候，上面还没有写上‘老牌’，不过我敢说，他家的小圆面包不会因为‘老牌’就不好吃了。”

他们在店里买了一大块水果蛋糕和一些小圆面包。接着，他们找到了一家肉店，买了一些排骨，卖肉的说那些是上等的好排骨，他自己早饭还吃了一块。他们还买了洋葱和花菜，又到水果店里买了些橙子。桃乐茜想去看看“司令”出生的房子，不过遗憾的是，房子很久之前就被拆掉了，昔日的花园上建起了一家装有巨大平板玻璃窗的崭新大商店。巴拉贝尔夫人走了进去，在商店里买了支 2B 铅笔，桃乐茜觉得她有点无动于衷。然后，他们还去看了看教堂，其实教堂有两栋建筑，一栋是塔楼，另一栋是教堂的其他部分。越过教堂庭院的围墙，他们可以看到整座小镇。后来，大家逛累了，就又回到那家“老牌蛋糕店”，喝了咖啡，吃了饼干，上午差不多快过去了，他们就起身返回起绒草号。

“接下去我们要开着船去哪儿？”“司令”问，这时他们拐了个弯，来到绿草地上。

“可我们刚到这里啊。”桃乐茜说，“在贝克尔斯，肯定还有很多地方您想去看看的。”

“那艘驳船已经过来了，”汤姆说，“就停在起绒草号对面的磨坊旁。

迪克，走，我们过去瞧一瞧。在北方的河上，永远也看不到这样的船。真的太壮观了……”说着说着，他的脸色突然变了，“天哪！……不可能……有……有人登上了起绒草号。嘿！你！”他立马跑过去想赶走入侵者。

“等一等！”“司令”大喊道，可他没有听到。

只见他纵身一跃，从码头边跳进了起绒草号的座舱井。

“他没擦鞋子。”迪克说，以前汤姆总是提醒他上船前先把鞋子擦干净。

“一定是出了什么问题，”桃乐茜说，“也许是那帮混蛋躲进了船舱里。快点，迪克……”

他们三人都以最快的速度赶去救援，威廉也加入了他们，在他们脚边窜来窜去，害得他们差点摔倒。

“汤姆！”桃乐茜大喊。

正当他们赶到码头边的时候，起绒草号的船舱里突然传来一阵大笑，“左舷”、“右舷”和汤姆一起从里面出来了。

“你们怎么过来的啊？”

姐妹俩自豪地指了指河对岸停在磨坊旁的罗切斯特欢迎号。

大家开始七嘴八舌地说起来。“可那是一艘泰晤士驳船啊。”“不是在霍宁。”“吉姆·伍德尔让我们搭了加内特爵士号。”“可是你们的冠军赛……”“老爸有急事出远门了，麦金蒂帮忙收拾了东西。”“在斯托克斯比和雅茅斯都没找到你们，那感觉真的糟透了。”“那帮混蛋呢？”“正在弗利特大坝那边打听你呢。”“有一个礼拜不用回去了。”“是的，在橱柜上面的床铺上。”“噢，太棒了！”

然后姐妹俩想听听起绒草号这一路航行的情况。

“那两个徒弟一定表现得很不错吧。”“就知道他们能行。”“怎么过雅茅斯的？有没有请拖船？”“我们自己过去的。”“太棒了！”“那些桥呢？”“降下桅杆了吗？”“没人能做得更好了。”“说真的，你们也不需要我们呀。”“胡说！”“我们当然需要了。”“大家在一起，乐趣会更多啊！”“我们只不过碰上了好天气。”“要是赶上大风，没有你们帮忙的话，我们也很难办啊。”

当他们七嘴八舌的声音渐渐变小、只剩两三个人还在说话的时候，威廉立马吠了起来，“司令”也说话了：“好了，现在又多了两个船长，我们差不多想去哪儿就能去哪儿了。不过我们还是得先吃午饭。你们谁再回镇上一趟，去多买几块排骨？”

“我们一起去吧。”“右舷”说。

“我就在船上吧，”“司令”说，“要准备做饭了。我起码要让大家吃上一顿像样的饭。如果我们今天下午要出发去奥尔顿的话，更应该吃一顿好的……”

“‘司令’天生是个冒险家，”那几个小家伙又快走到肉店的时候，桃乐茜对“左舷”解释说，“她根本不像一个重返故乡的游子，一点也不……回到故乡对她来说不算什么事。”

不过当天他们并没有离开贝克尔斯。上午在买东西和做饭中度过，吃完饭、收拾好餐具，双胞胎划着山雀号，带上“司令”到罗切斯特欢迎号上去表达感谢，谢谢他们捎了双胞胎一段路。惠特尔太太很高兴有人来拜访，她和巴拉贝尔夫人坐着聊了很久在国外的事，比如去过安特卫普、鹿特丹，等等。因为欢迎号一直要等到第二天早上才卸货，所以他们让“左舷”回去把起绒草号上的小伙伴们都带了过来——当时他们都坐在舱顶上看驳船。于是他们就都到了河对岸。威廉很喜欢驳船，更喜欢磨坊旁的码头，它在稻草堆里嗅来嗅去，好像对老鼠很感兴趣，就和其他普通的狗一样。双胞胎领着汤姆、迪克和桃乐茜把欢迎号参观了一遍，她们觉得在驳船上度过了一个夜晚，就成了它的船员。惠特尔先生抽着烟斗，听他们说话。当迪克解释说其他人正在教他和桃乐茜如何成为水手的时候，大副霍金斯先生问他，他们有没有向他演示怎么打水手结。那几个教练说他们自己都还不会，于是霍金斯就随手拿来一根绳子给他们表演了一番，仿佛变魔术一样，他们都没看清楚他是怎么做到的。然后他坐在舱口上，用绳子打出各式各样的结，展示给他们看，有水手结、渔人结、单花大结、套结、钩结、系木结、绞钩结、猫爪结、缩短结、牛眼结、连接结、索眼结、束环索结。超过一半的名字他们都没听说过，霍金斯先生又给他们做了四只索环，向他们演示怎么抛绳圈，他们几个没有工夫玩，而是一直在摆弄那些绳子，努力去记他教给他们的东西。老惠特尔先生坐在一旁，一边抽烟，一边替霍金斯先生想想还有什么可以展示给他们看的。“霍克，再弄个领圈结怎么样？”他又插了一句，“霍克，你还没告诉他们怎么用套索钉。”下午的时光就这样悄悄地流逝，巴拉贝尔夫人邀请惠特尔先生、惠特尔太太和霍金斯先生到起绒草号上去喝茶。

“一定要来啊，”“右舷”说，“我们已经看过你们的船了，你们也应该来看看我们的。”

惠特尔太太过来了，但惠特尔先生和大副没有来，因为他们不愿意把驳船留在港口，尽管港口和贝克尔斯磨坊旁的码头一样安静。

惠特尔太太带上了毛线活儿，迪克打开了船舱里的电灯，她感到很羡慕，这样一来，她也能看得更清楚了。她告诉他们有一次穿过英吉利海峡去法尔茅斯，她正坐在甲板上织毛衣，结果她的毛线球掉下了甲板，她越是把毛线往回拉，那毛线球就散得越快，而她丈夫还一个劲要她去下面，因为天气非常恶劣。最后，当她双手不停地往上拉、终于把毛线都拉到甲板上的时候，一个浪接着一个浪打上了甲板，她必须抓住什么东西才不会让自己被甩到船外。“想想就让我伤心啊，我一点点拉回来的绿毛线，刚被捡起，就又被卷走，还卷走了织好一半的茶壶套和一套毛衣针。‘惠特尔太太，’我丈夫对我说，‘你快下去。’‘那我的毛线和毛衣针怎么办？’我说。‘我们不能捡了，’他说，‘估计下个礼拜某个时候就漂到法国了。’‘那我的茶壶套呢？’我又说，因为我织的那个东西真的很不错。‘没准哪个法国渔夫会用它来装浆果，’他说，‘他们知道那是做什么用的。’”

喝完茶，已经太晚了，不适合出航。大家都觉得没有什么问题。汤姆暗自有种感觉，就是觉得对不住山雀号，从霍宁到贝克尔斯，山雀号一路上只是艘小划艇，都没有扬帆航行过。所以，在这短暂的春夜里，“司令”忙着画罗切斯特欢迎号（这幅画现在挂在惠特尔太太的舱房里）的时候，汤姆、“左舷”、“右舷”、迪克和桃乐茜全都挤上山雀号，划过一座座桥，然后升起桅杆，扬帆起航了。他们从一群群鸭子之间穿过，来到沿河边的小山坡而建的屋子旁，又来到教堂下方的围墙边，它们看上去就像城堡的堡垒。按理说，重返故乡的人儿应该倚靠在城墙上，泪眼婆娑地望着久违的故土。但不得不说，“司令”不是那种人，桃乐茜为此感叹了一小会儿。一艘就要散架的旧船屋停靠在那边，船尾是露天甲板，一位老人坐在上面，身边放了一只大桶，手里拿着一根竹竿在钓鱼。桃乐茜把什么返乡的人儿抛到了脑后，因为她看到老人抬起了竹竿，鱼线上露出一大团红色的东西，下面吊着两条鳗鱼。老人把鳗鱼提到桶上面，鳗鱼掉了进去，然后他又把那团红色的东西放回了河里。

“在钓鳗鱼。”汤姆说。

“那红色的东西肯定是虫子。”“左舷”说。

“像一团驴蹄草。”“右舷”说，桃乐茜听到后差点要吐出来。

“不过鳗鱼怎么会上钩呢？”迪克问。

他们就靠着船屋，老人听到了这个问题。“不是那样的，”他说，“它们可不是上钩。你觉得有鱼过来了，就晃动诱饵，等它们咬饵了，你就轻轻拉起鱼竿，就这样。”正当他说着的时候，又有一条鳗鱼死死地咬住了那团虫子，等它发现自己在半空，便放开诱饵，结果就掉进了装鳗鱼的大桶。

他们继续往前开，直到整座小镇在他们身后越来越远，现在岸边是成片的草地，牛群在草地上吃草。后来，风越来越小，已经吹不动船帆了，于是他们调头返回。汤姆划着山雀号穿过几座桥回到码头的时候，已是黄昏，他们刚好赶在天黑前支起了起绒草号和小山雀号上的天篷，迪克晚上又要睡在山雀号上了。

那天晚上，大家早早地就上床休息了。没人要求晚几分钟关灯。河对岸传来霍金斯先生缥缈的琴声，他正坐在欢迎号的前舱口上低声吹着口琴呢。不过大伙儿很快就睡着了。

第二十三章

奥尔顿大风暴

双胞胎赶上起绒草号，正是时候。从霍宁到贝克尔斯，一路上并没有遇到很棘手的事，有了“司令”和那两个毫无经验的船员的帮助，汤姆处理好了所有的问题。然而在贝克尔斯的第二天，他们就遇上了大麻烦。早上，送牛奶的人来到码头，吵醒了他们。他们从船上探出头一看，发现天气不像之前那么好了，空气有些闷，东边的天空阴沉沉的。

“要打雷了。”汤姆一边说，一边和迪克爬上起绒草号去吃早饭。

“看来是要刮大风了。”“右舷”说。

“还要下大雨。”“左舷”说。

“那我们快离开这里吧，”“司令”满怀希望地说，“变天前就能赶到奥尔顿了。”

一吃完早饭，他们就出发了。现在全体船员都到齐了，两个人负责升降索，不算上“司令”和威廉的话，还有一个后备水手。起绒草号起航了，它从没在这么早的时间出发。惠特尔先生和霍金斯先生在河对岸的欢迎号甲板上抽着烟斗，目送他们。

“你们的船很不错，真的。”起绒草号朝大驳船开过去，在它旁边调头的时候，惠特尔先生说道。此时，船侧受风，船沿着河水顺流而下。

惠特尔太太从舱口钻了出来，手上拿着一块抹布，正好挥起它向他们告别。

“你们过会儿得收帆。”霍金斯先生指着东边的乌云大声说。

他们起航的时候，码头上没有一个人，但就在码头要从视野里消失的时候，桃乐茜回头看了一眼返乡人又要再次离开的小镇，看见一个男孩骑着一辆红色的邮局自行车，穿过码头，来到河边。其他人都没有看到他。"司令"在打扫船舱，然后把出发的时间记在航行日志上，因为大家都忙着起航，就忘了记日志。汤姆和迪克在弄主帆索，同时还要掌舵。"左舷"正用拖把清理从岸上带到甲板上的泥土。"右舷"在船舷边清洗沾满泥的船锚。那个男孩跳下自行车，站在码头边一个劲挥手。桃乐茜觉得这孩子非常好，也冲他挥挥手。接着他们就绕过了一个河湾，再也看不见码头了。

起初，风势还可以。穿过阿尔德比大桥后，他们一直让迪克掌舵，突然，毫无预兆地从沼泽地那边刮来一阵狂风，起绒草号猛地转身，仿佛要被冲上岸。

"稳住，继续走。"汤姆说，他正在前甲板上拉紧船旗的升降索。

"右舷"赶紧帮忙握住舵柄，让船身稳定了下来。大风来也匆匆，去也匆匆，不过，他们三个"黑鸭子"看着沼泽地上空黑沉沉的乌云，十分不安。

"不知道我们是不是应该……""左舷"话说了一半。

"收帆？""右舷"说，"如果天气变得更糟，我们就必须那么做。"

"我们可能会在暴风雨来临前赶到奥尔顿。"巴拉贝尔夫人愉快地说。

"黑鸭子"们相互看了看。这一回，"司令"有点轻率了。不过，大家都不想现在就收帆，这正好是个借口，汤姆和双胞胎都很开心可以晚一点收帆。他们驶进树荫后，就更开心了，不仅不想收帆，还希望风再大一点，好借着风穿过树林。

“树林一天比一天茂密了。”“右舷”说。

“夏天打这里经过的话，一定糟透了，”汤姆说，“和罗克瑟姆一样糟糕。”

起绒草号沿着大树下的河道一路抢风航行，那些大树才吐出新绿，他们让迪克和桃乐茜轮流掌舵。船先是偏向河的这一边，一会儿又偏向另一边，只要看看尾波，就知道他俩开得有多好或多差。起绒草号再次变成了一艘教练船。

“不要太用力，”“左舷”不停地说，“让它慢慢地转身，这样不出力也能办到。”

“不出力？”

“要是你太用力转弯，舵就会让船停下来，那就惨了。轻点……轻点！”

最后，他们终于从树林出来了，等他们一驶进开阔的河面，沼泽地上空就又传来了狂风的呼啸声。

“罗杰[1]要来了。”“左舷”说。

“罗杰？”桃乐茜笑了，“那给他一些巧克力。我们认识的那个罗杰就喜欢吃巧克力。”

不过“黑鸭子”们根本没听清她说了什么。事情有些不妙。

---

[1] 罗杰，诺福克人把突然从芦苇地上空掠过且发出嘶嘶巨响的风暴称为“罗杰”。

“汤姆，最好你来掌舵，”“右舷”说，“我们负责船帆。当心！风暴要来了！”

一阵狂风袭击了起绒草号，船身向一边倾斜。“左舷”和“右舷”稍微松了松船帆，船身摆正回来，但很快又倾斜了。汤姆咬紧牙关，牢牢控制着船的方向。要是在他处理这个难题之前，风势能减弱一些就好了。然而河道很狭窄。起绒草号卷着浪花向堤坝扑去。“准备转向！”汤姆大喊。游艇剧烈地摇晃起来，前桅帆随之摆动。这时，大风突然停了，就跟它来的时候一样。

“现在机会来了，”汤姆说，“用芦苇把前面塞满。我跳到前面去。松开前帆操控索。”

“司令”、迪克和桃乐茜三个人完全被忽视了。这是经验丰富的水手才应付得来的突发事件。三个“黑鸭子”清楚，要是风继续像刚才那样猛的话，起绒草号会被吹到很远的地方。他们要立马收帆。“左舷”很快接过舵柄，开着起绒草号驶向岸边，汤姆站在前甲板上，手里握着圆锚，“右舷”站在一旁准备降帆。起绒草号的船头冲进芦苇丛的时候，响起一阵沙沙声，汤姆跳上岸，脚下又传来嘎吱声。

“发生什么了？”桃乐茜问。

“收帆。”“右舷”说。

“锚没有问题。”汤姆说，他又回到船上，忙着弄桅杆。“左舷”急忙跑过去帮忙。三角帆开始下降，帆桁缓缓升起，帆顶慢慢倾斜。主帆很快落下，帆桁落在支架上，那是“右舷”从山雀号拖过来的。

“我觉得你是对的。”“司令”说。

“还会有更多的狂风。”汤姆说。

接下来的二十分钟，大家都辛苦地忙碌着。每个人都有一些事要做，威廉也感受到了紧张的氛围，就在一旁大叫，给大伙儿加油。就在他们卷好船帆并沿着帆脚把它系紧的时候，第一阵瓢泼大雨从天而降。

“不要紧，”“司令”说，“我们都有油布雨衣，除了可怜的威廉。”不过威廉可不会让自己淋湿。大家手忙脚乱地穿雨衣，穿着沙滩鞋的人也换上了长筒靴，威廉觉得这不是它喜欢的天气，就躲进了船舱，舒舒服服地躺在“司令”的床铺上。

“你的山雀号怎么办？”“司令”问汤姆，“要是它湿透了，你和迪克还怎么睡在里面？”

“快点，迪克，”汤姆开始把迪克看作是山雀号的大副，哪怕在起绒草号上他还只是个小学徒，“我们用天篷当舱口盖，然后把它铺开，盖住所有东西，这样船上的东西就不会被淋湿了。”

山雀号被盖得严严实实的。他们把它拉到起绒草号的一侧，这样汤姆和迪克就可以蹲在起绒草号的甲板上绑好山雀号船尾的最后一段天篷。他们向下看了一眼山雀号，它的桅杆和帆布在篷布下面像山脉那样高耸着。

“到时凹下去的地方会有很多积水。”迪克说。

“我们可以把篷布从中间拉起来，把水倒出去。”汤姆说。

“里面不会湿的。”“右舷”说。

几分钟过后，收起主帆的起绒草号再次出发了，风太小了，船都不能保持最低的航速。

“总是会出现这种情况，”“左舷”说，“开始的时候风太大，让你不得不收帆，接着风停了，让你又后悔收了帆。”

“雨不会下很长时间的。”汤姆看着雨幕后方乌云密布的天空说。

大雨倾盆而下，他们继续顺着水流前进，雨点从帆布上滚落到舱顶，又汇聚到侧甲板上。山雀号篷布上凹陷的地方已经出现了很多小水洼。接着，又渐渐刮起了风，他们拐过黑磨坊和城堡磨坊旁的河湾，现在正沿着韦弗尼河驶向圣彼得小镇和奥尔顿堤口。风劈头盖脸地向他们扑来。幸好早就收了帆。一阵又一阵狂风袭来，他们倒希望还有一张帆可以收。在这样狂风肆虐的天气里，航行变得异常艰难，连雨衣也不管用了。

“我能感觉到雨水从我的领口流进去了，”迪克说，“噢，讨厌的眼镜！”

“水灌进我的袖子里了。”“左舷”说，她一直在负责主帆索。

汤姆没说什么。他穿着一件旧油布雨衣，肩膀处已经破裂，他的上半身都湿透了。开船的时候，他并没有注意到，等发现的时候，雨水已经灌进了长筒靴。每次挪动右脚，他都能感觉到有水渗出来。但现在没有时间去考虑这个问题。风越来越猛烈，而且开始往东边刮。要是在两岸的芦苇丛之间航行就已经这么糟糕了，那么开进奥尔顿湖之后，又会怎么样呢？

“不太远了，”“司令”说，“看上去还行。”

“要打雷了。”桃乐茜说。

“肯定会打雷的。”“右舷”说。

远处传来隆隆的响声，突然又一声巨响，紧接着是一阵咔嗒咔嗒声，像是一只直径达十六千米的铁茶盘从一段巨大的石阶上往下翻滚。

“快看！”

“看那边！”

几道明亮的电光穿过紫色的云层照在他们奋力前进的路上。雷声滚滚，震耳欲聋。他们刚从堤口驶入湖区，雨就变成了冰雹，砸在他们的手和脸上，冰雹从舱顶弹下来，咚咚地掉在水里。不一会儿，甲板上就变白了，全是冰雹。冰雹的声音太大，大家也不想开口说话了。突然冰雹停了，不久狂风再次袭来。起绒草号倾斜得越来越厉害，连河水都能把背风甲板上的冰雹冲走。

“放开主帆索，”汤姆大喊道，“快点！”

离他们很近的地方传来一阵撞击声，是起绒草号上的声音，他们相互看了看。

“水罐倒了。”“左舷”说。

“准备转向！”

又是一阵撞击声。

“放开。收回来。一定不能停下。”

“汤姆，当心，船要翻了。”

“你们俩，坐下来。就坐在地板上。”“司令”说。“天哪，”她又嘟囔道，“理查德弟弟应该来看看这个。”

眼前的景象太壮观了。天空出现了一堵紫色的云墙，云墙脚下镶上了明亮的金边，在这摄人心魄的背景的映衬下，整个湖区光芒四射，一艘艘白色的游艇漂浮在岸边，仿佛被某种奇特的灯光照亮了。那些未经

起绒草号倾斜得越来越厉害

暴风雨摧残的树木和花园露出浓浓的绿色，鲜翠欲滴，不像是真的。这一幕确实很壮观，他们几个“黑鸭子”却没有心情欣赏，他们正拼尽全力不让船翻倒，同时让船平稳前行。迪克和桃乐茜也无心欣赏这壮观的一幕，他们开始认识到，他们对航行还有太多东西要学习。对可怜的威廉来说，这更不是什么壮观的景色，起绒草号晃来晃去，把它从船舷的一边甩到另一边，又从另一边甩回这一边，它痛苦地蜷在地板上发抖，那些被扔进来以防打湿的沙滩鞋也跟它一样在地板上滑来滑去。

现在，他们在湖上已经走了一半的路，眼前是洛斯托夫特的烟囱、货船酒店，还有一大群挤在避风港的游艇。汤姆反复提醒自己要把精力集中在起绒草号的航行上，不到港之前不能开小差。不过，他还是忍不住想看看有什么新发现。他知道，自从上次和双胞胎及她们的老爸来过之后，这里发生了不少变化。他必须马上拿定主意要把船停靠在什么地方。风这么大，如果用泥锚把船停在开阔的湖上，肯定是不行的。离停泊点越来越近了。起绒草号左右摇摆着，经过几次短程抢风转向，越来越接近停在泊位上的船只，那边的马路上，汽车在雨中穿行。突然，汤姆看到右前方有一座木桩码头，一根高高的旗杆竖立在另一端，那里肯定有空位。码头后面是清澈的河水……一座石砌的埠头……灰色的小建筑物……还有一艘船屋停在那里。一个身穿油布雨衣的人跑到码头上朝他们挥手。是朝起绒草号挥手吗？肯定是的。河上只有起绒草号在航行。

汤姆驾着船朝旗杆驶去。起绒草号经过旗杆，从木桩码头的末端绕了过去，进入游艇港。港口看上去很小，一阵狂风吹来，船就从堤坝和码头之间飞奔而过。汤姆估摸了一下船与那个招手的人的距离，然后调转了船身。如果像刚才那样，船能跑出去多远？他从没有在这样的狂风中停过船，而且停靠的是一座石码头。

“放开三角帆索！松开主帆索！拿出防护垫！”

“迪克，你别动！”可是迪克已经出了座舱井，正往船舷两侧挂防护垫。

“小心，快走开，迪克。”“左舷”急忙上前来。

越来越近了。汤姆抬头看了看高高的石码头，船能走那么远吗？他要再调头，让船帆升起来吗？越来越近了。接着，起绒草号紧贴着石码头停了下来，甚至没有碰一下。那个穿油布雨衣的男人抓住了它的前支索。“左舷”已经跑到前甲板上，把泊船缆绳、圆锚还有其他所有东西递给了他。雨渐渐停下来，现在风也突然停了，起绒草号逃过了一劫。汤姆的膝盖还在发抖，不过他还是跑去帮着降帆。那个男人开口说话了。

“你们干得很漂亮啊，”他说，“风这么大，想不到你们还能干得这么利索。还能平安无事地穿过湖区。起绒草号，对吧？你是不是汤姆·达钦？我这里有一封你的电报，是从贝克尔斯发过来的。”

“电报？”

“在我的办公室里。我是这里的港务局长。”

他跑着穿过码头，很快又跑了回来，手里拿着一只红色信封。汤姆撕开了信封。他有生以来还没收到过电报呢。现在它就在眼前，清清楚楚，而且还是电报体：

贝克尔斯起绒草号游艇汤姆·达钦

双胞胎是否和你在一起？速回电。

妈妈

汤姆大声念出了电报，然后拿到座舱井给巴拉贝尔夫人看。

“她为什么问我们的事？”“左舷”说。

“他们在贝克尔斯怎么知道我们要来这里呢？”汤姆问。

桃乐茜想起在贝克尔斯码头看到的那个骑红色自行车的男孩。“我们刚才错过了，”她说，“我看到那个男孩挥手，但绝对没想到他是想让我们停下来。他可能是问了驳船上的人，他们知道我们要去奥尔顿，因为我们告诉了他们。”

“你们可以去我的办公室打电话。”港务局长说。汤姆身上的水不停地往下滴，脚上的长筒靴嘎吱作响，其中一只还灌满了水，他匆匆地跟着局长穿过湿漉漉的码头。

“我们最好也过去。”“右舷”说。

“好的。”“司令”说，双胞胎一边跑一边抖掉防水帽上的雨水，追赶汤姆。

“希望没出什么事。”“司令”说。

港务局长让“黑鸭子”们在他的办公室打电话，自己又回到起绒草号上，帮忙收拾浸湿的船帆。他一上船就开始指挥，船帆很快降下来了，迪克和桃乐茜出了不少力。

“不用绑起来，”港务局长说，“过会儿就会出太阳，可以把帆布晒干。你们身上都湿透了，不过也不奇怪。你们想不想洗热水澡？我正好可以帮你们把湿衣服烘干。”

“热水澡！”巴拉贝尔夫人兴奋地大叫，桃乐茜在码头上的港务局长办公室旁看到了那个通知，她指着说：“此处可洗热水澡。”

“我们安然脱险了。”巴拉贝尔夫人说，然后又犹豫起来，她看着码头对面的办公室，里面的电话响了，说明汤姆已经接通了霍宁的电话，“我们还要等等看，那封电报到底是什么意思。”

港务局长那间小小的办公室里，三个“黑鸭子”都想接电话。汤姆正和妈妈通话。

“她们在这里……她们在贝克尔斯赶上了我们，刚好就在我们寄出明信片之后……吉姆·伍德尔捎了她们一段路……然后她们搭了一艘驳船……现在她们在这里。”汤姆转身对双胞胎说，“都怪我们一大早给你们寄的明信片，正好赶上了早班邮车。麦金蒂收到后就飞奔着去找我妈妈……”

“右舷”抓过话筒：“早上好，阿姨……噢，没有……我们一点事都没有，真的……我们一直都……湿透了……来，‘左舷’……轮到你了。”

汤姆又接过了话筒：“喂，妈妈。没有。我不让她俩说话。噢，麦金蒂想跟她们说话。好的。乔说了什么？我听不清……对不起……那帮混蛋……困在罗克瑟姆了？万岁……死神与荣耀号的天篷……好的……我想她们会的……到诺里奇我再打电话。不管怎样，一定找个地方打电话。一切都很顺利。起绒草号表现很好。噢，没有。暴风雨没那么吓人。我们顺利过来了。什么？麦金蒂在等着？噢。好的。再见，妈妈。替我向我们的小宝宝还有爸爸问好。过来，‘左舷’，麦金蒂要在电话里跟你说……”

“左舷”拿起话筒等着。一阵短暂的停顿。她皱起眉头，示意汤姆和“右舷”保持安静。汤姆憋着一肚子的好消息要说。

然后“左舷”说：“是的。您好。今天早晨很美好，麦金蒂，我们都很好，希望您也一样。”

“噢，‘左舷’，你这个傻瓜，”汤姆说，“麦金蒂都说了些什么？”

“新长出来的树枝……没问题，麦金蒂……我只是想把您跟我说的告诉他们……”

其他人都在起绒草号上焦急地等待着，看到他们从办公室出来后就知道，电报上并不是什么坏消息。

“都怪那些明信片，”汤姆站在码头边向巴拉贝尔夫人解释说，“麦金蒂收到那两张寄给双胞胎的明信片之后不知道出了什么事，因为上面写着，我们有多么希望她们跟我们在一起，所以她赶紧跑去找我妈妈，想给每个地方都发封电报。幸好妈妈没让她给弗兰克叔叔发电报。那帮混蛋被困在了罗克瑟姆，船送去维修了。他们撞了别人的船首斜桅，冲上一艘大帆船的船头……幸好是一艘很大的船，弄得旧玛格丽塔号也破了个大洞。乔给死神与荣耀号安装了天篷。我就知道他看到山雀号的天篷后也想装一顶。我答应了他们，不管下一站到了哪里，都要再给他们去个电话。”

“我真笨啊，”“司令”说，“我应该想到要打个电话回去的。”

“如果我们还没过来，你们就打了电话，那不是更糟糕?”“右舷”说。

“不管怎么说，现在没事了。”“左舷”说。

“一切都会越来越好的，”桃乐茜说，“先是你们俩来了，这样我们就在一起了。然后，现在也不用再担心那帮混蛋了。”

“那帮家伙迟早会被撞得粉碎，”“右舷”说，“到处横冲直撞，最好所有的船都不能挡他们的道。”

“好了，”“司令”说，“汤姆不用再担心了。大家全身都湿透了，但都非常开心。接下来都去洗个热水澡。把雨衣换下来，穿上舒适的衣服。我们去货船酒店吃一顿热乎的，就不做饭了。然后我们坐公交车到洛斯托夫特去看渔港。不过我得先给威廉吃一点鱼肝油。可怜的小狗，千万别着凉。”

雨已经停了，太阳又出来了，就像港务局长说的那样。桃乐茜爬到码头上，把雨衣上的水抖掉。

“到岸上来换换环境，感觉挺好的。”她说，然后她问“黑鸭子”们今天经历的算不算得上是真正的暴风雨。

“对起绒草号来说，绝对算得上是暴风雨。”“右舷”说。

汤姆看着起绒草号。“干得漂亮。”港务局长已经说过了。可如果没有双胞胎的帮助，又会是怎样的结果呢?

第二十四章

计划取消

第二天，起绒草号载着大家离开奥尔顿，驶向诺里奇河。船上的人心情都很轻松，现在再也不用担心那帮混蛋了。要是玛格丽塔号不在河上而是停靠在罗克瑟姆的船坞里维修，那汤姆暂时就不再是“逃犯”了。甚至连桃乐茜也不那么紧张了，之前她一看到摩托艇开过来，不管大小，都慌里慌张的。在韦弗尼河上遇上的那场风暴让大伙儿信心倍增，他们都期待着去耶尔河上扬帆，在那里，每天都能看到大轮船驶往国外的港口，或者是从海上归来。“黑鸭子”们曾和法兰先生到过这里，不过当时法兰先生是船长，他的两个女儿和汤姆是满怀希望的船员。现在起绒草号上的情形完全不同了。“司令”把航行的事全权交给他们，自己就不再过问了。她似乎觉得他们不会出错，所以把所有的时间都用来写生。

汤姆提议说，其他人都轮流开过船了，“司令”还没驾驶过她自己的船，这是不公平的。“没关系啊，”“司令”说，“没关系的。司令本来也不用亲自掌舵。他们只要在船上走来走去，不碍事就行了。理查德弟弟总是说，这就是一个好司令应该有的样子。他很清楚，因为战时他在海军服过役。”

下午，他们从奥尔顿出发，想赶上穿过新卡特的最后一波退潮。港务局长在一旁准备帮他们一把，其实并不需要。一切都很顺利，驶出奥尔顿的时候，西南风缓缓吹来，这和他们进港时在暴风雨中来回冲撞的情景大不相同。

他们沿着奥尔顿堤前行，只见远处的沼泽地上方出现了一艘大型驳船的上桅帆和主帆，正朝着那座奇特的小教堂驶去，教堂的尖塔建成了一级级台阶。

“是欢迎号。”“左舷”说。

“不可能是别的船。”“右舷”说。

很快他们就驶出堤坝，进入了韦弗尼河，伴随着水面卷起的旋涡发出的巨响，驳船神气十足地开了过来，它超大的棕色船帆高出小游艇一大截。惠特尔船长掌舵，惠特尔太太坐在他身旁织毛衣，霍金斯先生在舱口顶上认真地盘着缆绳。他们应该抽空上了岸，或者就像桃乐茜说的那样，惠特尔太太趁着装货的空当，抓住机会去镇上逛了逛，因为船长和大副的纽扣眼上都插着大束的樱草花。

“收到电报了吗？”惠特尔船长大声问道。

“收到了，谢谢您。”汤姆喊着回应。

“你们要去哪里？”

“诺里奇。”

“欢迎号呢？”“右舷”大声问。

“伦敦河。”

“要出海啊。”“左舷”说，她很自豪，仿佛自己还是那艘船上的一员。

“肯定是要出海。”桃乐茜说。

现在，欢迎号行驶在两岸之间，岸上长满了芦苇，吃草的牛群也盯着它看，几个小时过后，它就在海上了……雅茅斯……灯塔船……拖网渔船……从哈里奇开出的客轮……夜晚的泰晤士河上从东方归来的巨轮……起绒草号的船员们心怀向往地看着它。“司令”拿过铅笔画了几下，发现那艘驳船和岸上的风车比起来，真的很高。

“没忘记怎么打绳结吧？”霍金斯先生突然想起了什么，大声问道，不过已经有点晚了。

“我们坐过那艘船，想一想就有意思。”“右舷”说。

“还在上面睡觉了呢。”“左舷”说。

欢迎号淡出视野很久之后，他们还能看到它的上桅帆在芦苇丛上方移动。

“噢，好了，”汤姆突然说，“起绒草号已经走了一大段路了。我们现在还有四天时间……”

“出发去诺里奇吧，”“左舷”说，“只有那个地方没去过了。”

然而他们并没有到达诺里奇。

谁也不能指望风。那天下午，他们经过了苏莫里顿和赫林弗利特，经过新卡特桥的时候，桃乐茜也把钱放进了那只捕蝶网，当时风渐渐变小，最后停了。他们从新卡特河漂了出去，来到诺里奇河，可因为风太小，他们不能逆流而上穿过里德姆桥，汤姆只好跳上山雀号，卖力地把起绒草号拖了过去。过了桥，他们停船喝了茶，到了傍晚偏晚些的时候，他们再次起航。经过了哈德莱岔口和洛登河口，然后又经过了坎特雷，那里有一艘去国外的轮船正在装货，他们把起绒草号停在了上游一千多米的地方过夜。第二天，风力也没有好到哪里去，他们只能缓慢前进，直到下午才到达布伦戴尔。因为风实在太小，所以当“司令”提议停船、她要画一画那个美丽的河湾的时候，大家也不在乎了。他们在堤口找到了一个很不错的停泊点，旁边紧挨着一艘旧帆船，正在进行拆卸改建，要把它变成一艘船屋。“司令”在起绒草号的座舱井坐下后，准备写生，其他人都上了岸，爬上一架梯子，来到那艘正在改建的船上，他们看见一个人正拿着一把嘶嘶作响、喷着白色火焰的工具切割旧铁器。

汤姆看了一会儿，想起他答应过要给家里打电话。

“现在就可以打电话，”“右舷”说，“这里的旅馆里肯定有电话，今天晚上我们怎么也到不了诺里奇。”

“我们和你一起去吧。”“左舷”说，三个“黑鸭子”沿着堤坝慢慢地往耶尔旅馆走去，留下迪克和桃乐茜还在那里看火焰切割机。

还没等达钦太太说什么，姐妹俩看到汤姆的神情，就知道他得到了一些坏消息。

“太好了，你来电话了，”达钦太太说，“我有要紧的事要告诉你和双胞胎。你们打算哪天回来？”

“后天。”

“弗兰克叔叔写信来说，他后天早上坐早班火车回来。双胞胎到时一定要回来，因为十一点他就要驾驶闪电号参加比赛。如果想及时赶到的话，明天你们就得穿过雅茅斯。你觉得你们能赶回来吗？不行的话，她们最好坐火车或公交车回来。你说你们在布伦戴尔，对吧？”

“明天我们要去诺里奇。”

“最好别去了。我们接到了你们一个朋友打来的电话，一个开货船的人。”

“吉姆·伍德尔?”

“是的。他觉得应该让我们知道，玛格丽塔号上的那帮家伙一直吹嘘说他们知道他们要找的男孩去了南方。他们是在罗克瑟姆的一家旅馆里提起来的。他们甚至知道你们的船叫起绒草号。你对乔治的猜测是对的。有人看到他跟那帮家伙说话。比尔在这儿，想和你说句话。他说玛格丽塔号在罗克瑟姆再有两天就修好了。所以明天你们可以的话，还是从雅茅斯回来吧。你爸爸不希望你在起绒草号有危险的时候离开它，尤其是双胞胎也要离开。不过，他还是觉得你越早平安回家越好……等一等，我叫比尔进来。他一整天都在外面除草，这样你打回电话，他就能和你说几句。肯定是你们搞的什么恶作剧。比尔!”

汤姆把消息转告给双胞胎。

“我说,”“右舷”说，“现在风太小了，你觉得我们能及时赶到雅茅斯吗?”

“要是我们到不了的话,”汤姆说，“你们就只好在坎特雷或别的地方坐火车了。”

“可以赶明天的潮汐,”“左舷”说，“要是我们确实要往下游行的话。天黑前如果能赶到阿克莱，第二天在平日的早饭时间之前，我们就能轻轻松松回到霍宁。”

“要是那帮混蛋知道起绒草号往南边开的话,”汤姆说，“没必要等着他们来逮我们。他们一离开罗克瑟姆，就能在很短的时间内赶到任何一个地方。他们只要在布雷顿附近晃荡，等我们经过的时候，肯定能抓住我们。”

“快，”“左舷”说，“我们现在就偷偷溜回家，再忽悠他们一把。”

“嗯……嗯……喂！”汤姆把话筒贴近耳边，向其他人挥挥手，让她们安静。

“是你吗，比尔？”

“嘿……是汤姆·达钦吗……”汤姆能听到比尔在电话另一头又是吹气，又是拍打，“索尔豪斯入口处的水鸟窝被人盗走了。其他的都还好。我们以为七号鸟窝损失了一只幼鸟，结果是皮特数错了……呃……你看……”停了好一会儿，汤姆听到了他妈妈模糊的声音：“好了，比尔，如果这是秘密的话，我就到房间外面去。”接着电话那边传来焦虑的噗噗声，比尔又说话了：“汤姆，你们哪天回来？明天？下午的潮水？你能听清吗？乔把我们的帆修好了，还做了一只桨架，我们也有天篷了，这样我们就可以和你一样在船上睡觉了……知道吗？乔和皮特开着它去往下游……到了阿克莱……我现在骑自行车去……罗德利公司的一个男孩要打电话跟我们说说玛格丽塔号的情况……然后我们就能把消息转告给你了……”

“还要再打三分钟吗？”交换机那边突然传来电话接线员冷漠的声音。

“不，不用了。”汤姆连忙说。把钱花在打电话上有什么用？还不如拿这笔钱去买缆绳和其他真正有用的东西呢。“再见，比尔。明晚在阿克莱见……”

“阿克莱？”“左舷”和“右舷”同时说道。

“他们给死神与荣耀号装上了天篷，”汤姆说，“他们三个小家伙要去阿克莱，有人会通知他们那帮混蛋什么时候离开罗克瑟姆。”

“太好了。”“右舷”说。

“我们立刻出发吧，”“左舷”说，“在天黑之前走得越远越好。快点。”

他们沿着堤坝一路往起绒草号的方向跑。

就在他们快跑到船边时，汤姆突然停下来。“我说，”他说，“其他人如果知道要返回的话，一定会很难过。”

“嗯，”右舷说，“可是也没办法。我们俩必须赶回去陪老爸参加比赛。你因为那帮混蛋的缘故也必须回家。要是他们到了这里，在起绒草号上抓到你，那就更糟糕了。无论如何，我们不能不管‘司令’和那两个小孩，让他们自己回家。”

由于种种原因，迪克、桃乐茜和“司令”也准备和“黑鸭子”们一起返航。

“司令”同意马上出发。“我们已经干得很漂亮了，”她说，“现在我们可不希望出什么事。”

“很好，”迪克说，“明天我们又能看到布雷顿了。那些琵鹭可能还在。不管怎样，诺里奇不过是座小镇。”

“现在就出发吧，”桃乐茜说，“警告发出，‘逃犯’要回他的老窝了。如果被抓住，那就太可怕了。我们有过一段精彩的旅行……‘司令’也画完了写生图……对吗？”

“司令”笑了。“很幸运，我画完了。”她说。

“那个使用火焰切割机的工人也收工了。”迪克说。

十分钟之后，船上一切准备就绪，起绒草号离开布伦戴尔，朝着家的方向开去。风太小，无法借着风力航行，不过他们尽可能地扬帆，黄昏，他们把船停在了离巴肯汉姆渡口不远的地方。

“我跟你们说吧，”“司令”说，“我们就是七头蠢驴，在布伦戴尔忘了要多买点食物。食品柜几乎要空了。”

“这可不能怪到威廉头上，”桃乐茜说，“要是它会买东西的话，它肯定会去买的。”

“好吧，六头蠢驴。”“司令”说。

他们晚饭都吃得半饱，于是决定第二天一早到里德姆去买东西。汤姆和双胞胎把地图铺在船舱的桌子上研究潮汐，却被弄糊涂了。汤姆在奥尔顿港务局长的办公室里把雅茅斯每天退潮的时间抄在了一张纸上，他试着做一张航行时刻表，以确保在最适当的时间赶到布雷顿大桥。

“没有用，”他说，“真的没什么用，因为我们不知道什么时候会刮什么风。”

“要是不起风就惨了。”桃乐茜说。

“我们来的时候没有遇到什么麻烦。”“司令”说。

“回去的路要艰难得多。”三个“黑鸭子”马上都开始解释。

“你们看，要在耶尔河退潮的时候赶到雅茅斯，然后得等一会儿才能去上游的布尔河，因为布尔河的退潮大概在一个小时之后。”

“这是为什么？”迪克问。

“就是这么回事。”“右舷”说。

“有时得一个多小时，有时又不到一个小时。”“左舷”说。

“好了，”“司令”最后说道，“把那些数字通通抛到脑后，都去睡觉吧。晚安，汤姆，还有你，迪克。听，威廉在打呼噜了。可怜的小狗，它对数学一窍不通，你们吵得它睡不着。”

“唯一要做的就是，”汤姆说，“明天早点起床，然后看情况。”

“吹口哨呼唤风吧，”“右舷”说，“要是明天的天气还像这样，我们哪里也到不了。”

沼泽地那边的某个地方，一只迟来的麻鹬发出一声悠长的鸣啸。

“谢谢，”“左舷”说，“你们听到了吗？它在为我们呼唤风，因为它知道我们没有时间可以浪费了。”

第二十五章

冲动的“司令”

“那只该死的麻鹬肯定叫得不对。”“左舷”说。

第二天早上刮的是东风。

“很适合往布尔河上游走。”“右舷”说。

“不过我们要逆风去下游的雅茅斯。”“左舷”说。

汤姆和双胞胎又开始了推算。逆风行驶的话，他们最多要花多少时间到达雅茅斯，然后才能趁着水位低的时候通过布雷顿大桥。

与此同时，“司令”和桃乐茜正在查看食品柜，盘算着怎么用四只鸡蛋（只剩下这些了）做出够六个人吃的东西。幸运的是，还有很多黄油可以用来炒蛋，不过吃完自己的那一份早饭，谁也不会拒绝再来一份。

“还不知道什么时候能到里德姆，”“司令”说，“到了那里就能买到我们想要的所有东西了。”

“我们最好把那些牛舌留到路上再吃，”桃乐茜说，“只剩那么一点了。”

最后，那三位“航海家”也没有对各自推算的结果达成一致。因为有太多因素要考虑，水流的速度、起绒草号抢风航行时的速度、正常航行时的速度、要在河道上抢风航行多远、顺风航行又有多远，而且最关键的就是，风本身就非常不确定。

“我们唯一能做的就是，”汤姆说，“直接开到里德姆去，那里的人知道潮汐的情况。”

“只要别太晚，其他就没什么关系。”“右舷”说。

起绒草号沿着流经兰利和坎特雷的那些长河一路直下，就像一艘赶着回家的中国快速帆船。汤姆和“黑鸭子”们充分利用风力，不停地拉紧或松开船帆。顺风的时候，迪克和桃乐茜轮流掌舵，不管何时出现迎风航行或迎风转向需要抢一两米距离的情况，他们就把船舵交回给一个“黑鸭子”。威廉和大家一样也饿了，“司令”就把那块牛舌平均分成了七小块，在路上都吃掉了。而威廉还嫌自己那份不够多，“司令”向它保证，等起绒草号到了里德姆，一定会让它吃上更多。

起绒草号绕过一个拐角进入了里德姆河道，汤姆盯着尼尔森勋爵酒店前方的码头，考虑要把船停在什么地方最好，那边已经停了两三艘游艇，是停在它们的上游还是下游？他们看见铁路桥开了，信号员从窗户向外探出身子。

“他示意我们继续往前开。”桃乐茜说。

“他可能会把桥关上很长时间。”“右舷”说。

“可能要来两列火车，或是要并轨。”迪克说。

“嗯，现在准备过桥，以防万一，”汤姆说，“困在这里就麻烦了。”

“那我们要买的东西怎么办？”“司令”说。

“我们到了雅茅斯再看吧，”汤姆说，“反正要在那里停下。”

现在争论也没有用了。汤姆还有别的事情要考虑。逆风航行，又是顺流而下，他必须让起绒草号安全通过里德姆桥。就在快到桥边的时候，他不得不迎风转向，潮水冲着山雀号直打转，速度比他想象的要快。山雀号狠狠地撞上了一只桥墩。汤姆回头看了一眼，又难过又害怕，就好像是自己撞上了桥墩。

“山雀号都用缆绳绕起来了，”桃乐茜说，“桥墩应该伤不到它。”

“没把握好方向，”汤姆说，“都是我的错。”

大桥在他们身后合拢了，红色的旗帜升了起来，他们知道，如果他们不过桥的话，就得等上很长时间。他们迎风驶向新卡特。有那么一会儿，他们顺着那条狭长的河道可以一眼望到尽头，远处还有一座很小的公路桥，那里的守桥人也会伸出一只长柄捕蝶网兜走两先令。

“我们为什么不停在铁路桥下面啊？”桃乐茜说。

“不能返回了。”汤姆说。

他们沿着耶尔河继续迎风航行，还好上涨的潮水帮了他们的忙。起初他们担心会太晚，现在又开始担心会太早。“黑鸭子”们焦躁不安地看看汤姆的手表，又看看“司令”的手表——“司令”把自己的手表借给了“右舷”，因为“司令”说她厌倦了不停地被人问时间。他们一直在观察河床的泥土，因为泥土能说明从上次涨潮之后，水位下降了多少。现在水位下降得很少，谁都看得出来，退潮还要持续很长一段时间。

就在他们经过了三架风车、离布雷顿湖口韦弗尼河与耶尔河的交汇处还有两千多米路程的时候，他们不得不再次改变计划。

“看上去潮水还没有退去一半。”“右舷”说。

“如果潮水这么个退法，我们肯定到不了那里。”

昨天晚上他们就一直在谈论这个问题，当时桃乐茜就仿佛看到了起绒草号和山雀号在潮水中不停地打转，然后船无奈地从雅茅斯桥下直接冲进大海。

“我们得在什么地方停下来。”汤姆说。

“这边的堤岸看上去不能停船啊。”“左舷”说。

“噢，太糟糕了。”“右舷”说，听“左舷”学着麦金蒂的方式讲话，她也讲起了诺福克方言。

“你们看这样行不行，”汤姆说，“我们绕到韦弗尼河，把船停在布雷顿领航员那里。他会告诉我们什么时候动身……”

“那个地方标着‘游艇安全停泊点’，”迪克说，“而且退潮的时候，可以看到很多水鸟。”

“太好了！”“右舷”说。

“现在刮东风，”汤姆说，“我们逆着潮水很容易就能开到领航员那边去。”

“好，”“司令”说，“不过要买的东西怎么办？我和威廉都要饿坏了。我们也不能指望领航员那里有够七个人吃的东西吧。鸡蛋？谁说鸡蛋了？我们把最后四只鸡蛋都吃完了，船上一只鸡蛋也没有了。面包也吃光了。那两只水罐也空了……”

桃乐茜看着地图。“河口附近标有两座房子。”她说。

“我们可以在伯尼湾买到牛奶和鸡蛋，”汤姆说，“可能还可以弄到水。”

他们继续向前航行。布雷顿上空吹来的风似乎更冷了，他们能听到海鸥的叫声。就在他们前方很近的堤岸上出现了一座红砖房。

“看起来像是一座农场，”“司令”说，“我们停在这里打听打听。”

“我可不敢把起绒草号停在这里，”汤姆说，“现在退潮，要是困在这里就完蛋了。‘右舷’，过来，船舵交给你了。我划着山雀号到岸上去。你绕过那个拐角。领航员会告诉你停在哪个地方最好。等你们降帆的时候，我就买好东西回来了。”

汤姆把山雀号拖到一边，然后小心地跳了上去，“右舷”把船转到逆风方向减速。“左舷”和迪克把装水的大陶罐递给汤姆，桃乐茜把牛奶罐和鸡蛋篮子递给他。“司令”把钱包交给他，让他想买什么就从里面拿钱。

“迪克，要不要一起去?”汤姆非常开心能在这片陌生的水域开着山雀号跑上一段路，他以为迪克会为有这样的机会而高兴。

不过迪克一心只想和起绒草号在一起，他想要去领航员那里，因为很有可能再次看到那些琵鹭。他记得领航员船屋对面的那片滩涂，他想尽可能地在那边多待一会儿。

汤姆没有强人所难，起绒草号继续往前走，山雀号被甩在了后面，他调整好桨架，取出了船桨。起绒草号绕过河湾的时候，大家见他已经划着船朝岸边驶去。

“我说，”“右舷”说，“不用拖着山雀号，起绒草号跑起来好多了。”

“山雀号很有用呀。”桃乐茜说。

“没错，”“右舷”笑着说，“我们可不能少了山雀号，不过起绒草号后面少了艘小划艇，速度的确快了很多。”

“那边是伯尼湾，”“司令”说，接着他们开始了这条河最后一个河段的航行，“布雷顿的标牌就在那儿。”

他们正前方是黑色的地桩和一根高柱子，表明这是两条河的交汇处。再过去是一直延伸到远方的开阔水域，水面上有信号浮标把航道标示出来。他们已经来到了河口，拐角处就是布雷顿领航员的那艘旧船屋了。

“我们还没见过水漫布雷顿呢。”桃乐茜说。

“看看那些鸟。”迪克说。

“我们能不能再往下游走一点，去看一眼？”桃乐茜说。

“左舷”回头看了看这条河，没有汤姆的身影。

“汤姆划着山雀号过来得花很长时间，”桃乐茜说，“起绒草号跑得非常快。”

“右舷”已经开着起绒草号绕到了那只地桩的尽头，正调头朝布雷顿领航员停泊的船屋驶去。

“你们两个‘黑鸭子’是怎么想的？”“司令”说。

“如果一直刮这样的风，我们赶回来是没问题的，”“右舷”说，“看它现在的表现就知道了。”

“那我们去吧，”桃乐茜说，“如果他们以前在这里进行过帆船比赛，肯定就没问题。”

“是的，这是真的。”“司令”说。她想起了遥远的从前，布雷顿湖上到处都是帆船，她在船队队长的小汽艇上听着获胜的枪声。她仿佛看到了褶边阳伞、划艇，年轻的女士们头戴水手帽，身穿下摆撑开、胳膊肘以上是泡泡袖的奇怪裙子。

“我觉得如果我们只是开到地桩尽头，应该不会有什么问题。”

“太好了。”桃乐茜欢呼道。

“真好。”迪克说，他早就准备好了望远镜，巴望着看到琵鹭。

“好吧，”“右舷”说，“收紧主帆索。准备转向。”

起绒草号调转船头，逆风转向，再次顺着潮水，飞速驶入布雷顿湖。

“汤姆不用担心我们。”桃乐茜说。

“我们有足够的时间回去。”“司令”说。她靠在舱顶上，眺望前方，仿佛看见湖面上到处都是船，她不由得想起昔日里那些船上的人，而现在什么都没有了，只有这座咸水湖、标记航道的指示牌、退潮后在滩涂上空飞来飞去的鸟。

“我想我们可以再走远一点。”当他们已经来到地桩尽头的时候，她如此说道，这排地桩是保护里德姆湿地免受河水侵蚀的，“不到两边都很开阔的地方，不算到了真正的布雷顿。”

他们继续往前走，迎着东北风，来来回回地缓慢前行，几乎没注意到下方的潮水退得有多快。

“这船跑得真不错。”“右舷”说。双胞胎虽然拿不准汤姆会怎么想，但航行在这样宽阔的航道上，一会儿离开这边的红杆，一会儿又靠近另一边的黑杆，她们就抑制不住内心的喜悦，尽管是在退潮，两边的水却延伸到木杆以外很远的地方。

“我肯定它们在那边。”迪克拿着望远镜，小声嘟囔着。

“什么东西？”桃乐茜说。

“琵鹭，”迪克说，“它们离这里很远，但肯定就是它们。”

“海上起雾了。”“右舷”说，这时，他们听到海岸那边的一艘灯塔船响起了雾号。

“真的就像麻鸦发出的声音。”迪克说。

“我们现在最好返回。”“左舷”说。

“再往前开一点吧。”桃乐茜说。

“再经过两根木杆，我们就回去。”“司令”说，“太神奇了，雅茅斯笼罩在薄雾中了。”

“现在视野没有之前那么清楚了，”“右舷”说，“准备转向。”他们靠近一根红色的木杆，杆顶的一只海鸥尖叫着拍打翅膀，朝航道另一边的一根黑色木杆飞去。

桃乐茜打了个寒战，然后笑了。“是冷风，”她说，“但这是一次有趣的航行，对吧？”

“我看不清那些琵鹭。”迪克说着，用手帕擦了擦望远镜的镜片。

“那边开始起雾了。”“左舷”说。

“这边也有雾，”迪克说，“那个雾号听上去真的很像麻鸦的声音。”

转眼间，还没等他们意识到，四周就被大雾笼罩了。雅茅斯消失不见了，往远方延伸的一排巨型木杆似乎到了尽头，只能看到大概十一二根……只有六根了……还在慢慢消失……完全看不见了……

“快调头！”“司令”尖声叫道，“我们得赶紧回到河道里。”

然而一切太晚了。一层层雾滚滚而来，很快包围了他们。起绒草号原地转身，在潮水中开始慢慢往回走，帆桁升了起来，风在船尾呼呼地响。不过，他们已经看不见河口了。他们什么也看不清，除了正前方的一根黑色木杆。

“我们从它左侧走。”“左舷”说。

“用不着你说。”“右舷”说。

“在下一根木杆出现之前，要盯住这根木杆。”“司令”说。

“好，还看得到。”

“我们得沿着这些木杆开回去。”

在什么也看不清，只有一根模模糊糊、似有非有的木杆立在那里几乎一动不动的情况下，在水中快速航行是很恐怖的。当然，这时他们是顺着水流往下走，几乎和先前逆着潮水往上走一样快。这很自然，没人担心这个，只要能再看得远一点就好了。然而现在，孤孤单单困在冰冷潮湿的雾气之中，周围的一切都消失不见，只剩下魅影般的木杆，他们仿佛与世隔绝了。海上的灯塔船传来悠长低沉的号角声，港口的拖网渔船也传来警报声，这可不是什么好事，情况应该越来越糟糕了。这些声音在雾中听起来就跟恶作剧一样，一会儿让人觉得近在咫尺，一会儿又遥不可及，几乎听不见。桃乐茜知道“司令”很担心，她从大家的声音中也听出了不安。他们盯着大雾，不知道在想什么。

“我到前面去，”迪克说，“哪怕看得见几米远也行，这样好找到下一根木杆。”

他动身了，手扶舱顶，沿着侧甲板小心翼翼地往前挪。他来到前甲板上，紧紧抓住桅杆，看上去他就像是一团雾做成的，只是颜色稍深一些。

“看好那根木杆。”“司令”又说。

“它在动。”

“我看到了。”

“盯住这根木杆！”

“根本什么也看不见。”前甲板上传来迪克的声音。

“右舷”本来就不习惯在黑暗中开船。现在这苍白的雾比黑夜更糟糕。她往右边看，还能隐隐约约地看到木杆，但她还要考虑很多其他情况。潮水想把起绒草号往下游带进雅茅斯，而风正好往相反方向吹。万一风突然停下来怎么办？她瞥了一眼从旁边流过的浑浊河水。小船走得很好，不过离开木杆的速度也太慢了。在发现下一根木杆之前，她必须盯住那根木杆。风向在变？要是真变了，那什么事都有可能发生。很奇怪，她感觉风吹在她的右脸颊上，鼻子上也能感觉到。刚刚还不是这样……唉，不管了，风没有停就好……

“‘左舷’，拉紧帆索。船走得跟先前不太一样。”

“木杆在动，”桃乐茜说，“看不见了。迪克，迪克，你看到下一根了没有？我们已经过了这根。看不见了……不……我还能看到……”

“风不太对劲。”“右舷”疑惑地说。

“木杆不见了。”“左舷”说。

“刚刚还在那边。”桃乐茜指着一个地方说。

“不可能在那边，”“右舷”说，“再把帆索拉紧些。”

“我们很快就能看到下一根木杆了。”“司令”说。

接着，很突然，座舱井里的五个人，包括威廉，都撞到别人身上去了。就好像是躺在水里的一个人猛地起身，一把抓住了起绒草号的龙骨。船挣扎着往前走了一两米，船身越来越倾向一边，最后停了下来。

“准备转向。”“右舷”说。“左舷”很快松开了三角帆，然而船舵不管用了。起绒草号毫不动弹。“右舷”惊恐万分地看着“司令”。“完蛋了，都是我的错，”她说，“我让船搁浅了。”

“是我不好，”“司令”说，“要不是我，你们也不会把船开到这个地方来。”

“再试试三角帆。”“右舷”说，“或者撑着船走。”

“我们就待在这里。”“司令”说，“没人能撞上我们。这总比在大雾中横冲直撞要强。”

“可是汤姆怎么办呢？”桃乐茜说。

第二十六章

雾中的山雀号

汤姆划进了码头，把山雀号系好后上了岸，朝那座房子走去。四周没有一个人。他绕到房子后面，还是没人应门，窗户都紧闭着，烟囱里也没有炊烟，他马上明白，所有人都出门了。他急忙沿堤岸返回山雀号，发现就在这几分钟时间里，水位已经低了好几厘米，于是他很快就驾着船向下游驶去。

他不再为穿越雅茅斯而担忧了。现在唯一的难题就是确保能及时赶回去，布雷顿的领航员能准确无误地告知他们何时出发。他对起绒草号非常满意。双胞胎能够像他一样把船开到领航员那边去，那么为什么小山雀号做不到呢？他踩在桅杆上，升起船帆，放低活动船板，沿着河流往下游的伯尼湾驶去。然后他选准时机，又降下船帆，拉起活动船板，选了一个最佳停泊点后，开着山雀号靠了过去。他把系船绳绑在一只旧木桩上，自己爬到了岸上，手里提着篮子、牛奶罐和陶瓷水罐向旅馆走去。

一个满面笑容的年轻人在门口接待了他。

“两打鸡蛋？半夸脱①牛奶？我们这里有面包，你们保准要一条吧？不过你的船停在哪儿？都装在那艘小船上吗？”

“我们的船开到布雷顿领航员那边去了。”汤姆说着，望了望坐落于

① 夸脱，英、美计量液体或干量体积的单位。用作液量单位时等于（1/4）加仑或 2 品脱，即 1 英夸脱 =（1/4）英加仑 ≈ 1.137 升。

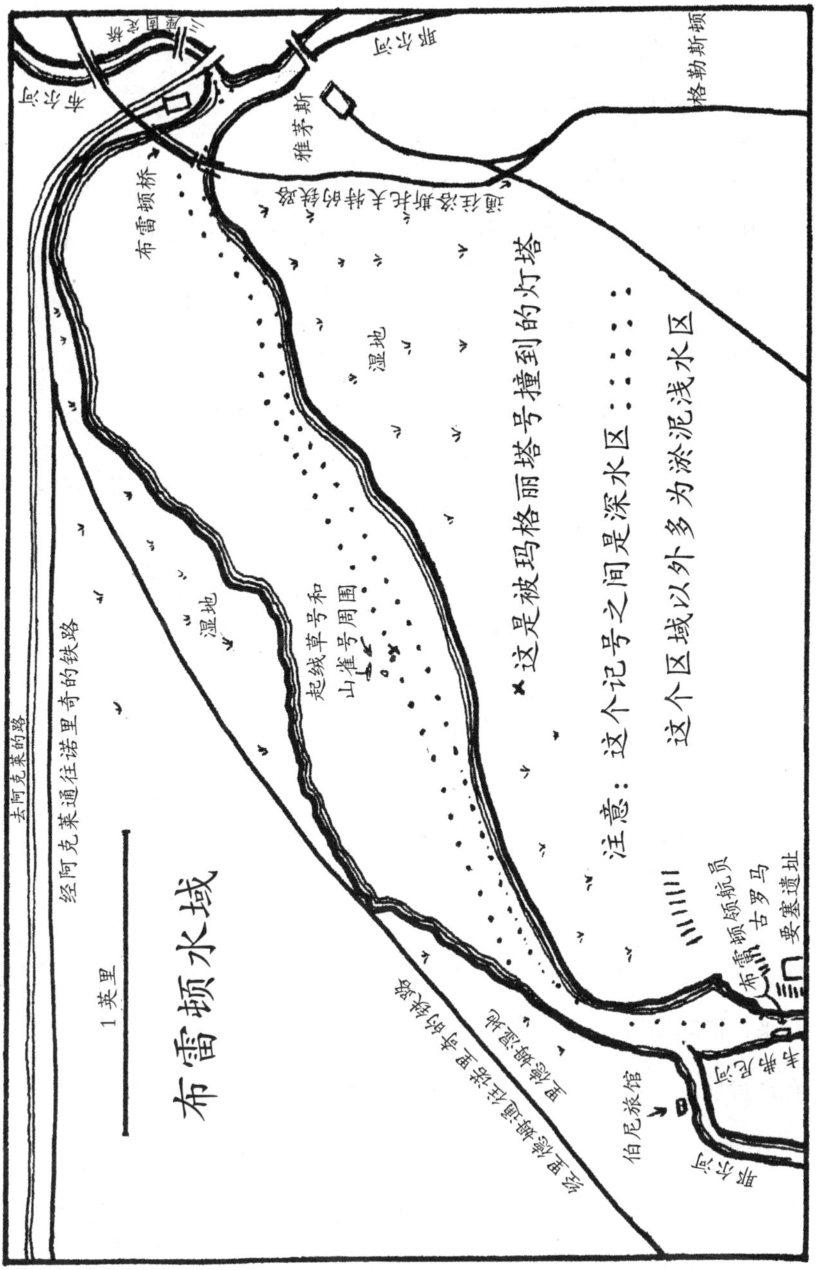
布雷顿水域
1英里
去阿克莱的路
经阿克莱通往诺里奇的铁路
湿地
起绒草号和
山雀号周围
这是被玛格丽塔号撞到的灯塔
注意：这个记号之间是深水区
这个区域以外多为淤泥浅水区
布雷顿桥
雅茅斯
通往洛斯托夫特的铁路
格勒斯顿
布雷顿领航员
古罗马
要塞遗址
伯尼旅馆

两条河之间的那座小镇，不知道为什么看不到起绒草号了。之前划着山雀号在河上的时候，他没法越过堤坝看外面。

“不会是开往布雷顿湖的那艘小游艇吧？”

“开往布雷顿湖？”

那船看上去确实很像起绒草号的船帆，正朝着开阔的水域抢风航行。不过他们要做什么啊？搞错了计划吧？“左舷”和“右舷”肯定知道他们要去哪里。

“你得加把劲才能赶上它。”

“他们很快就会回来的。”汤姆一边说，一边紧盯着那张小白帆，它越变越小了，与此同时，一个小女孩被叫去捡鸡蛋，她很快就提着装满鸡蛋的篮子回来了，之后，她又跑去帮他灌牛奶。那个年轻人拿走那只大水罐，来到水泵旁往罐子里装水。

“这罐子很重，”他抱着水罐回来的时候对汤姆说，“我帮你把它送到小船上去。”

他抱着水罐来到河边，把水罐放到了山雀号上。汤姆把牛奶、鸡蛋和面包放好之后，就跳上了船，准备起航。年轻人替他解开系船绳，不过并没有立即把手松开。他站在那里，笑容可掬地看着汤姆，和他聊了起来，他问汤姆和他的朋友们是从哪里来的、船上有几个人、以前有没有走过那条航道，直到汤姆差点要求他松手，他才让汤姆离开。汤姆连声说谢谢，最后，年轻人把系船绳扔到了山雀号上，然后用力推了一把小船。要是有人问汤姆这个年轻人都说了些什么，汤姆肯定回答不上来。他脑子里想的全是起绒草号。双胞胎在想什么啊，竟然跑到布雷顿湖上去了？他们能借着东风返回，但逆着潮水还是要花很长时间的啊。

到了韦弗尼河口，汤姆往上游看了看领航员的船屋，起绒草号确实不在那边。他反复告诉自己，就算你开一艘船开了很长时间，可是隔着很远距离看它的时候，你还是认不出它。不过，再怎么说，还有可能是别的船吗？现在还不是游艇成群出没的季节。他十分清楚，现在远处布雷顿湖上的白帆只可能是起绒草号，而不是别的什么船。不管怎样，他们应该很快就会调头。船上急需食物和水，所以现在唯一能做的就是去布雷顿湖上与他们会合。如果最坏的情况发生，他们还可以把煤油炉拿到船舱里，烧一壶水，炒一些鸡蛋，就算起绒草号在航行途中也没关系。

在山雀号上，汤姆把水罐夹在膝盖中间，心里想着不要把水给洒了，飞快地朝布雷顿湖驶去，追赶那艘跑得远远的游艇。他们已经把船开出去很远了。潮水正退得厉害。这对双胞胎太烦人了。为了确保潮水落到最低的时候到达布雷顿桥，他一直巴望着能和韦弗尼河船屋上的领航员聊上几句。他也不喜欢现在的天气，下游的雅茅斯雾蒙蒙的。就在这时，他突然看到一层层雾从北河飘移过来，笼罩了布雷顿。就在大雾靠近起绒草号的那个瞬间，汤姆看到它调转船头，紧贴着航道北侧的一只黑色信号标，然而为时已晚。接着大雾包裹了起绒草号，仅仅过了几分钟，汤姆自己也只能看见山雀号外一两米远的地方了。

“他们会把泥锚抛下去，”汤姆自言自语，“就在那里抛锚，他们应该没事的。”可他没有想到的是，他们压根就没想到要这么做。

起初，他也想让山雀号停在原地。在刮东风的日子里，这突然形成的雾层会从海面越过涨潮的河流下游，很少会持续很长时间。他只要把山雀号划到航道的一边，抛锚后等着大雾散去就可以。尽管此刻什么也看不见，但汤姆很清楚自己在什么地方，他感觉到凉风吹向他的右脸颊，所以他让山雀号保持迎风航行，直到里德姆湿地旁的那排黑色地桩突然出现在眼前。他迎着风降下了船帆。他顺着潮水往下游漂去，在雾中若隐若现的黑色地桩渐渐向后退去。他想停下来，点上船舱底部的煤油炉，做点东西吃。

他正打算把泥锚抛下水——那泥锚是一只铁块，涂了一层绿漆，这样就不会让山雀号弄上铁锈了，这时，一阵饥饿感向他袭来，他想起了起绒草号上空空的食品柜。他可以舒舒服服地坐在山雀号上，给自己煮一壶茶，再煮一两只鸡蛋，这一点问题都没有，可起绒草号上的船员怎么办呢？他们停在布雷顿湖中央，什么也干不了，只能饿着肚子等待大雾散去。

站在漂流着的山雀号上，凝望苍白的大雾和湿地边上魅影般的木杆，汤姆改变了主意。无论如何，他必须把食物和水送到起绒草号上去。能做到吗？为什么不能？之前他看到起绒草号在布雷顿湖深水区航道的北边，他正驶过那排木杆，正好也在航道的北侧。要是他想方设法一直沿着航道这边往下漂，那么潮水就可以把他带到起绒草号附近，叫一声就能听到的地方。突然，那排木杆消失了，现在他已经来到布雷顿湖了，除了那些高大的黑色航道标杆，什么都看不到。天晴的时候，那些标杆看上去似乎离得很近，但在大雾中又离得很远。没错，现在水面上只能看到这些标杆了，然而他还得注意河底，布雷顿湖的浅滩从这里开始陡地下沉，进入深水航道。他把山雀号的活动船板拉了起来，不拉起来就划船的话，可不是闹着玩的。那是什么？一根巨大的黑色标杆突然出现在他身旁，然后闪了过去。唉呀！不会差点撞上吧？汤姆取出船桨，调转山雀号的船身，让船尾朝前，这样可以更好地寻找下一根木杆。

可是下一根木杆似乎迟迟不肯出现。汤姆更加用力地划桨。接着他停下来想了想。他用一支船桨探了探水下，够不到河底。泥锚上的缆绳很短，但比船桨要长。于是他把泥锚当作一只测深锤，丢进船身一侧的水中。泥锚没有碰到任何东西，他一定是进入深水区了。除了雾和小船周围一两米远的浑浊水面，他什么也看不见。河水尽管看上去很平静，其实正飞快地奔向大海，山雀号就停在河面上。往哪边走？除非他能看到什么，或能触到河底，否则他也做不了决定。阵阵冷风来袭，他能掌握一点自己的航向。但是风向可能已经变了。汤姆在雾中盲目地环顾四周。

突然，他一下子跳了起来。怎么没想起指南针啊？真是个大傻瓜！他打开山雀号尾部的柜子，那里面有一只专门放指南针的小盒子，盒子固定在船尾座板上，这样就不会弄丢了。在布尔河上航行的时候，弗兰克叔叔还笑话他随身带着指南针，现在它要派上用场了。一般情况下，航海中如果没有地图的话，指南针也没多大用。但现在汤姆遇到的问题很简单。他想做的只是返回航道的北边。指南针会让他轻轻松松就能办到。他小心翼翼地把指南针放在山雀号的地板上，就在水罐前面，他现在没有划船，所以水罐就放在船尾。北边？什么？是在那儿？他让山雀号的船尾朝着指南针所指的正北方向。很好。另一根木杆在雾中若隐若现，河水正绕着它打旋。

他的泥锚总算触到了河底。山雀号转了个身，汤姆知道了潮水的大概方向。他把泥锚再次拽了上来，继续向前划。他时而看一眼魅影般的航标，时而把船桨探入水中，试试水深，继续划桨，潮水推动着小船沿航道边前进。他有一点过于自信了，只管往前划，很长一段时间都没有探测水深。后来，当他再次探测水深时，他发现又到了深水区。他继续往北划去。另一根木杆出现了一会儿就又消失不见了。汤姆心想，这比捉迷藏还要糟糕。现在他到底走了多远？起绒草号不可能离得很远吧。喊几声也没什么要紧的。他放下手中的船桨，静静地在水上漂着，同时认真地听着。海鸥在鸣叫，雾号也响起了，轮船还拉响了警报。他深吸一口气，大声呼喊道："起绒草号！啊嗬……嗬！"

没有回应。也许雾太大，很难听清。他再次呼喊："起绒草号！啊嗬……嗬……嗬！"

那声音听上去几乎就像回声，微弱而遥远。他看了一眼指南针。没错，东北偏东。汤姆继续划船，他一边凝视大雾，一边听动静。他几乎确信自己听到了他们的回应。

他又呼喊了一声，然后仔细听。

"啊嗬……嗬……嗬！"

是他们。毫无疑问。不过距离还很远。

他继续向前划。

突然，他听到一条狗在吠。他收起桨，站起身来，让山雀号在水面上漂浮。

“起绒草号！啊嗬……嗬！”

狗叫声又响了起来，接着是一阵齐声叫喊。是他们，他找到了他们。穿越大雾，来到布雷顿湖，找到了他们。现在不用看指南针，也不用抛泥锚了。他们肯定停在航道的一边，他只要过去和他们会合就可以了。

“啊嗬！”汤姆叫喊着，又划起船桨，调转船身，径直朝着威廉的欢叫声驶去。

“山雀号，啊嗬！”是桃乐茜的声音，双胞胎的声音没这么尖。

“一起喊。”他听到了“右舷”的声音。紧接着，起绒草号上的全体船员齐声高喊道：“山雀号！啊嗬！”

汤姆仿佛在参加比赛，用尽全力飞快地划桨，山雀号几乎要飞起来了。“好样的小威廉。”他自言自语。威廉似乎也猜到它的叫声起了作用，于是一直激动地叫着。

“啊嗬！”汤姆上气不接下气地喊着，接着他的船桨触到了泥土，山雀号突然停了下来，他猛地向后倒去，仿佛抓住了桃乐茜的“大龙虾”。

他立刻起身，拿着一支船桨拼命地挖泥土。他往前猛推，船桨却陷了进去。他感到船身在他脚下晃动，他用力想把桨拔出来，结果船又不动了。

接下来，大雾开始散去，但为时已晚。在二十米开外的那片湿湿的灰色泥土上，幽灵般的起绒草号倾斜着船身停在那儿，影子般的船员们都挤在座舱井。山雀号只向它靠近了三五厘米，就陷在泥中没法动弹了。浑浊的河水已经从它旁边悄悄退去了。

“嘿，”汤姆气喘吁吁地说，“我搁浅了。”

“我们也搁浅了。”“右舷”说。

“我们有人已经饿坏了。”“司令”说。

“我弄到了水，”汤姆说，“鸡蛋、牛奶，他们还给了我两条面包。”

接着，他拿船桨戳了戳淤泥，他意识到，山雀号和起绒草号虽然只隔了二十米远，可除非再次涨潮，这样的距离就和二十千米差不多啊。

第二十七章

英勇的威廉

“我们真是白痴，白痴，”“右舷”说，“我们应该大声告诉汤姆，让他不要靠近。”

不过在那种情况下，没有人能事事都考虑到。他们还拼命想让起绒草号重新漂起来，当然也失败了。后来大家就开始揣摩，要是汤姆发现游艇没有停泊在韦弗尼河领航员那边的话，他会怎么想呢？大雾里传来第一声叫喊，他们就知道汤姆来布雷顿湖找他们了，他们没有想别的，只想让汤姆知道他们在哪里。

现在汤姆和他们一样搁浅了。尽管有一段时间他们都忘了他们还饿着肚子，但现在他们忘不了了，因为鸡蛋、面包和牛奶，还有烧茶喝的水就在眼前，可惜又遥不可及。

雾依然很浓，不过他们已经能看清究竟发生了什么。一条小溪从起绒草号的船尾那边穿过淤泥，流进了航道——航道离其中一根标杆并不远，估计就是他们在航行时想盯紧着的那根。起绒草号的一侧陷进淤泥之前，它沿着这条小溪走了三四十米远。而山雀号是朝着已经偏离航道的起绒草号驶去的，大概在那根标杆和下一根之间的半路上，难怪汤姆没有看见一根标杆。他就在起绒草号旁边的那条小溪和主航道之间的泥土上搁浅了。他们都可以看到汤姆划着山雀号在不停地摇晃。要是他能让小船漂起来，就可以把船划到小溪上——那条小溪还有点水，这样就能离起绒草号更近了。然而他没法让小船动起来。淤泥已经包围了它，只见潮水从小船旁边经过，流向那些标示着航道的木杆。

“没法动了。”汤姆朝他们大叫道。

“得等到潮水再次上涨才行。”“右舷”说。

“我说，”汤姆说，“到那时我们还是到不了雅茅斯。逆风又逆水。潮水还涨得非常快。”

“要是停在里德姆就好了，我们可以打电话叫陪伴号拖船来接我们。”巴拉贝尔夫人说，“不过说这个又有什么用呢？都是我的错。我违背了船长的安排。要是我们直接开到领航员那边去，就什么事都没有了。不要叫了，威廉，叫了也没用。我们没有吃的了，你也一样。”

“我最好带点食物试着从泥地上走过去。”汤姆大声说。

“别，”“司令”说，“别试了……如果你陷了进去，我们也救不了你啊……而且我们也没法靠近一点拿食物吃。”

“你们能不能扔根绳子过来？”汤姆喊道。

“太远了。”

“我可不敢把面包扔给你们。”

“做一双可以在泥地上走的鞋子怎么样？”“左舷”提议说，“在脚下绑块木板，然后像鸭子那样踱过来。”

“没有工具啊。”巴拉贝尔夫人说。

“也没有木板，”“右舷”说，“除非我们拆了起绒草号。”

“那根拖绳够不够长？”迪克问，“船首舱里的那一大卷绳子。我们在雅茅斯的时候用过。”

“够长，”“右舷”说，“差不多够长吧。但是我们扔不过去啊。”

“我们可以用这个办法，”迪克说，“如果威廉能帮忙的话。不过它不会愿意的。说真的，我觉得您也不会同意。”

“威廉？”

接着迪克把他的想法解释给大家听，就连双胞胎也感到振奋了一点，在泥地上干等着真的很难受。这个办法能行吗？

“威廉确实不怎么重，但是要跑得够快才行。”

“它会觉得那根细绳在后面拉着它。”

“不需要用细绳。开始时用多轻的东西都没关系。我们先用棉线，然后再用细绳。我们还有一大团细绳。”

“我有一卷棉线，”桃乐茜说，“妈妈给我的，以防迪克衣服上的扣子掉了需要缝上。”

“如果把线圈插在‘司令’的一支铅笔上，”迪克说，“那样放线的话，威廉根本感觉不出来。线圈中间的洞够大吗？”

桃乐茜侧着身子溜进船舱，摸索了一番，找到了她的小提箱。整个船舱都倾向一边，根本不能行走。

“可怜的老威廉。”她看着威廉说。威廉也讨厌大雾，正舒舒服服地躺在背风面的床铺上。

“把它的项圈拿过来，”“司令”说，“就在镜子下面的柜子里。”

很好。“司令”真的愿意让威廉试一试。迪克总是在这样的时刻突发奇想，想出最棒的点子，桃乐茜觉得双胞胎没想到迪克能起这么大的作用。

"司令"把铅笔插进棉线圈，轻轻拍了拍，让线圈转了起来。

"这样威廉就感觉不到被线扯着了。"迪克说。

"威廉。""司令"突然拿定了主意。

没有回应。

"威廉。"她又叫了一声，然后俯下身子，把头探进船舱。

威廉蜷缩在左舷那一侧的床铺上。很快，它感觉到主人的手紧紧抓住了它的颈背。它被拎出了船舱，来到寒冷的雾里，然后被扔在了座舱井里——那里和船舱一样，似乎也一直倾斜着。威廉犹犹豫豫地想回到船舱里去，可发现大家挡住了它的去路。毕竟是它的主人把它拎出来的。它装出一副本来就要出来的样子，在座舱井的地板上滑行，然后爬上左舷边的座位，爪子趴在舱口围板上，望望大雾，又看看下方灰绿色的泥地，汩汩溪流从淤泥中流过。

巴拉贝尔夫人把项圈套在了它身上。

"怎么样，威廉？"她说。

威廉抬头看了看她，瞪着一双黑眼珠子，眼神里带着一丝怀疑。那只绿色的皮项圈上有很多银铃铛，平常它觉得很烦，但它也知道，除非是到镇上去散步，或到谁家的花园里去，否则就不用戴那个东西。不管怎样，走在干燥的陆地上，还能知道自己身处何方，不会像这艘可怕的船那样倾斜着身子。它觉得戴上项圈意味着是要去糖果店或者其他讲究的地方，所以它很顺从地戴上了。

"你好啊，威廉。"汤姆大声喊道，然后威廉冲他回吠了几声。

"它没问题的，"桃乐茜说，"汤姆叫它做什么，它一般就做什么。"

“棉线准备好了吗？”“司令”回过头来问。

“这边是线头，”迪克说，“我打算抓住铅笔的两头，这样线圈就不会滑掉了。只要它肯往前走……”

“好了，威廉，”“司令”说着，把棉线一头系在项圈的皮带扣上，“轮到你表现的时候了。对每个人来说，都有一个这样的时刻，这一刻他必须做一个英雄，否则他的余生都会为此遗憾。你准备好了吗，迪克？幸好这棉线很结实……好样的小狗。总是干干净净的……从不让脚沾上泥巴……”

“你要一直喊它的名字，汤姆。”“右舷”大声说道。

“喊谁的名字？”汤姆说，他的声音从泥地那边的小船上飘过来，听上去怪怪的。他一直在忙着整理他的船帆。现在用不上帆了，他就把它们整整齐齐地收好。

“喊威廉啊，”桃乐茜说，“它要拉一根棉线过来。”

“一根生命线，”“左舷”说，“它就是一条火箭哈巴狗。”

然后，威廉的主人突然把它拎了起来，放到起绒草号旁的泥地上，她紧紧抓着项圈，唯恐淤泥太软，连小哈巴狗也会陷进去。紧接着，她就开始擦拭眼睛上的泥巴，因为威廉拼命挣扎着想爬回船上，把泥浆溅得到处都是。可是它的前爪什么也抓不住。不到半分钟，它就变成了一头裹满泥巴的灰色小河马，而不是一条端庄而自重的哈巴狗了。

“快跑！”“司令”再次俯下身子，取下了项圈的皮带，“不会陷进泥里。”威廉站在泥地上，只有那根棉线牵着它。

“跑呀！”大家都一起喊，“快叫它，汤姆。快叫它。”

“好伙计，”汤姆呼喊道，“来啊，威廉！威廉！快来，伙计！快来！有巧克力，威廉……”

“还有巧克力吗？”桃乐茜问。

“它的盒子里还有一块，”迪克说，“早晨我喂它吃早饭的时候，还留了一块。”

“继续跑，威廉！”“司令”说，“我也没有办法。你必须当一回英雄。加油！去找汤姆！”

“威廉！”汤姆的声音再次传来，“好样的，老威廉！”

威廉没有再挣扎着要回到起绒草号上去。它扭头看了看。被扔进黏糊糊、黑乎乎的泥巴里，还有绿色的泥浆，它这辈子还从来没有遭受过这样的待遇。以前它可是老被教训要在垫子上擦干净爪子。威廉大叫起来，它备感疑惑，那双黑眼珠子一直往外突着。

“我们还是让它回来吧。”“右舷”说。

“别犯傻了，‘右舷’。”“司令”尽管嘴上这么说，但是当她看到很不开心又浑身是泥的小狗时，眼里噙满了泪水。

“过来，威廉！”

“他过去了。”“左舷”说。

威廉朝着山雀号和它的朋友汤姆出发了。然后它突然停了下来，转过身子。

“不要让棉线缠住它的脚。”迪克说。

“去呀，威廉。去那边，我们不要你了。去找汤姆！汤姆！去他那边！去找他！”

威廉最后厌恶地看了一眼起绒草号上的人，摇摇摆摆地从泥巴上走了过去。

“线团放线一点问题都没有。”迪克说。

其他人看着线团在铅笔上不停地转动，铅笔两头被攥在迪克手里。

“停下了。汤姆！汤姆！让它继续走啊。”

不过威廉只是犹豫了一小会儿，它已经走过大半段路了。线团又开始转起来，棉线越放越多。

“它到那边了。”

“汤姆把它拉上船了。”

汤姆的声音突然变了调。刚才他一直呼唤威廉，求它往前走，但现在威廉上了山雀号后就不停地甩身子，汤姆尽全力要保住他的船帆。“闭嘴，威廉！不要动！我帮你擦掉泥巴！真的不要动！”

“你拿到棉线了吗？”迪克喊道。

“我拿到了！站好了，威廉！”

“轻轻拉。一定要轻点！”

“确定把细绳系好了？”

他们把细绳从船边往外放的时候，线圈就在座舱井里滚来滚去，汤姆拉紧棉线，从淤泥里把细绳的一头拽了过来。

“抓住了，”汤姆喊道，“干得好，谁想出这个点子的？别动了，威廉！”

“现在是缆绳，”迪克说，“我们一会就能把东西弄过来了。细绳可承受不了什么重量……”

“再开始拉，汤姆。”“右舷”大叫道，她没有把细绳剪断，而是直接把它绑到那一大捆缆绳上，自从他们穿过了雅茅斯，就再没用过这些缆绳。双胞胎从前甲板上往外放缆绳，缆绳就在泥地上蜿蜒前进，与此同时，座舱井里的细绳也继续往外送着。

“拿到了，”汤姆喊着，“现在要干什么？”

“我们得把细绳拉一半回来，”迪克大叫着说，“你固定好你那一头。然后我们就可以通过缆绳传送东西了。”

“你们在绳子上放一只钩环，”汤姆大声说，“前甲板上有一只多余的。就在船头那里。”

“我找到了。”“左舷”说。

“太棒了，”“司令”说，“但是，噢，我真希望可怜的威廉不要被冻死。”

“我们把它的那块巧克力送过去。”

“还有鱼肝油，”“司令”说，“它应该吃点鱼肝油。”

“我们也会送过去的。”桃乐茜说着，钻进了倾斜的船舱，“汤姆需要一把勺子，是吧？”

“威廉总是喜欢用它自己的勺子。”“司令”说。

这样一来，起绒草号和山雀号之间搭起了一条绳索通道，第一批准备运送过去的包裹里有一小块巧克力、一瓶鱼肝油，还有一把威廉专用的勺子，正是先锋威廉穿过泥地才开拓了这条通道。

“这些东西运过去的时候会沾满泥巴的。”桃乐茜说。

“我们不能把两头都抬高吗？”迪克说。

“当然可以。”“右舷”说，“嘿！汤姆！抬高你那边的缆绳……挂到桅杆上去……不要让东西沾上泥巴……”

这很容易。汤姆把他这一头的绳子系到了山雀号的升降索上，然后把升降索像升帆那样升了起来。双胞胎在起绒草号上也是这样做的。不一会儿，缆绳就不再躺在泥地里了，而是伸展在两艘船的桅顶之间。缆绳上的钩环是可以移动的，现在也绑在了细绳上，威廉的包裹就系在钩环上。

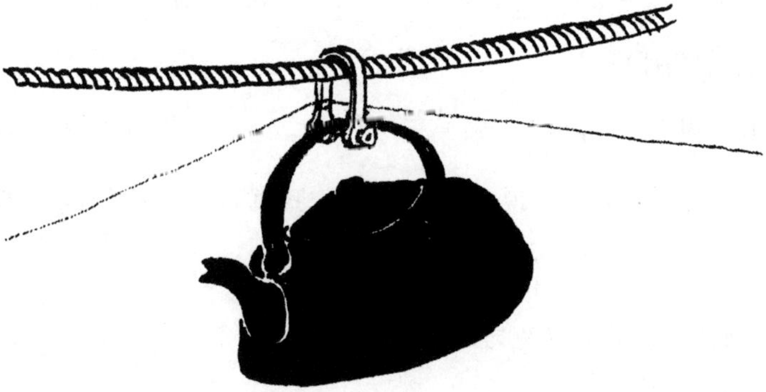

“一切准备就绪。”“右舷”大喊道。

汤姆拉紧了细绳。在一片欢呼声中，包裹离开起绒草号的桅顶，慢慢地滑了出去。缆绳中间有点下垂，不过包裹还是在泥地上方。包裹到达山雀号的桅顶后，汤姆松开升降索，包裹很快就落到了他的手中。

“给我们送点水吧。”“司令”喊道，“装在水壶里，我们就能烧水喝了。一次不要装太多。”

“威廉是先吃巧克力，还是先吃鱼肝油？”汤姆问，他用山雀号上的水壶给他们装了一些水运过去，迪克拉着细绳，尽量不让水壶摆动，但还是洒出了一点水。

“巧克力都是最后吃的。”威廉的主人大声说。

“好了，过来吧，威廉。”汤姆说，他小心翼翼地端平装满鱼肝油的勺子，伸出胳膊把沾满泥巴的威廉揽过来，让它坐好，就像在兰沃思和奥尔顿湖下雨时看到它坐在“司令”的膝盖上那样。威廉乐于做任何它习惯了的事情，这会儿它在山雀号上坐到了汤姆的膝盖上，尽管搁浅在布雷顿湖的泥地里，但它还是很快就把鱼肝油舔完了，就跟它在家里的时候一样。

接着，小水壶又沿着绳索通道回来了，汤姆又装了一些水运过去。就这样来来回回运了三四次。起绒草号上的煤油炉已经点着了，炉子放在座舱井的一个角落里，有一边垫了只颜料盒，让炉子保持平稳。然后，一条面包被送了过去。因为怕出意外，汤姆把鸡蛋分成两份装在篮子里，一次运送一打。山雀号上牛奶罐里的牛奶也是分成小份运过去的。“汤姆，你就不用煮茶了，”巴拉贝尔夫人看到汤姆点煤油炉，就大声说道，“我们煮好了就给你运过去，不过，要是你能给威廉弄点面包和牛奶的话……”

大水壶里的水一烧开，起绒草号上的人就用小牛奶罐装满热茶，用绳索通道给汤姆运了过去，还把手帕包着的两只煮鸡蛋、一大片面包和一块黄油三明治也运了过去。因为山雀号上没有煮锅，汤姆就用煎锅热了一点牛奶。他切了点面包扔进牛奶里，尽管威廉更愿意用自己的盘子吃东西，这种情况它也只好将就一下了。两艘船上的人都坐了下来，享用这天的第一顿美食。他们搁浅在泥地里，还错过了涨潮，今天是没有机会穿过雅茅斯了。一切都出了错。但至少，多亏了汤姆、迪克和英勇的威廉，没有人会遭受挨饿的痛苦了。

英雄

第二十八章

遇难与救援

“又开始涨潮啦，”汤姆终于喊道，“再过一个小时，就会涨到布尔河，开往南方的船也要过来了。”

潮水开始慢慢吞没滩涂的边缘，细碎的浪花匆匆涌上泥地，又马上后退，汇入其他的小浪花中，于是浪花越来越大。苍鹭在齐膝的水中寻找食物，等着那些被潮水卷上来的小鱼。随着潮汐的变化，雾渐渐散了。苍白的阳光照了过来。他们在起绒草号上可以看见远处的铁路桥，还有上游那两条河的交汇处。北边，一艘黑色的大帆船出现在低洼处。起绒草号搁浅之前经过的那条小溪现在已经涨满了水。标示深水航道的黑色大木杆的四周也在慢慢地涨潮。水漫过泥地，离山雀号越来越近了。是时候为起航做准备了。汤姆想好了计划。只要起绒草号能浮起来，他就马上把它拖进深水区，然后再回到领航员那边去，等着早潮。

“还有什么东西要送吗？”汤姆大喊。

“解开缆绳之前，你能不能把威廉送过来啊？”桃乐茜提议道。

“太沉了，”汤姆说，“它会陷进淤泥，还会把起绒草号弄得和可怜的老山雀号一样脏。它现在还算干净。”

“让它和你在一起吧。”“司令”说，一听到有人提起威廉，她就抬头看了看。这会儿，她正坐在倾斜的舱顶上，描画退潮时的布雷顿湖，小山雀号倒映在珍珠般晶莹的泥地上，就像倒映在水中一样。

“我准备解开这一头的绳子了，”汤姆说，“这样我就可以把桅杆放下来，山雀号很快就要变回小划艇了。”

他从升降索上解开缆绳，然后把它扔进了泥地。“拉过去吧！”

“双胞胎，把绳子卷起来，往里收。”

“左舷”和“右舷”很高兴有事情干，她们刚才正想着明天的比赛，担心她们不在老爸身边，老爸会怎么办，一想到这些就很难过。这会儿，她们两人双手交替着拉动拖绳，拉了几米之后，突然停下了，因为拉到了被泥巴裹住的那一段绳子。

“太难闻了，”“右舷”说，“当心。别拉了，先用水冲一冲，再拉进船舱放起来。”

“离舱顶远点，”“左舷”说，“别让泥巴沾到帆布上。谁的手干净？把三角帆推开。幸好我们把它卷了起来。”

“快点，迪克。”桃乐茜说，迪克放弃了寻找那些消失不见的琵鹭，帮着她弄三角帆，把它卷到短帆桁上，又为了安全起见，把它收进了船首舱。

“嗨，”汤姆大叫道，“别把绳子收进船首舱。我还要用它把起绒草号拖进航道呢，到时水就会把上面的污泥冲干净的。”

于是绳子就那样卷起来丢在前甲板上，上面沾满了灰泥巴，还缠有绿色的杂草，迪克忙着收拾系着钩环的细绳。

“水朝我这边涨上来了，”汤姆大声说，“再过十分钟，山雀号就能浮起来了。”

“水也漫到我们这里了。”桃乐茜喊了回去。

水渐渐漫过了山雀号和起绒草号之间的泥地。其实那不过才三十厘米深，不明就里的人可能以为他们已经浮起来了，只可惜起绒草号依然倾向一边。

“第一艘船从那边过来了。”桃乐茜大声说。

大家朝布雷顿湖望过去，那两排长长的航标杆一直延伸到雅茅斯。下游很远的地方有一个小黑点正在航道里移动。要不是他们这么忙的话，应该早就注意到了。

“就是一条小划艇，”“右舷”说，“没准是渔夫赶着涨潮的时候回家。现在水位真的开始上升了。我们能在那艘船开到这里之前浮起来就好了。”

“不管怎么说，那一艘不是小划艇吧。”几分钟之后，桃乐茜说。

“是艘摩托艇。”“左舷”回头看了一眼说。

“真的是艘大船。”“右舷”说。

起绒草号上的每个人都停下了手中的工作。“右舷”话中有话，“司令”手里拿的粉笔停在了半空，迪克也停止了绕绳子——他刚想出一个科学的方法把细绳绕成一团，这样转动的地方就不会掉下来了。汤姆什么也没听到，他正忙着拉他的桅杆，要把桅杆从船头座板的洞里拉出来确实是个辛苦的活儿。

“但是不可能啊，”“右舷”说，“比尔昨天还说，他们还得两天才能离开罗克瑟姆。”

“他肯定记错了日子，”“左舷”说，“我肯定就是他们。汤姆！汤姆！那帮混蛋来了！”

“噢，藏起来！藏起来！”桃乐茜大喊。

汤姆转过身，不再和山雀号的桅杆搏斗了。毫无疑问，现在摩托艇已经超过小划艇，冲着布雷顿湖飞奔而来，船头溅起朵朵浪花，船尾在航道上划出一道V字形水流，长长的尾波一浪逐一浪地拍到滩涂上。哪怕是在黑夜里，汤姆也能分辨出玛格丽塔号引擎的噪声。是它，就是它，那超大音量的声响也从船上的扩音器里传过来了。

汤姆看看这边，望望那边。如果那些人有眼镜或望远镜的话，可能早就看到他了。无论如何，没法逃跑了。他感到自己像一只困在蜘蛛网上的苍蝇，眼睁睁地看着蜘蛛向它扑来。起绒草号和山雀号都被困在浅水区的泥地上，很明显，任何人都看得到。要是湖水再涨上几厘米，让他们的船浮起来就好了。不过就算这样，他们又能跑到哪里去呢？现在唯一能做的就只有一件事。成功的可能性不大，但这是唯一的机会。汤姆冲其他人做了个孤注一掷的手势，示意他们躲起来，他自己则钻到山雀号沾满泥巴的底板下，把威廉紧紧抱在怀里，说好话哄它，求它别发出声音。

起绒草号上的人都没有看到那个手势。他们的眼睛都盯着玛格丽塔号。直到几分钟过后，桃乐茜小声地说了句："汤姆不见了。"

现在水已经从泥地蔓延至山雀号四周，那艘小船就像被人遗弃了，抛了锚，漂在水上。

玛格丽塔号随着潮水轰隆隆地过来了，响亮而甜蜜的歌声在这个宁静的傍晚弥漫：

我想成为你的小甜心，你的小傻瓜，你的小宝贝，

我想成为你的小宝贝，傻傻的甜心，是的，我愿意。

“确实是他们。”“左舷”嘟囔道，声音充满了苦涩。

“别找我们就行。”右舷”说。

他们尽量压低嗓子，大摩托艇越来越近了，尽管上面的人根本不可能听到他们说话。

“我们应该像汤姆那样躲起来，”桃乐茜说，“快点！”

“就这样吧，”“司令”说，“已经太晚了。要是我们突然不见了，他们肯定会注意到的。”

“好了，”“右舷”小声说，“他们要过去了。”

接下来，最糟糕的事情发生了。

尽管汤姆用手帕帮威廉擦过身子了，但它身上还沾着泥巴，滑溜溜的，它很生气自己像个囚犯一样困在那里。这时，摩托艇上的噪声越来越近，威廉猛地挣开，从汤姆的怀里逃出去，跳上一块座板，扯着嗓子大叫起来。

“噢！威廉！叛徒！叛徒！”桃乐茜差点要哭了。

“他们发现了！”“左舷”说。

在摩托艇上掌舵的男人直直地盯着山雀号和它旁边的起绒草号。

“他们在那儿！”他突然大喊起来，声音大得甚至盖过了扩音器和引擎。他转动舵轮，玛格丽塔号猛地调头，差点要翻船，然后直接奔向山雀号……

“哎哟！小心！”“右舷”大叫，好像她自己就在摩托艇上，看到了前方的危险。

“他们忘了潮水这回事。”“左舷”说。

接着，灾难来了。那个舵手猛地调头，吓坏了其他人，他们都从船舱里拥了出来，只见玛格丽塔号朝着山雀号全速前进，结果被潮水冲到岸边，左舷船头撞上了一根大航标杆。船板挤了进去，木板都裂开了。然后潮水绕着船尾打转，船继续往下漂。

船上的噪声越发刺耳。扩音器里还在播放讨厌的歌曲，玛格丽塔号上的人要么大吼大嚷，要么惊声尖叫，引擎也不知道出了什么问题，突然停了一下之后，就开始像飞机的引擎那样飞转起来。直到事后，大家才知道，那个舵手从“全速前进”直接调到了“全速后退”，挂空了螺旋桨，熄灭了引擎，接着又突然启动引擎，加到最大油门，他前后推动操纵杆，想让引擎带动一只早已脱落的螺旋桨。

形势瞬间大变。玛格丽塔号撞上的那根大标杆正是汤姆曾观察过潮水涨落的那根老木杆，听到一声巨响，藏在山雀号底板下的汤姆急忙起身，看到玛格丽塔号正沿着航道漂浮，它的船头撞出了一个洞，水正往里面灌。他不再躲着那帮混蛋了。他们正冲他大喊大叫，求他来救他们呢，刚才他们还以为马上就要逮住他了。汤姆拼命地摇晃山雀号——这时水深还只有三五厘米，汤姆想让它快点漂起来，这样他就能赶过去救人。

汤姆和“左舷”、“右舷”这三个“黑鸭子”立马意识到这帮家伙的处境有多危险。其他人本来还准备庆祝汤姆逃脱了那些混蛋的魔掌，但很快他们也看到了玛格丽塔号损坏得有多严重，如果船上的那些人不想方设法自救，情况可能会变得更糟。玛格丽塔号拖着一艘小划艇。两个男人冲到船尾，想松开系船绳，把小划艇放下来。可他们互相不配合。

一个人掏出一把刀割绳子，以为另一个人抓着绳子。结果绳子掉了下去。他们伸手去抓，没够着，小划艇就漂走了，离他们越来越远。他们拿起一根钩篙，想要钩住小划艇，只试了一次，又把钩篙弄丢了。

“船头已经下沉了。”“右舷”说，“噢，他们就不能把那恶心的音乐关了吗？”

起绒草号上的人看着眼前发生的一切，几乎都不敢喘气了。游艇在潮水的带动下正在向航道的深水区漂去。越来越明显的是，船在水面上撑不了多久了。难道就眼睁睁地看着那帮家伙淹死吗？没人过来救他们吗？

他们绝望地朝雅茅斯张望。一艘小划艇正开过来，不过速度非常慢，而且离得又非常远。太晚了，一切都太晚了，没什么能救他们，除了船上的桨。不过那艘小划艇上的人还是在努力。只见他们挥舞着船桨，船上的桅杆慢慢地从船头竖起来，接着他们又猛拉一阵，一张破破烂烂、打满补丁的灰色旧四角帆歪歪扭扭地升上了桅顶，这张四角帆对于小划艇来说也太小了。帆鼓得满满的，他们往船尾拉帆脚索的时候，船停了一会儿。

“太棒了！”“右舷”扯着嗓子大声欢呼，“太棒了！是死神与荣耀号！”

整个诺福克没有其他人会用那种形状和颜色的破船帆。这时也没人管他们是怎么来布雷顿湖的。他们来了就好，起绒草号和山雀号都还搁浅着，只能眼睁睁地看着这场生与死的较量。现在还在刮东风，老死神与荣耀号虽然扬着帆，但船桨还在不停地打着水，以有史以来最快的速度飞奔。它也许能救他们。大家转身去看水上漂着的那艘摩托艇，船头

小划艇漂走了

已经渐渐没入水中，船上那些人都挤在船尾的舱顶上。

“真要沉船的话，会一下子就沉下去的。”“右舷”低声说。

“水也很深。”“左舷”说。

时间一分一秒地流逝，死神与荣耀号沿着航道，从他们旁边驶过，它那破破烂烂、满是补丁的旧船帆在风中鼓起来，比尔和皮特双手握桨，一下一下地拼命划着，竭尽全力让船快点跑。乔站在船尾，握着舵柄，眼睛死死地盯着前方的敌人——现在这些敌人突然变成等待拯救的难民了。

“加油，死神与荣耀号！”“右舷”大喊道。

“坚持住！”“你们能做到！”“真棒！”“加油！”其他人也大声为他们打气。威廉完全不知道这是怎么一回事，就在山雀号的一块座板上跳来跳去，然后又跳到另一块座板上，不停地大声吠叫，都要吠破嗓子了。

玛格丽塔号的引擎声终于停了下来。船被潮水带着在航道上漂移，那帮人的叫喊声越来越微弱。

“很快就要赶上了。”“右舷”通过望远镜看着已经漂到很远、渐渐下沉的摩托艇说道。

在远处的航道上，死神与荣耀号已经追上了玛格丽塔号，它破旧的船帆降了下来。起绒草号上的人们听不清他们在说什么，但很明显，他们正在争论着什么。他们看到乔用手指着玛格丽塔号的船头。他们还看到船上的那五个家伙，挤在后舱顶上，挥舞着手臂，晃动着拳头——“右舷”是这么说的。两艘船贴在了一起，然后分开，接着又贴在了一起。

有人扔了一根绳子，没接住，他们又把绳子卷了一下，再扔出去。

“他们为什么不把那些可怜的家伙从船上弄下来?”巴拉贝尔夫人说。

“右舷”笑了。

“他们都是船匠的孩子，”她说，“当船有危险的时候，他们不会只考虑救船上的人。他们现在苦恼的是怎样才能让玛格丽塔号不沉入航道里。你们等着看吧。他们肯定首先会把船拖离航道。”

她说对了。死神与荣耀号朝着航道南侧的一根红色航标驶去，摩托艇也往那边漂浮着。他们用拖绳拖着摩托艇，摩托艇的船尾向前，船头几乎全淹没在水中。死神与荣耀号从两根红色航标之间离开了航道，玛格丽塔号就跟在它身后。然后它停了下来。

“搁浅了。”“左舷”说。

“现在安全了，”“右舷”说，“好样的，乔。”

他们看到乔跳上了那艘失事的船，他走在前甲板上，就像走在水上。他把玛格丽塔号上的泥锚扔到死神与荣耀号上，然后死神与荣耀号又开始往前拖，泥锚也被扔进了泥地里。最后，终于，当玛格丽塔号搁浅在浅水区的泥地上、不会再有什么危险后，乔和他的同伴们才开始着手营救船上的人，船已经被他们弄得乱七八糟。“这帮白痴!”“右舷”举着望远镜，一边看一边说，“所有人都抢着先跳下来。”

“好了，”巴拉贝尔夫人说，这时，营救船和失事船之间的距离已经拉远了，她看到那帮家伙都上了死神与荣耀号，“我很高兴没事了。”

“当然了，”桃乐茜不满地说，“如果写故事的话，他们当中一两个人就应该淹死了。故事里，你不能让每个人都是幸存者。”

“要不是死神与荣耀号，”“左舷”说，“他们一个也活不下来。玛格丽塔号会沉入深水区，整船的人都会被淹死。乔打算怎么处置他们呢？好像他正在升帆。”

“他逆着风什么也做不了啊，”“右舷”说，“死神与荣耀号做不到的。而且潮水也涨起来了……太好了，汤姆的船漂起来了！”

“把拖绳拴在舷台上。”汤姆大叫着说。

就在这段时间里，湖水一直在不停地上涨。正当那帮家伙中的最后一个从玛格丽塔号下去的时候，汤姆感觉脚下的山雀号开始动了。他立刻放下了桅杆。船帆很早之前就收起来了。汤姆抽出船桨，朝着起绒草号的船尾划过去。威廉虽然沾了一身泥巴，爬上自己的船还是很愉快的。汤姆系紧了拖绳。

“试着从这一边移到另一边。”汤姆说。

起绒草号的龙骨在泥地里动了起来。大雾中他们闯进的那条小溪，现在已经涨满了水，汤姆用桨猛划了几下，拖绳从水中弹起来，又落下。

“船在动。”迪克说。

“它一定会动的。”“右舷”说着，使劲撑了一下船。“左舷”把整个身子横出去，手里抓着侧支索，从船这一边转到另一边，巴拉贝尔夫人、迪克还有桃乐茜在座舱井里也从一边转到了另一边。

“它出来了。”

起绒草号滑入了小溪。很快，拖绳换到了船头上，汤姆要把它拖回航道。几分钟后，起绒草号终于再次回到黑色航标的右侧，顺着潮水往下漂，“左舷”和“右舷”开始把主帆升起来。拖绳现在差不多干净了，他们一把一把地把它拉了回来。汤姆爬上了起绒草号，小山雀号再次变回了挂在船尾的小划艇。

“我们看看能不能过桥吧。”“右舷”一边望着远处布雷顿的长铁路桥一边说。只要他们能过那座桥，她们俩就能及时赶回家参加明天的比赛了。

“左舷”忙着拖地。“前甲板的泥巴都拖干净了。”她说，“三角帆呢？”

迪克和桃乐茜小心翼翼地从船舱里把三角帆抱了出来，“司令”牢牢地抓住浑身泥泞的威廉，生怕它的爪子踩到三角帆上。

三角帆升了上去，起绒草号在水中的速度快了很多，穿过航道，朝着对岸的一根红色航标杆驶去。它转了个弯，又后退了回来，没有前进一寸。汤姆再次开着它穿过航道，结果又折了回来。毫无疑问，这下起绒草号真的不听使唤了。风渐渐减弱，汹涌的潮水推着它往布雷顿桥相反的方向越走越远。

“没用的，”汤姆说，“我们只能先回到领航员那边去，看看明天能不能再通过雅茅斯。”

“我们完了，”“左舷”说，“现在太晚了。晚上我们也没法走陆路回家。”

“老爸一个水手都没有。”“右舷”说。

起绒草号满载着忧伤，调转船头，顺着潮水，去和死神与荣耀号会合。

死神与荣耀号正来来回回地在航道上抢风航行，每抢一次风就往后退一些，尽管比尔和皮特还在不停地划船，希望能让它前进。在航道南侧的红色木杆外，潮水都已经涨到玛格丽塔号的后船舱了。远方有个小黑点，那是玛格丽塔号的小划艇，正朝着里德姆湿地漂去。

“乔，”汤姆靠近死神与荣耀号时大声喊道，“你们不能逆着潮水开到雅茅斯去。我们也没办法过去。回领航员那里吧？”

就在这时，桃乐茜难过地回头眺望雅茅斯，看见远处的水面上有东西在移动。

“又来了一艘摩托艇。”她说。

“太好了，”“右舷”说，“我想肯定是陪伴号。望远镜呢？”

在布雷顿铁路桥上游，一艘游艇把主帆升到了最顶上。一定是陪伴号把它从布尔河上拖过来了，小拖船现在位于游艇和起绒草号中间过去一点的位置，上面挂着红白相间的旗帜，正以飞快的速度向布雷顿湖驶来。老鲍勃已经看到这边出事了。

乔也看到了那艘摩托艇，他担心自己的救援成果会被人夺走。

“雅茅斯骗子。”他看了看失事的船说。然而潮水已经把他带出去很远了。就算有两台强有力的“引擎”——比尔和皮特，他也不可能比那艘从雅茅斯开来的摩托艇更快地到达失事船附近。

陪伴号似乎转眼就来到了他们旁边，明明才看到它的呀。它绕着失事船转了一圈，就朝死神与荣耀号开过来，也许是因为老鲍勃看到出事船上的船员都在这艘老柚木船上。

“走开，别碰它，”乔扯着嗓子喊，“那不是一艘废弃的船。别碰它，你离它远一点！”

“带我们去雅茅斯！”船上的那帮家伙大声喊着。

“它不是废弃的船，”乔还在喊，“它离开了航道。我们把它停在浅水区，已经抛锚了。它是罗克瑟姆罗德利公司的，你别去碰它。”

老鲍勃关掉了他的引擎，听他们讲什么。然后他笑了。“没问题，小伙子，”他大声说，“船停在那边没事。我不是来打劫你的。你的营救工作干得很不错。现在你们要去哪里？”

“到雅茅斯去。”那个在玛格丽塔号上掌舵的人大声说，“我们想去岸上。”

陪伴号绕到了起绒草号旁边。

“您好啊，夫人，”老鲍勃对“司令”说，“你们也要去雅茅斯吗？哎呀，你们终于找到了你们的船？”他看到“左舷”和“右舷”从船上对着他笑，就又问了一句。

“我想我们现在没机会穿过雅茅斯了，得等到明天早上，”“司令”说，“这会儿潮水似乎太急了。”

老鲍勃又笑起来。“我现在就带你们过去，”他说，“管他潮水不潮水。只要我的陪伴号说‘走吧’，那就可以走。我正要把这一大帮人带过去，顺便带着你们一起。你们准备好，过桥的时候放下桅杆。到了北河，你们就能跟上潮水了。”

“那她们就赶得及了。”桃乐茜大声说。

“我们肯定没问题。”“右舷”说。

“永远不要把话说得太早。”“左舷”说。

“也许我们应该帮他们把那艘漂走的小划艇拖回来。”汤姆一边指着远处一边说。

“你们快准备一下。”老鲍勃说完就又走了。突突突，突突突，他要赶在玛格丽塔号的小划艇被冲上岸之前把它拖回来。

“噢，你就不能让那该死的小划艇漂走得了？”那帮家伙中的一个人嚷嚷道。不过鲍勃听不见他说了什么。

起绒草号上的人又开始四下忙碌。汤姆驾着船，费力地来回折行，等着老鲍勃回来。“左舷”和“右舷”在前甲板上准备降下主帆。迪克和桃乐茜又回到船舱里收拾三角帆。很快，拖船拖着玛格丽塔号的小划艇，突突突地回来了。老鲍勃拿来死神与荣耀号上那条长拖绳，扔给起绒草号上的汤姆，然后又把陪伴号上拖绳的一头扔到起绒草号的前甲板上。“右舷”抓住了它，然后系好了。

“准备好了吗？”老鲍勃大声问道，“掌舵小心点。”

他在前面慢慢地移动。先是起绒草号，然后是山雀号，都被这艘小拖船牵动起来了。随后，死神与荣耀号也调转船身，跟上了他们。他们出发了。

起绒草号的主帆被放了下来。

“嘿，汤姆，”“右舷”说，“把桅杆放下来怎么样？你来拉缆绳，行吗？‘左舷’负责掌舵。”

汤姆向前走去。有那么一会儿，他完全忘了他还有桅杆要放下来。他一个劲地盯着玛格丽塔号的后船舱，那就是水中的一座忧伤小岛。他们有几分钟没听到船上的喇叭响，现在，他们突然又听到了。

“我们现在切换到……无赖乐队……转播自……”停顿了一下，接着一阵噪声突如其来，几乎刚开始就戛然而止，“巴拉。塔拉塔拉塔拉……

塔拉。塔拉……巴拉啊啊啊啊啊！”然后安静下来，只能听见陪伴号突突突的响声了。

“最后谁关掉了那玩意儿？”“司令”说。

“我想是进水了，”迪克说，“水一定是漫过电池，造成了短路……”

“真是谢天谢地。”“右舷”在前甲板上紧挨着汤姆。他们准备把起绒草号的桅杆降下来。布雷顿大桥，刚才还那么遥不可及，现在却越来越近了。

第二十九章

面对面

“汤姆，你来掌舵吧。”“左舷”大声说。

汤姆听见了。他正站在前甲板上，一只手搭在降下的桅杆底部，一会儿看看陪伴号，一会儿看看老鲍勃——他站在船尾，弯着腰，紧紧地抱住舵柄，一会儿又看了看出事的玛格丽塔号的小划艇，还看了看前方长长的铁路桥和雅茅斯镇。不过，他眼睛看着这些东西，却没往心里去。他终究是失败了，其他人似乎并不清楚这一点。一直以来，他都躲着那帮外地人，可到了最后还是没能躲过去。起绒草号上的其他人想的是这次的船难和营救、如何穿过雅茅斯、怎么及时赶上明天的比赛。而汤姆满脑子只有一件事。他们在布雷顿湖上每前进一米，就越来越接近这个时刻：那帮混蛋会弄明白他是谁家的孩子，正是这个孩子解开了他们的系船绳，让他们的船漂走。他爸爸叮嘱他要离他们远远的，但现在他们就在那里，他跟他们一起被拖到了布雷顿湖上。他可不要去看他们。不过，他似乎一回头就能看到他们全都坐在后面拖着的死神与荣耀号上，不管怎么说，那三个护鸟的小伙子、小“海盗”和救援人员帮他脱了身。还有，他并不希望那帮混蛋全都淹死。如果他当时能把山雀号从泥地里弄出来的话，他自己也会过去救他们。

“汤姆，过来一下。”“左舷”说。

他去了船尾，站在那里，用一只脚掌舵。他忍不住往下看了一眼山雀号，那小船浑身是泥，都是可怜的威廉蹭上去的——它表现得很英勇，在两艘船之间搭起了一条生命线。死神与荣耀号紧贴着山雀号的船尾。汤姆心想，那帮挤在老柚木船上的家伙会不会看出山雀号船尾上用油漆刷过的船名呢？现在看来，他也许让船名保持原样比较好。

“快看！快看！”桃乐茜大叫，“乔把他的白鼠放在肩上了。”

汤姆不由自主地回头看。

死神与荣耀号被拖着往前飞奔，比尔和皮特待在船头，看着水面溅起的阵阵浪花。船中央坐着那帮家伙，在船尾掌舵的是乔，脸上露出了单纯的快乐和骄傲。他的小白鼠从一边肩膀慢慢爬到另一边，但他的眼睛始终不离开起绒草号的船尾，他掌舵和汤姆一样稳。

那帮家伙早就不介意和一只小白鼠坐在一艘船上了。那些男男女女，身穿俗艳的衣服，显得更加可怜，他们挤在死神与荣耀号上，疯狂地叫喊了一阵，然后都感到痛苦、愤怒，接着是沉默。在布雷顿远处闪闪发光的湖面上，能看到一个小斑点在航道一侧，那就是玛格丽塔号。

尽管这帮家伙经常开着玛格丽塔号横冲直撞，不仅惊扰到船屋里的老太太们，还把很多小划艇掀到码头上，卷起的波浪也差点把堤坝冲垮，甚至还把可怕的喧闹声带到了湖区最安静的角落里，但是，他们现在是遭遇船难的水手，他们失去了他们的船。而且，汤姆觉得从某个方面来说，这是他的错。要是当时他不在山雀号上，要是他没有让威廉挣脱大叫，要是他没有一直想方设法地躲开他们，他们可能永远不会开船撞上布雷顿湖的航标。

汤姆开始想，如果是他把起绒草号或山雀号撞成这个样子，那他会感到多么糟糕啊。这种想法让他非常不安，他突然失手，起绒草号猛地转向，把死神与荣耀号上的乔吓得一惊，陪伴号上的老鲍勃也面露责备地回头看了一眼。

陪伴号拖着他们穿过了布雷顿大桥，绕过系船柱，进入北河口，那里潮水正迅猛。老鲍勃挥了挥胳膊示意，他转过身来，拖着后面的船，沿着码头逆流而行。这一刻即将来临，汤姆要和敌人面对面了。

“不会有事的，”桃乐茜说，她似乎是唯一看出他在想什么的人，“逃犯救了追捕他的人，都扯平了。”

然而是这样吗？在汤姆看来，目前唯一能做的只有一件事。他们到码头一停下，他就上前去做那件事。

那帮家伙已经从死神与荣耀号上了岸，正站在码头上解释着什么。老鲍勃也在向一些渔夫解释，然后叫一个朋友给罗克瑟姆的罗德利公司打电话，说了玛格丽塔号的遭遇。好像还有很多不相干的人也在那边，这对汤姆更加不利。

他径直朝那帮家伙走过去，来到那个长着一头红发的男人面前，正是他开着玛格丽塔号撞上了航标。

“我过来和你们说对不起。我真的很难过你们的船出了事。无论是谁，都会难过的。我的意思是，我很抱歉上次解开了你们的系船绳。如果不是因为那只鸟巢是一只很特殊的鸟儿的窝，我也不会那样做。不过，不管怎样，我都不应该做那样的事……”

那个男人盯着他看，脸变得跟他的头发一样红，突然他朝汤姆大声嚷嚷起来：“让你的什么怪鸟见鬼去吧……你霍宁的那个朋友还放出野鹅，追着我们跑来跑去……你们俩还偷着笑……你们是不是觉得这是个

陪伴号拖着他们穿过了布雷顿大桥

笑话……”

汤姆没觉得那是个笑话，不过他也没弄懂那人说他在霍宁的朋友是指谁。肯定不是乔治·欧顿吧？不过，还没等汤姆开口，那个男人又开始骂骂咧咧了，一个上了年纪的渔夫打断了他。

“好了，”他说，“你吵什么吵？在我看来，如果不是这些小家伙，这会儿你满肚子都是布雷顿湖的湖水，还能像这样跟他们说话？我说啊，过去的事就让它过去吧，活着就知足吧。”

“闭嘴，罗纳德，”那帮家伙中有一个人也说话了，“就是你把事情搞得一团糟，少说点话比较好。”

“这个该死的地方没有酒店吗？”两个女人中的一个问道，那天就是她对巴拉贝尔夫人非常粗鲁，“难不成你要我们一直待在这里，让大家都来瞧一瞧？”

码头边的一个男孩领着他们走了，这一帮人七零八落的，神色都很忧伤，他们有的头戴白色游艇帽、身穿俗丽的衬衫，有的戴着贝雷帽、穿着沙滩睡衣。“他们撞上了布雷顿湖的航标。”男孩领着他们离开了码头，走在拥挤的街道上，一边走一边不停地和路过的人解释。

那帮家伙都没有一个人想过要对死神与荣耀号的人说声“谢谢”。

不过对死神与荣耀号的船员来说，这没什么关系。码头上的渔夫和水手们听完老鲍勃的讲述后，都把目光投向他们，称赞他们干得漂亮。很快就传来消息，有人打通了罗克瑟姆的电话，说是罗德利公司会派人过来，看看等到退潮的时候怎么处理玛格丽塔号。

“他们很轻松就能让船漂起来，”老鲍勃说，“我都不可能把它拖到一个更好的地方去了。”

“你们帮他们省了一大笔钱呢。”码头上的一个水手冲着那三个小家伙说，他们就在他下面把老柚木船靠了岸，“那笔钱都够你们买一根新桅杆和一张新船帆了，如果你们想在死神与荣耀号装上这些新装备的话。”

那一刻，乔、比尔和皮特觉得救援工作是如此重要，他们当时就决定，以后永远不当“海盗”了。

玛格丽塔号的小划艇被交给老鲍勃的一个朋友看管，直到罗德利公司的人过来。“司令”和陪伴号的船长说了几句话，然后把她的打算告诉了大家。“他们三个开着那艘旧船逆流而上，得花相当长的时间才能进入河道。我们最好还是拖着他们走。”

老鲍勃再次发动陪伴号，拖着起绒草号、山雀号和死神与荣耀号前进。整支船队逆流而上，码头边和泊船上的所有人都为这三个小男孩欢呼。玛格丽塔号遇难与被营救的消息很快就传开了。

“升起我们的桅杆怎么样?”“右舷”说，这时他们已经穿过了雅茅斯的三座桥。

“还是等我们穿过阿克莱再说吧。”“司令”说。

“阿克莱?”“右舷”问。

“阿克莱?”汤姆也问。

“顺着潮水，还有陪伴号拖船，不会花很长时间的。”“司令”说，“要是‘左舷’和‘右舷’没赶上明天的比赛，我永远不能原谅自己。”

至于死神与荣耀号上的船员嘛，由于被拖船拖着走，他们露出的表情越来越惊讶，他们经过五千米屋，经过斯格尔峡、伦海姆斯维姆，然后是九千米屋、史翠西湾，还有斯托克斯比渡口。难道永远没有终点吗？

最后他们穿过了阿克莱桥，停在那里过夜。“司令”和老鲍勃结了账，“左舷”和“右舷”再次感谢他，因为他从加内特爵士号上接了她们，把她们捎到布雷顿，又把她们送上驳船。

“要不是您的话，我们就错过了这一切。”“左舷”说。

“晚安。”老人大声说道，然后就出发了，突突突，他又要把船开回雅茅斯。他让死神与荣耀号的船员们兴奋不已，因为他临走的时候说：“我不会让你们吃亏。我会亲自把你们的营救工作说给罗德利公司的人听。”

后来，死神与荣耀号升起了桅杆，支起了天篷——他们展示了用一张旧柏油帆布如何做天篷。“司令”烧上了水，派起绒草号的船员去桥下的旅馆买东西，因为补给船晚上不营业。他们带回了新鲜的牛奶、两大块巧克力，还有两只当天做的冷鸡。

“他们似乎知道我们要来。”桃乐茜说。

“回到我们的地盘了。”“右舷”说，暮色中，他们正沿着河岸小心翼翼地往回走。

“这是一次无与伦比的航行，”桃乐茜说，“我们可以告诉南希，说我们遇上了暴风雨，还经历了大雾，尽管我们自己没有遭遇船难，但目睹了一起事故，这个经历也不错。”

“等一等，桃乐茜，”迪克说，“仔细听……又是那个声音……”

“嗡嗡……嗡嗡……嗡嗡……嗡嗡……”五月宁静的夜晚，麻鸦的叫声响遍湿地。

“真的很高兴今天又听到了这声音，”迪克说，“雾号响起的那天也听到过。它很像雾号，但又不完全像。”

“好了，”“左舷”说，“把牛奶给我吧，如果你要掏出你的袖珍笔记本的话。”

回到起绒草号的时候，水刚好烧开，大家全都挤到了起绒草号上吃晚饭。他们拿了一些面包和牛奶喂乔的小白鼠，然后让它和威廉保持安全距离，而威廉在享用它的巧克力。

现在，汤姆不担心那帮家伙了（毕竟他不需要供出自己的名字），他和其他人在那里听死神与荣耀号的船员说他们是怎么把船开到布雷顿，及时搭救玛格丽塔号的。原来，在阿克莱，乔和皮特得知比尔弄错了日子，玛格丽塔号打算在退潮的那天去雅茅斯，而起绒草号正计划那一天穿越雅茅斯。如果他们要救“黑鸭子”们的话，只有一件事可以做。他们立即出发，当时是顺潮，又幸亏有一艘机动货船拖了他们一段路，等他们到达雅茅斯的时候，退潮刚好结束。那时他们还没看到玛格丽塔号，也许是被雾挡住了。他们以为汤姆和起绒草号一定会停在河口的系船柱旁，等着潮水涨到布尔河。还有时间提醒汤姆溜上岸。他们划船穿过了布尔河的一座座桥梁。水位很低，水面很平静，过桥也很容易。不过还是没有找到起绒草号，他们觉得可以继续往前走，穿过布雷顿桥，看能不能看见它。这下就更容易了，因为潮水已经涨到了耶尔河。他们担心对他们的小船来说，潮水过于凶猛，正打算返回的时候，他们看到起绒草号陷在远处的泥地里，也正是这个时候，玛格丽塔号从他们身边呼啸而过，他们知道已经来不及了，只能眼睁睁地看着那艘大摩托艇在布雷顿湖朝着手足无措的“逃犯”飞奔而去。接着，他们看到摩托艇猛地转身，撞上航标，停了下来，然后漂走了。通过皮特的长筒望远镜，他们发现这次终于有一艘真正的失事船等着他们去营救。后来的事大家都知道了。

“现在，”“司令”说，“那些可怜的家伙失去了他们的船，在酒店里还不得不解释一通，为什么走得这么匆忙，连牙刷都忘了带。这一切都是因为他们把船停在一只黑鸭子的巢上面，真可怜……”

“我请他们离开，可他们不听。”乔说。

“我告诉他们，那是我们的黑鸭子。”皮特说。

“他们不过是自作自受。”比尔说，“好的，谢谢，我再来一点巧克力吧。”

后 记

故事真的要结束了。不过那些喜欢打破砂锅问到底的人也许还想了解得更多一点。船队的成员一大清早吃完早饭就从阿克莱驶向霍宁，双胞胎在她们的老爸回家前就把参加比赛的闪电号准备好了。汤姆把起绒草号停靠在了霍宁的转运码头，吉姆·伍德尔的加内特爵士号货船也在那附近。“司令”、汤姆、迪克、桃乐茜和威廉在起绒草号上，吉姆和他的大副在货船上，见证了比赛结束前的精彩一幕——闪电号以领先一截船首斜桅的优势赢得了比赛。迪克和桃乐茜捧着真正的结业证书回了家，证书上有三位船长和“司令”的签名，还写上了他们绝对算得上是一级水手这样的话。“司令”的弟弟理查德从伦敦回来后，又和“司令”一起驾驶着起绒草号起航了，每当他们遇到一点小问题，“司令”就喜欢念叨，让他向那些“黑鸭子”学习学习。他们拜访了达钦一家，达钦医生和他的妻子还有汤姆都非常高兴，因为理查德给小宝宝画了一幅画——这幅画在伯灵顿宫展出时，很多人都赞赏不已。那帮混蛋再没有什么消息了。他们在玛格丽塔号上受够了，都直接回了老家，他们的湿行李也被寄了回去。老鲍勃信守承诺，他向罗德利公司的人解释了一通，说他们应该好好感谢死神与荣耀号上出手相救的那几个小孩。罗德利公司的人非常高兴，就把死神与荣耀号从水里抬上岸，刮掉旧漆，刷了一层新漆，给它换上了新船帆和桅杆，还装了一顶天篷——完全可以和山雀号的天篷媲美，三名船员还收到了一笔零用钱。